二松学舎大学学術叢書

日本文学の「女性性」

増田裕美子
佐伯順子
編

思文閣出版

装丁　上野かおる

はじめに

男もすなる日記といふものを、女もしてみむとてするなり。

有名な『土佐日記』の書き出しである。作者紀貫之は女性を装っているのだが、以後、『蜻蛉日記』『和泉式部日記』『紫式部日記』『更級日記』など女性作家による日記文学の作品が次々と生み出される。また、この平安朝という時代には紫式部の『源氏物語』、清少納言の『枕草子』といった、女性による物語や随筆が書かれ、小野小町や伊勢をはじめとする数多くの女性歌人が活躍した。

しかしながら、これほど古い時代にかくも多くの女性作家が輩出したことは、世界文学的に見て驚くべき稀有な現象であるといわねばならない。

平安時代に女性の文学が絢爛と花開いたことに関して、指摘される事柄の一つは、「女手」と呼ばれた仮名の存在である。「男手」と呼ばれた真名（漢字）に対して、仮名は女性的な文化の指標となるが、男性が仮名を使って文章を書くことを禁じられていたわけではない。紀貫之にしても『古今和歌集』の仮名序を書いている。

ではなぜ貫之は『土佐日記』を女装して書いたのか。

この点に関して充分な説明がなされているとは言い難い。一般的には、通常男性官人が書く公の記録としての漢文日記のもどき、、、として、仮名文による自在な表現を目指そうとした、という説明がなされる。しかしそれは仮名文で書くことの理由付けでしかない。前述したように、男性も仮名文を書いてよいのであり、すでに菅原道真の『亭子院宮滝御幸記』のような、仮名書きの紀行日記も存在していた。

ところで貫之は三十六歌仙に数えられる有名な歌人であり、『古今和歌集』の撰者の一人である。ことに屏風歌の名手とされ、『土佐日記』には屏風歌的発想が見られるという議論がある（長谷川政春、岩波新古典文学大系『土佐日記』解説）。屏風歌とは、屏風に描かれた絵を見て詠む和歌で、しばしば詠み手は絵の中の人物になって詠む。たとえば貫之は、「承平五年十二月内裏の御屏風の歌」で、月夜に女の家を訪れたが中に入れてもらえない男になって、その気持ちを詠んだあと、続けて女の返歌を詠む。

久方の月のたよりに来る人はいたらぬところあらじとぞ思ふ
（月にかこつけて家に入ろうとする人は、月の光と同じく、どこの女の家にもお入りになるのでしょう）

このように女の身になって歌を詠むのは実は貫之だけではない。百人一首に採られている素性法師の歌、「今来むと言ひしばかりに長月の有明の月を待ちいでつるかな（すぐに行くよとおっしゃったばかりに秋の夜長を有明の月が出るまでお待ちしてしまいました）」のように、出家者までもが女の恋歌を詠んでいる。この歌が収められた『古今和歌集』にはほかにも男性歌人による女歌が枚挙に暇がないほど存在する（後藤祥子「女流による男歌」『平安文学論集』風間書房、一九九二年）。

一方、女性歌人も男歌を詠む。たとえば伊勢が長恨歌の屏風絵に付すため、玄宗皇帝の御詠として歌を詠むなど、男の身になって歌を詠んだことはよく知られている。

このようなことから確かに平安時代では、「文化レベルでの性的越境が奇異ではなく」(河添房江「平安女性と文学」『岩波講座日本文学史』第二巻、一九九六年)普通の現象であったといえるだろう。しかし男性の詠む女歌、すなわち男性から女性への性的越境が圧倒的に多いこと、そして性的越境は和歌の世界で顕著であることに注意すべきである。

和歌は「生きとし生けるもの、いづれか歌をよまざりける」(『古今和歌集』仮名序)とあるように、男女の別なく創作できる文芸であるが、男性にとっては唯一推奨された和語(やまとことば)による言語表現であった。『大鏡』には藤原公任の逸話として、漢詩・管弦・和歌という三船の才の故事が語られている。公任は、藤原道長の催した大堰川での船遊びのさいに、和歌の船に乗り、見事な歌を詠んで名声を博した。このように和歌は男性貴族の身につけるべき教養の一つとして重んじられていた。しかし公任がこの逸話の中で、「漢詩の船に乗ればよかった。そしてこの歌ぐらいの詩を作っていたら、もっと名声もあがっただろうに。残念なことをした。」といったことを見逃してはならない。

あくまで漢詩文が男性にとって第一の教養であり文学であった。漢詩文は男性が特権的に読みかつ書くことのできる言説であり、女がもっぱら読み書きする和文よりも高いランクに位置づけられていた。漢詩文が雅で知的で上等なものであるのに対し、和文は俗で下等なものとされた。それはちょうど、つい最近まで現代文学が純文学と通俗的な大衆文学とに区分けされていたのと似たような状況だったのである。

しかし、いくら漢詩文こそが正統な文学であるといっても、結局は外国語による言語表現でしかない。母語である和文の表現が一段低く見られていたことに、男性はさぞかしジレンマを感じていたに違いない。

『源氏物語』「蛍」の巻で光源氏は、女たちが物語に熱中しているのを揶揄して、事実ではない作り話を真に受ける女の気が知れない、と玉鬘にいう。しかし同時に源氏は、その作り話の中に人を感動させる力があることを述べてもいる。実際のところ、男性も婦女子の慰み物であった物語に並々ならぬ関心を抱いていた。『源氏物語』そのものについても、『紫式部日記』の中で、藤原公任が「このわたりに、わかむらさきやさぶらふ（このあたりに若紫は控えているかね）」と、「若紫」の巻に登場した紫の上になぞらえて紫式部に語りかけようとしたり、一条天皇が『源氏物語』を女房に読ませて、「この人は、日本紀《にほんぎ》をこそ読みたるべけれ（この作者は日本紀を読んでいるに違いない）」と称賛したりしたことが語られており、当時から男性の読者がいたことが明らかである。

そのような和文の文学に対する欲求を満たすために、男たちが和歌の創作に一段と励んだであろうことは想像に難くない。屛風歌や題詠という形で、自分の経験ではない、空想の世界に身を置き、散文の物語を作るようにさまざまな場面を想像して、そこに登場する人物になり代わり、その心境を歌に詠む。そうやって男たちは女たちの受容する物語世界に少しでも近付こうとしたのである。

こうした和歌における物語性、虚構性を散文に持ち込んだのが貫之の『土佐日記』であった。男性が書いた仮名の日記ということであれば、日々の記録としての通常の日記が仮名文で書き表されたということでしかないが、女性が書いたとすることによって、単なる記録としての日記ではない、虚構性、文学性を持った日記、すなわち日記文学を創造することができたのである。

以上のことから明らかなように、和文（母語）によって書き表される日本文学の文学性は、「女性性」と分かちがたく結びついている。

しかしながら、この明らかな日本文学の「女性性」は、広く一般的に認められているとは言い難い。鈴木登美が述べるように（「ジャンル・ジェンダー・文学史記述――「女流日記文学」の構築を中心に――」『創造された古典――カノン形成・国民国家・日本文学――』新曜社、一九九九年）、近代になって国民国家が形成される過程で不可欠となった「国語」「国文学」の制度が構築されていく上で、この「女性性」に対する（男性）学者・知識人たちのアンビヴァレンスは見紛うべくもなく、その後も根強く持続している。このような状況下で、「単なる「女性」」の言い換えであった「女流」が、明治には文学に関連する用語として登場」（田中貴子「近代国文学からみた平安女性とその文学――「女流」文学とは何か――」『叢書想像する平安文学第三巻　言説の制度』勉誠出版、二〇〇一年）し、「女流文学」「女流作家」といった言い方が定着する。この言い方は吉野瑞恵も指摘するように（「女へのとらわれ――女流日記文学という制度――」『叢書想像する平安文学第一巻　〈平安文学〉というイデオロギー』一九九九年）、「女性の作品を男性の作品から隔離し、囲い込むものとして、現在では使用が避けられる傾向にある」のは、確かである。だが、日本文学が本質的に女流文学であること、「女性性」の強い文学であることを声高に議論することはいまだに避けられているのである。

とはいえ、日本文学の根底にある「女性性」が近代文学ひいては現代のさまざまな文学作品の中に受け継がれていることは、以下の諸論文をお読みいただければおわかりいただけるであろう。女性作家の作品はもとより、男性作家の作品においても「女性」なるものが作品の中心にあって物語を紡ぎだしているのである。

本書は平成一八年度から三年間にわたって行なわれた二松学舎大学東アジア学術総合研究所の共同研究プロジェクト「日本文学の「女性性」」の研究成果である。その間、六回に及ぶ公開ワークショップが開かれ、延べ一三人の研究者が発表を行なった。毎回のワークショップでは発表者と参加者との間で活発な討論が繰り広げられ、さまざまな視点から日本文学の「女性性」について考察することができた。そうしたワークショップでの成果を取り入れて執筆された論文が本書に収められたものである。執筆者諸氏にはそれぞれご多忙のなか充実した論考をご寄稿いただいた。厚くお礼申し上げる。

本研究プロジェクトは私と二松学舎大学国際政治経済学部の新井慧誉教授が代表研究者として始めたものだが、新井教授は平成一九年に逝去された。あらためてご冥福をお祈りするとともに、少しでもご遺志を継ぐことができたことを喜びとしたい。そしてこのプロジェクトを終始あたたかくご支援くださった前東アジア学術総合研究所長の佐藤一樹教授に心より感謝申し上げる。

本書の出版に関しては、共同編者の佐伯順子氏にご尽力とご高配を賜った。深く感謝申し上げたい。また思文閣出版の田中峰人氏には、初めての二松学舎大学学術叢書の刊行ということもあって、たいへんお世話になった。衷心よりお礼申し上げる。

本書が一人でも多くの人に読まれ、日本文学の「女性性」について考えるきっかけになってくれればと願っている。

二〇一〇年一〇月

増田裕美子

日本文学の「女性性」◆目次

第三部　新たな展開

第一部　「男性文学」の女性性

三島由紀夫『朱雀家の滅亡』・ジェンダーの観点から

——戦前日本における家庭の抑圧の光景——

市川裕見子

三島由紀夫の四幕物戯曲『朱雀家の滅亡』は、一九六七年、三島四二歳の六月二三日に起稿し、七月三一日に脱稿、雑誌『文芸』の一〇月号に発表され、その一〇月に河出書房新社より単行本として刊行、そして一〇月一三日から二九日の半月間、紀伊国屋ホールでの劇団NLT第七回公演として、松浦竹夫の演出で上演されている。主演は中村伸郎、そして中山仁、村松英子、南美江の俳優陣だった。

一九六七年といえば三島の死の三年前であり、小説の創作においては最期の大作『豊饒の海』四部作の第二部『奔馬』にかかったところであり、演劇作品としては三島のひとつの頂点といえる『サド侯爵夫人』を二年前に書き上げ、NLT劇団で上演したところだった。この『朱雀家の滅亡』を執筆・上演後に彼はNLT劇団を退団し、松浦竹夫と劇団浪漫劇場を立ち上げるが、以降の見るべき演劇創作活動としては、『わが友ヒットラー』（劇団浪漫劇場の旗上公演）と『癩王《らいおう》のテラス』（劇団雲の初演）、そして歌舞伎作品の『椿説弓張月』（国立劇場開場三周年記念公演）を残すのみとなる。この三作がともに、伽藍の比喩でたとえられるような壮麗なシステムや思念、またはそれを標榜もしくは代表する「英雄的」人物がもろくも内部崩壊、瓦解する、そして衰亡することが以前にもましていよいよテーマとして露骨に際立って来ているのを見ると、この『朱雀家の滅亡』も、題名からしてそれを謳っていることからして、これら一連の作品につながる、またはそれに先がける作品とみなすことができるだろう。三島自身の最期をなす自衛隊市ヶ谷駐屯地への侵入および自決の点から考えても、この『朱雀家の滅亡』起稿の二ヵ月前に初めての自衛隊・体験入隊を果たしており、それが翌年の「楯の会」結成に連なり、翌一九六九年一一月には、先にあげた『椿説弓張月』上演のさなか、同じ国立劇場の屋上で楯の会結成一周年記念パレードを行うという示威行動に走り、周囲を当惑させている。このことからしても、政治的な運動の活発化していく一九六〇年代末の時代的・社会的状況の中で、すでに自分の最期が十分視野に入ってきた時期の作品であることがみてとれる。

しかもこの作品は、作家が二〇歳で体験した日本の敗戦に前後する時期が舞台となっており、三島が生涯抱えていた「滅びの感覚」は、戦火で盲目となった『弱法師《よろぼし》』の青年に表象されているように、この敗戦時に原点があり、トラウマとなっていることは疑いようがない。その意味では、作家が四〇代半ばの短い生涯の晩年にあって、今一度自分が二〇歳だったその時に立ち返って演劇空間を現出させようとする時、自分の死を考えている四二歳の作者にはその戦中時と、執筆している一九六七年の時点とが相似形を描くように二重写しのものとして表れているのであり、作品の焦点は戦死をとげる青年経広より、その父親である朱雀侯爵家の当主、経隆に当てられている。終幕で青年経広の恋人瑠津子《りつこ》に「滅びなさい。」と責められて主人公経隆が吐く、「どうして私が滅びることができる。夙《と》うのむかしに滅んでゐる私が。」という幕切れの言葉は、三島らしい逆説のレトリックを含んだ印象的な決めぜりふで、それについてはさまざまな解釈をほどこすこともできようが、ひとつには戯曲の舞台となっている敗戦時にすでに滅んでいたと感じている、一九六七年執筆当時の三島その人の言と解釈することも可能なのではないだろうか。そしてそう考えれば、作家にとって決定的であったはずのこの戦争と敗戦の時を、その直後をのぞけば意外に長い間、如実に描き出すことをしないできた三島が、その晩年にその時代について、なにをどう書いたのか、という意味でも、この作品は実は興味も深く、面白い作品である。

しかし今日振り返って見ると、すぐれた戯曲家であった三島の作品の中で、くりかえし上演されているのは、一種のエンターテイメントである『鹿鳴館』や『黒蜥蜴《くろとかげ》』、そしてなにより時をついで書き続けた『弱法師』や『綾の鼓』『卒塔婆小町』などの『近代能楽集』、そして世界的広がりをもつ『サド侯爵夫人』などであって、晩年の一連の作品は滅多に上演されることがない。なかでもこの『朱雀家の滅亡』は、始めに述べた創作時の劇団NLTによる上演以来四〇年間まったく顧みられず、ようやく二〇〇七年一二月になって、「アウルスポット」という池袋にある三〇一席の小劇場落成の折、その柿落とし公演のひとつとして、二週間あまり上演されている。主役の経隆役を務めたのは、四〇年前の上演で息子経広を演じた中山仁だった。

このように、三島の戯曲中で『朱雀家の滅亡』の作品評価が低い、もしくは不人気なのには、いろいろな理由が考えられるだろう。ひとつには題名がよくないのかもしれない。「朱雀」の名は実在する公家の家名ではない。本来は天の四方の方角をつかさどる四神の一つで、青竜、白虎、玄武と並んで南方を表す神獣だった。それにちなんで、平城京、平安京では宮城の真正面の南の守りとされて、そこに朱雀門が設けられた。同家は三七代続く由緒ある公家ということになっており、主人公は侍従長を務める侯爵という設定であれば、明治期、皇室の藩屏として設けられた華族制度の中で、その代表としての主人公、および家として、三島がこの名を考えたのはいかにもふさわしいかもしれないが、中国由来で日本になじみきらないエキゾチズムといい、「すざく」の変わった音の響き、朱の色を含むあでやかさなどが、いかにも三島好みのきらびやかさで、題名を聞く者に戯曲の浮世離れした虚構性を強く印象づけてしまう。そしてダメ押しのようにその「滅亡」と続けば、虚構性のきわめて強い、退嬰的なロマンチシズムを持つ作品、と人は思うだろう。いささか大げさな、リアリズムを欠いた作品と映ってしまう。しかもこのような三島の、まさに芝居がかった「劇化（ドラマタイズ）しよう」とする精神が、仮面が肉に喰い込むように、戯曲の内容にまで及んでいて、それはそれでたしかに三島作品のひとつの特徴になってはいる。

　それに加えてこの題名には「エウリピデスの『ヘラクレス』に拠《よ》る」と但し書きがついていて、読者または観客にとっては、ただでさえ戦中・戦後の日本の家庭に題材を取ったとはいえ庶民とはかけはなれた華族の家庭を扱っているところへもってきて、およそイメージを結び付けるには違和感のある古代ギリシア悲劇を下敷きにしているとあれば、「虚仮《こけ》威《おど》し」もいいかげんにしてほしい、と敬遠されかねない。

　しかしここで見方を変えてみれば、舞台となっている敗戦のせまる一九四四年の春と秋、そして翌四五年の終戦の夏と冬とは、三島自身がそののちにとって決定的な体験をした時期であり、しかも学習院に通っていた彼は、東京帝国大学に入ってからも、高校時代の同級生である華族の子弟たちとの家族ぐるみの親交も保っていた。彼の書いた幾多の大衆小説を見てもわかる通り、三島は一見現実から遊離した観念的な人間や人間関係、世界をもてあそぶように見えながら、そして実際それが三島の偽らざる一側面でありながら、同時に実にリアルな人間および人間関係、世界を構造的に、かつ細部にわたって捉えることも出来る作家である。それは社会全体を俯瞰する正確な眼を持っていた作家かどうか、ということとはまた別の次元のことである。そして一般の人間には知りにくい、戦前の華族という特権階級をかなりの程度に知悉していた三島が、その家族の崩壊を描くとき、そこに戦前の特権階級、すなわち戦前の日本の家制度のイデオロギーが典型的に発現する場としてのありようが、如実に映し出されている、と期待することもできるのである。今回はこうした観点から、三島の『朱雀家の滅亡』を見ていきたいと思う。

しかし三島が「エウリピデスの『ヘラクレス』に拠《よ》る」と言う以上、まずこのギリシア悲劇の内容と結構とを、本劇との比較上確かめておきたい。ここに三島自身の手によるその要約がある。

この芝居は、原作そのままの翻案ではありませんが、エウリピデスの悲劇「ヘラクレス」に骨子を借りたものです。「ヘラクレス」という芝居の粗筋《あらすぢ》は、遠征中のヘラクレスの留守を守る、その父と妻と子が、テーバイの僭主リュコスにいぢめられて、生命さへ危ふくなつてゐたところへ、帰つて来たヘラクレスがたちまち僭主を退治して、一家を救うが、家族三人の喜びもつかのま、女神ヘラの呪《のろ》ひによつてヘラクレスは狂気に陥り、うつつなく我子と妻を殺してしまふ。狂気からさめたヘラクレスは絶望の淵に沈むが、親友テセウスの友情によつて、運命に耐へる決心をする、といふ話です(1)。

以上を見たかぎり、エウリピデスの作品と三島の作品は、彼の言にもかかわらず、一見あまり関係がなさそうに見える。朱雀家の当主にして主人公経隆は、ヘラクレスのように妻と子供を自分が手をかけて殺すわけではないし、ヘラクレスは女神の呪いによって合理的な説明のできない、突然の狂気にとらえられて行為にいたるが、経隆の行為は彼としては従来から一貫した、彼自身の原理によって、むしろそれを貫くことによってドラマが展開されるからである。

もっとも、そもそも三島が戯曲創作において、なんらかの既存の戯曲に依拠、もしくはまずはそれを梃子にして構想していこうとするのは、いまに始まったことではない。とりわけ劇構成、芝居の骨格については古代ギリシア悲劇の古典的なそれに惹かれており、芝居に手を染め出した初期には『ニオベ』『聖女』『燈台』など、あからさまにギリシア悲劇に題材、ドラマトゥルギーを借りたものをつくっている。のちにも、日本の演劇伝統からは能を取り入れ（それが前面に出ているのが『近代能楽集』）、ギリシア悲劇についても、その題材と結構はいろいろな戯曲に顔を出す。たとえば三島が歌舞伎にした『芙蓉露大内實記《ふようのつゆおおうちじつき》』は、フランスの古典劇、ラシーヌの『フェードル』を踏まえている、としながら、実はさらにラシーヌが種本としたギリシア悲劇、エウリピデスの『ヒュポリトス』の方を三島はむしろ下敷きとしている。そしてかりにジェンダーの視点、方法論で『朱雀家の滅亡』を見てゆこうとすれば、同じエウリピデスの作品を踏まえていることを今回は三島がわざわざ宣言していることについて、そこには重要な意味が見出されると思うのであるが、その点についてはまたのちに触れたい。

まずは本作品の結構と内容をおさらいしておこう。

本作は四幕物の芝居で、第一幕から第四幕にしたがって、季節がそれぞれ春、秋、夏、冬と別れており、それは終戦のせまる一九四四年の春と秋、そして終戦の夏と同年の冬が舞台となっている。日本人の四季の移りかわりの感覚を四幕構成に織り込んだ、三島らしい形式感覚だが、ただし春夏秋冬の順当な順序にはしていない。なにより三島が強烈な終戦の感覚を味わった暑い夏があり、そして半年後の衰微の冬が来る。始めは穏やかな春ではじまり、そして秋、そのあとに苛烈な夏と終焉の冬という、序破急の感覚をそこに盛り込んだものと思われる。そしてもう一つ形式感覚が見られるのは、四幕の場を逆にすべて朱雀侯爵邸に限定し、ヨーロッパ古典演劇の「場の一致」の法則を守りながら、自然の季節の移り変わりの中で変貌していく館を舞台に、その館のあるじである侯爵とその家族の姿を、たがいの関わりの中で表現していっている。場が同じであるからこそ、状況の変化と、それにともなう人々の心持ちや関係性の変化が際立つ仕組みとなっているのである。

そしてその登場人物は、もと公家で侯爵にして侍従長の朱雀経隆とその弟で他家に養子に行っている光康、経隆の一人息子で学習院高等科に通う経広、その恋人で女子学習院の松永瑠津子、そして召し使いの女おれいと、この四人きりである。（宍戸）

第一幕の春の舞台は下手に朱雀邸の一九世紀風の温室の間、上手奥に石段上の弁財天をまつる社。弁天は朱雀家が代々祀ってきた家の守り神である。奥は海を見渡す高台になっていて、すでに述べたように、四幕を通じてこの舞台は変わらないが、ただし状況の変化によって変貌を見せていく。

おれいが弁財天の社から、亡くなった経隆の妻顕子《あきこ》の婚礼衣装の十二単を取り出し、瑠津子に見せながら、朱雀家三七代のうち、正式に妻をめとったのは五代のみ、しかもたちまち死んでいること、それと守り神弁財天について語る。

経広が登場して瑠津子と琵琶のこと、苦しくなる戦況のことなどを語る。

光康が登場。宮中で起こったことを告げる。当家の当主経隆が、専横な首相田淵を獅子奮迅の働きをして退陣に追いつめた、そのいきさつを話す。これが、ヘラクレスが悪い僭主を倒した力技にあたるのであろう。

いよいよ経隆が登場し、今日限りに侍従職を辞し、天皇のもとをしりぞいて、遠くから仕える、と告げる。その理由はその日の事の次第を告げられたさいに見た、天皇の悲しみの色、「何もするな」という声が聞こえたせいだと語る。経広が海軍に志願することを打ち明け、父親の是認を得る。

第二幕は秋。舞台は同じだが、ガラスに紙の目貼りをし、灯火管制の黒い帳がおりていて、戦局の深刻になってきたことを告げている。

経広は海軍少尉の制服で、明日は任地に出発する。別れの宴の食後のコーヒーの場面。経広が、瑠津子が席をはずしたすきに、父と叔父に任地が最も危険な地であることを明かす。光康は身内の情愛および家系の存続を願うことから、海軍大臣のコネクションを使って、その任地からはずしてもらうよう経隆を説得する。しかしそれをいさぎよしとしない経広は、おかみへの忠誠とその証明としての自己犠牲の念からこれをうべなわない。立ち聞きしていたおれいが主人の経隆をなじってまで翻意をうながすが、聞き入れられない。ついにおれいは何も知らない経広に、ただ「叔父の言う通りにする」と言わせて、経隆の意を翻させる芝居を打つが、それがばれて、経広は自分が一瞬でも父の目に臆病な卑怯者とうつったのを恐れて、おれいを激しくなじり、罵倒する。耐えかねたおれいが、思わず実の息子から罵られる母親のつらさを洩らし、ここで観客ははじめておれいが経隆と関係を持っており、経広の母親だったこと、しかも家族の中ではそれが公然の秘密だったことを知る。ここで経広が死地へ赴くことを知った瑠津子が、今この場で結婚の祝言をあげたい、とのぞむが、経広は固辞する。

　これがヘラクレスの子殺し（実際に手を下してはいないが、無言の精神的圧力をかけて子供を死地に赴かせた、という意味で）にあたることになろう。

　第三幕は夏。終戦間際の空襲の頃。おれいはひと月まえに島が陥ちたと聞いており、息子の戦死を予感しているが、経隆が隠しもっていた電報が息子の戦死を告げるものと知って、いよいよ経隆を息子を殺した人殺しだ、とののしり始める。そして息子が実は臆病であり、それを父に知られることを恐れていたのを自分がかばって、その臆病を父の目から隠してやっていたのだ、と語る。

　自分と結婚してくれ、経広の正式の母としてくれ、とせまるおれい。拒み続ける経隆。

　そこへ空襲警報が鳴る。おれいは拒まれた怒りにまかせて、自分一人が防空壕に入り、この期《ご》に及んで、やはり自分だけは死にたくないのか、と経隆を笑い、先に蓋を閉めてしまう。取り残された経隆は弁財天のきざはしまで行き、身を伏せる。幕が落ちると同時に爆弾の炸裂音。

第四幕は冬。温室は焼失し、瓦礫の中に経隆ひとりバラックを立てて住んでいる。防空壕に入っていたおれいは、直撃弾を受けて亡くなっている。これがヘラクレスの妻殺しにあたろう。困窮しながらも一人で生きる経隆のもとに身なりのよい格好の弟光康が訪れる。皇族のはじめた骨董商売に加わらないか、と誘うが経隆は拒否。瑠津子が第一幕で出た婚礼衣装を着、弁天社の中から琵琶を奏でながら登場し、経隆にまぼろしとしての花嫁姿を見せる。そしてなぜ真っ先に滅びるべきであった経隆が生きのびているのかとなじる。そこではじめに挙げた経隆の言葉、「どうして私が滅びることができる。夙《と》うのむかしに滅んでゐる私が。」があって、舞台の幕が閉じられる。

こうして見てくると、三島がここで、明治以降の日本の父権制社会の構造の基盤をなし、かつその最小単位として働いていた家族を内側から、しかもその極端にして典型的な家族のありようを描くことによって、父権制社会の、抑圧と排除の装置を含むその構造を、演劇という立体的な仕掛けのもとに明瞭に浮かび上がらせてくれる結果となっている。それが三島の意図であるかどうかは別として、その立体的な仕掛けを四点に分けて述べたいと思う。

一　女神の存在

まず第一にはその女神の存在である。古来最も極度の父権制社会であったともいえる古代ギリシアにおいても、女神崇拝は盛んだった。それは一見、女性崇拝、女性尊重とうつり、男性優位、女性蔑視という父権制社会を支える心象と矛盾するかのようだが、実はこの女神の存在が、逆説的に父権制社会の構造を支え、強化する存在であったことが知られている。(2) ギリシアの都市アテナイの守り神にしてアクロポリス神殿の本尊アテナ女神にしてからが、ギリシア民族の父系制秩序に奉仕する処女神で、ギリシア社会の特質であるファロクラシー（男性性至上主義）を支える機能を果たしていた。たとえばアイスキュロス作の戯曲『慈しみの女神たち』（オレステイア三部作の最後の作品）においては、復讐の女神たちが、父アガメムノンを殺した母を殺害したオレステスの罪を告発すると、父権が最高の掟だと主張するアポロがオレステスの正当性を擁護し、最終場面で女神アテナが登場して、オレステスが母を殺したのは正当であると言い、母親というものは、父の種を腹のなかに一時的に預かるだけのもので、父親こそ真に親といえるものだとアテナが確認して、父の権威が確定する。(3) オレステイアの芝居は、母権制から父権制へのギリシア社会の変化を象徴的に表したものである、ということがいわれるが、歴史上の母権制から父権制社会の移行については論議が定まらないのでひとまずおくとしても、男性は自分の子孫を女性に「産ませる」のであって、子供の所有権は男性にある、という性の搾取の観念がここには見てとれる。

そして三島の『朱雀家の滅亡』にあっては、朱雀家の守護女神、弁財天がまさにその機能を果たしており、朱雀家三七代の当主のうち、正式に奥方を迎えたのは五代であり、「しかもその五代が五代とも、奥方はたちまちお薨《かく》れに」なったのは「美しく若く、そして嫉妬深い」女神のせいだ、ということが第一幕冒頭においておれいの口から瑠津子に対してほのめかされている。(4) つまり家庭内の女性の力と存在を弱める機能を、家庭の守り神は果たしている、ということになる。このことは、第三幕においても、経広は「美しい見えない秩序のために」死んだのだ、と弁じる経隆に対し、息子を失ったおれいが「母親を母親と呼ばせない秩序のためにですか。」となじると、経隆が、「それはそもそもはじめから、お前が肯《うべな》つて力を協《あは》せた秩序だ。又それはあの庭のお社から、二千年のあひだひねもすわれわれを見張つてゐた美しい女神の秩序だ。」と語っているところからも確認できる。(5)

二　召し使いの女

そしてこれと非常に関わりのある第二の点として、経隆＝父、おれい＝母、経広＝息子、という三者の親子で構成される家族関係の母親にあたる人に、召し使いの女をあてている、というその設定がある。近来の家父長制社会論においては、同社会において男性が、女性が経済的に必要な生産資源に近づくことを排除してきた、とされる。それに従えば、女性は労働していないわけではなく、家庭内の厖大な量の私的労働に酷使されているにもかかわらず、その対価は支払われることなく、この労働は劣等労働とされ、無料の奉仕とされてきた、というのである。(6)

戦前日本の上層社会の家庭において、当主が召し使いの女性に子を孕ませ、その子が庶子として、もしくは嫡子がいない、または嫡子に問題があった場合に、正当な後継者となることは決してめずらしいことではなかった。三島はリアルなありようとしてこうした設定をしているわけだが、同時にそれが、当時の社会における家族の中での女性の地位の低さを、母親を召し使いの女にいわば格下げすることによって、顕示する効果ももたらしているともいえるのである。

ハートマンによれば、(7)家父長制とは、「物質的基盤を有する一連の男性間の社会関係であり、ヒエラルキー的に組織されてはいるが、男性に女性を支配することを可能とする男性間の相互依存と連帯を確立またはつくりだす社会関係」である。

またゾンバルトは、(8)世界史を男性原理と女性原理の確執として読み解き、女性原理の完璧な排除こそ、ファシズムの根源的悪を生み出したものとして、力と暴力による他者支配の戦争の原理は、家父長制の原理そのものに内在し、これが戦争システムの基盤である、と説く。男性は秩序、女性は混沌、母なる自然であり、軍人は女の肉、性、命、血を恐れ、嫌悪する。それらは混沌であるがゆえに、馴らし、矯正しなければならない、というのである。そこには女性嫌悪（ミソジニー）があり、女はあくまでも他者として置かれている。

若桑みどりはこの論を戦前の日本の軍隊組織に援用し、(9)日本の軍隊は徹底的に男性の組織であり、兵役法に「皇国臣民たる男子」のみが兵役に服することができる、と規定されていて、帝国軍隊の本質的な性格は、男性の聖域であるということだった、と論じている。

三　犠牲者としての息子

ただし、こうした特権的な男性同士の、すなわち同性間の紐帯はありながら、というよりもあるがゆえにというべきか、家父長制は、女性に対してだけでなく、男性に対しても力をふるう。決定的な力をもつのは子供の自由を制限する父、長兄、後見人であって、子供の性別ではないからである。

そしてその家父長制構造が究極の姿を見せるのが、父親の息子殺し、つまり抹殺である。本論の始めの方で、三島がギリシア悲劇の中でもとりわけエウリピデスを下敷きとし、歌舞伎作品『芙蓉露大内實記』でも、明言はないながら、エウリピデス作『ヒュポリトス』に相当部分よっていることを述べたが、この作品も、息子が父との紐帯を実現すべくその犠牲となる話、と三島によって捉えられており、(10)父権制の強い古代ギリシア社会の中で、そこから生じた悲劇を描いた作家はソフォクレス、アイスキュロスと他にはいても、とりわけその父権制の究極化したさいに起こる悲劇をドラマタイズしたエウリピデスに、三島が惹かれたのは理由のないことではない。とりわけ本作品の下敷きとなった『ヘラクレス』においては、ヘラクレスの子殺しには大義名分さえなく、「狂気」

のひとことで片づけられている、という意味でむきだしの父権発動であり、しかも父親であるヘラクレスはその子殺しによって罰せられる、つまり悲劇の中で死を迎える、ということさえない。第三幕で、息子が一家の奉じる秩序のために息子は死んだのだ、と弁じる経隆に対し、おれいは彼をなじる。「一　女神の存在」でも挙げた箇所だが、

おれい　庭に出て築山《つきやま》から見渡してごらんなさい。どこもかしこも焼野原ですよ。あれが秩序ですか。

経隆　それはそもそもはじめから、お前が肯《うべな》つて力を協《あは》せた秩序だ。又それはあの庭のお社から、二千年のあひだひねもすわれわれを見張つてゐた美しい女神の秩序だ。琵琶の妙《たへ》なる響きの秩序だ。朱雀家の住むところ、つねに、湖、川、海、定めない水のたゆたひの上にひびいてきた琵琶の調べが作つた秩序だ。日本中が焼野原になろうと、その静かで冷たい湖の音楽は、じつと私たちを抱き緊《し》めてゐるのだ。

おれい　抱き緊《し》めて、窒息させて、そして殺すのだわ。そして又してもあなたはその人殺しに手を貸すのだわ。最初は美しい奥方、二人目は若いすこやかな息子、三人目は……。(11)

おれいのいう三人目は彼女自身をさすのだが、実際に、梗概でも見た通り、防空壕にいちはやく入って、経隆を閉めだしたおれいの方が彼より先に死ぬ結果となる。この戯曲の主人公経隆は、ヘラクレスのように直接手を下すわけではないが、「女神の秩序」への固執によって、おれいの主張するところによれば、妻と子を「殺す」のである。そして経隆の秩序を守りぬこうとするその姿勢に、三島がヘラクレスの理不尽でかつ意味のない「狂気」を重ね合わせている点、つまり観客がそれを意識するように、副題にわざわざエウリピデス作「ヘラクレ

ス」の名を添えているところに、三島の一筋縄ではいかない意図が示されているように思われる。

第三幕で、焼野原の中、邸宅も崩れ、物質的な朱雀家の崩壊を目《ま》のあたりにしたおれいは、家の呪縛から解き放たれてゆくように、奔放な言葉を発し始める。三幕の幕開けで、おれいに当たり前のように煙草を取ってくるよう言いつける経隆に対し、

経隆　……煙草をくれないかね。

おれい　とりにいらしたらいいんだ。

経隆　（低く）おれい！

おれい　（きはめてのろのろと、紙と煙草を新聞紙にのせて立上り、窓へ近づきつつ）何の理由で、何のためにこんな親切を尽さなくてはならないのでせうね。これが奥様なら、仕方なし、といふこともあらうけれど、奥様でもない者が、……この空襲のひどい世の中に、召し使いなどといふ者はゐなくなりましたのよ。私は一体何だらう。ゐない筈の者がゐるなんて、私は多分幽霊なんでせうね。かつてはゐた召使の。(12)

彼女は体制の中で抑圧を受けてきた者のつねとして、ひとたびそれが崩れかければ、そして従来の体制の中で不利ながらある程度保証されていた身分とそこから得る利益があやうくなれば、抵抗、もしくは反転に出るのは自然の理である。

そしてさらに経隆が隠し持っていた電報によって、経隆の息子、すなわちおれいの実の息子経広の戦死を知らされた彼女は、今度は体制の象徴であり、かつ頂点である者に対しても批判をいとわない。

経隆　わが子を失ってから、私はもう一歩《ひとあし》、大御心《おほみこころ》に近づきえたやうな気がしてゐる。畏《おそ》れながら以前は拝察できなかつた、お上のお心の奥の本当のお悲しみが、今一つありありとわかつて来たやうな気がしてゐる。喜びといへばそれが喜びだらう。

おれい　そのお上はお一方《ひとかた》もお子様を亡くしておいでになりません。

経隆　黙りなさい！　不敬な。(13)

そして家父長制の家庭の構造を下から支えるもう一つの欠かせない存在が、一家における長男以外の、次男以下の男性たちであるが、これを三島は、他家に養子に行った経隆の弟、光康に代表させている。すなわちこの光康の存在は、三島の戯曲の数少ない、凝縮された登場人物の中にあって、決して無駄ではない、むしろ家父長制下の家庭の機能と構造を、より端的に有効に示す役割をになっている。彼は大義と情をつなぐ円滑油の機能を果たし、男性原理と女性原理のつなぎ役をつとめる。男であることの利点が、息子たちの場合父親よりもかなり小さかったとすれば、次男、三男のもつ利点は、長男のそれよりも小さかった。そうした存在だった光康は、しいたげられ、疎外される女性により近い存在であり、彼はなにかにつけ、おれいをかばう言葉を吐く。たとえば、第一幕の次のせりふである。

おれい　ああ、これで若様がどうか御無事で戦争がをはりさへすれば！　若様がやがて大学へお進みになり、戦争のすんだ世の中で、のどかなお勤めでも遊ばすようになれば！（ト泣く）それだけが私の望みでございます。

経広　小さな、卑屈な、情けない望みだ。おれいさんには名誉や矜《ほこ》りといふものがわからないのだ。

光康　まあ、そう言ふな。おれいさんには言はせておけ。実を言へばなりふり構わぬ女の繰り言が、世の中の正義になる時代だつてあるのだ(14)。

そして一面、大義に縛られる長男に比べて、次男光康は世情にははるかに通じており、俗な面を持つ。コネを使って甥の経広が危険な使命を免れることに、ほとんど抵抗を覚えないし、戦後は戦後で、うまく生き延びる。皇族の骨董商売を手伝って結構羽振りがよく、おちぶれた兄に善意でそれを勧めたりさえするのである。

四　女性化されることへの恐怖

そして四点目は、男性が女性に対して性的情熱を抱いたり執着したりすること、および女性を男性と対等の地位へと引き上げることが、男性を女々しくするものとして、嫌忌されていることである。

女性化への恐怖についていえば、実の母親でありながら、女であり、しかも召使いという明瞭に一段格が下であるおれいに対する、経広の複雑な屈折した対応がある。第三幕で、息子の死を知ったおれいは、経隆に息子と自分の関係は次のようなものだったと暴露する。

おれい　……あの子は臆病で怖がりの子でした。自分でそれを恥ぢて隠してゐました。いつも私がその隠し立てを庇《かば》つてやつてゐたのです。

経隆　しかし成人したのちは別だらう。

おれい　人はそんなに変るものではありません。子供のときが一等正直で、隠すことを憶えたときから嘘がはじまります。でも成人してから、さうですわ、あの子は次第に自分の恥を私に押しかぶせることをおぼえたのです。臆病、恐怖心、卑怯などの、自分が隠したい性質は、みんな私の血筋のせゐにし、勇気、大胆、廉恥などの、人に誇りたい性質は、みんな朱雀家の血筋から来てゐるものと信じ込むやうになつたのです。いいえ、しやにむにさう信じて、自分にさう思ひ込ませることにしたのだと思ひますわ。立派なお父様の御教育のおかげで、勇気のある、大胆不敵な、正しい強いお父様にあやからうと。かつて一度も剣《つるぎ》を揮《ふる》つたことはおありでなく、御先祖代々長いお袖で薄化粧をなさりながら、口先だけは御立派だつた方々にあやからうと。

経隆　あれにさう思ひ込ませたのは、半ばはお前の科《とが》、なにかにつけて弱さを庇つてやつた甘やかしの科でもあらうに。

おれい　あの子は朱雀家の嫡男として、自分の弱さと臆病から目を背けるために、無理に無理を重ねるやうになつたのですわ。上《うへ》つ方《かた》には珍しくもない脇腹の負ひ目を、人一倍強く感じるあの子は、それだけ強く私に結びつけられてゐたのですね。(15)

男権社会の標榜する価値観に照らして負である部分については、女の側にこれを負わせ、かつ女の側を自分より下層の別存在として排除することにより、表向きは自分とは無縁のものとして切り離す。女の側も、隠された形にせよ、濃密な関係性を相手に認められ、かつそこから益を受けているかぎりは、この仕組みと狎《な》れ合って、いわば共犯関係をなす。おれいがその実態を暴露するのは、関係性が切れ、受益も絶たれればこそである。

そして、女性を対等な地位に引き上げることに対する嫌忌としては、以下の所作が挙げられる。朱雀家では三七代のうち正式に妻をめとったのは五代のみで、しかも彼女たちがたちまちに死んでいることが語られている。このような異常な妻帯の形態が、「若く美しい守り女神の嫉妬」という言葉で説明されているが、もちろんその理由は元来朱雀家の家風に内在するものと考えられるべきだろう。三七代のうちの五代以外が正式に妻をめとったのでないとすれば、しかも数少ない妻たちも早死にしたとすれば、大半の家の跡継ぎたちは、妾腹の、少なくとも嫡子ではない子供たちであったことになる。女を単に子を産む手立てと捉え、男性と対等になりかねない、もしくは同じく家の権能を引き受けかねない妻の座から、女性を排除しようとする力がこの家では働いていた、と取るべきである。

舞台の上でも、正式な妻の座にすわろうとする女性と、それを拒む男性の身ぶりが、二度にわたって、二世代を通じて演ぜられる。一度目は第二幕で、死地に赴く息子経広が、それと知って是非とも結婚の祝言をあげたいという瑠津子を拒む場面である。経広は古事記のイザナギノミコトとイザナミノミコトのためしを持ちだして、女神から先に唱えたので不吉なことが起こった、「男が先に申し込まなくては、結婚というものは成立たない」、と言い、また「僕は今自分の心に委《まか》せて申し込み、君を一生傷つけることになるのに忍びない。それは僕のエゴイズムとしか思へない」と理由を述べるが、ともかくあくまでも瑠津子の申し出を拒み通すので、瑠津子はせめても一夜結ばれることを望むがそれも果たせない。そして二度目は第三幕で、おれいと経隆によってである。焼野原の中で息子を失ったと知ったおれいは、すべてを失ったあとで、せめて妻の座という、形として目に見えるものを求めようとする。

おれい　結婚して下さい、と申し上げてゐるのです。
経隆　身分を弁《わきま》へなさい。
おれい　身分ですつて？　では朱雀侯爵家に今何の身分のしるしがありまして？　自家用車や運転手や三太夫がをりますか？　大ぜいの御家来衆や女中共がをりますか？　喰べきれないほどのお米や、呑みきれないほどの葡萄酒がありますか？　それごらんなさい。何もありはしない。ゐるのはあなたと私だけ。そして私はあなたの事実上の妻なんです。二人は飢ゑて、喰物《たべもの》をあさつて、乞食のやうに防空壕のなかで抱き合つて寝てゐるのです[16]。

しかし経隆はあくまで拒否を続け、おれいとの押し問答が続く。「もう我慢がなりません。もう辛抱が。」「生きてゐるうちにせめて……。」「ああ、たつた一日でも……。」と言い募るおれいをあくまで拒む経隆に、おれいはついに、空襲警報の断続音を聞いて、不確かな食堂の床下の防空壕にもぐり込み、経隆がともに入ることを拒絶するのである。

このような妻の座をめぐっての身ぶりが二幕にわたって二度、まるで儀式のように繰り返されるところに、私たちは三島の意図を、というよりこだわりを感じずにはいられないのである。

第一幕と二幕、そして第三幕、第四幕と、戯曲全体が序破急のリズムをなしていることはすでに述べたが、以上に述べた意味において、序破急の「破」にあたる第三幕は、一家の滅亡とともに、家父長制社会の崩落のはじまりでもある。天皇を父とし、国民をその赤子とする国家と、それを支える最小単位としての父親を長とする家庭とは、一つの相似形を描いており、国家の父権構造の崩落と、家庭の父権構造の崩落とは、相関連し、連動しているのである。

崩落の要因は、ともに主権を握る者の物質的基盤が失われることにある。経済的逼迫、軍事力と権力の喪失、それらにともなう権威の失墜がほぼ時を同じくして、または時間的に相前後して起きるのである。

そのため、この第三幕で「反転」が起こるのであり、それが舞台ではおれいによる反逆、すなわち女からの告発という形をとる。かって主君（彼女は殿様と呼ぶ）であり、子供の父親だった相手に対し、結婚（正当なパートナーたること）を求め、拒否されると、その人を見捨てる、見殺しにしようとする挙に出る。

そして皮肉にも男が生き残る結果となるのである。


三島がこの作品を発表したのが、彼の晩年であると同時に、時代の上でも一九六七年という、戦後からすでに二〇年の月日を経て、変遷してきた戦後体制に対しても、さらに政治的に、また男女間のありようについても大きな変革の波が押し寄せようとしていた時期にあたっていたことを、おおいに考慮に入れる必要があるだろう。一方では極右といえるほどに、戦後も根強く残りながらかつ少しづつ崩れていく戦前の帝国主義国家体制を護持し体現しようとしていた三島だが、もちろんこの明治以来の人工的な男権的軍事国家とその体制に対しては、その三島自身が肉体的、精神的な特性からして、むしろ誰よりも違和感やずれの意識、反発を憶えていたことは、見やすい道理である。

同じ文学ジャンルでも、戯曲は小説とは違い、作者の主観がいっさい表に出ず、かつ登場人物たちのせりふのやりとりで構成されている以上、それぞれの標榜する価値観やイデオロギー、立場や感受性、感情のありように落差、振幅が大きいほど立体的に、そして文字どおりドラマティックな結構を得ることができる。

しかも登場人物はあくまでも登場人物であって、作家その人とは切り離された存在として表象される。第三幕の「破」にあたる反転の場において、噴出するおれいの弾劾の言葉は、一面まれにみる頭脳明晰な頭を備えていた三島の目に、二〇年前の日本の男権的家父長制社会の問題が、巨大なシステム装置をもつ構造的なものとして、明瞭に把握されていたことを認識させられ、逆に同時代の作家たちと比べても、その明晰性は際立っていて清新な印象を与えられるほどである。

筆者がはじめに語ったように、この『朱雀家の滅亡』という戯曲は、観念的、理念的、ロマンチックな構想という側面と、意外にリアルな、現実の日本の戦中・戦後の状況描写のないまぜになった作品である。それは同じくはじめに挙げた、三島の手になる初演のさいの上演プログラムにも次のような言葉がある通りである。「ついでながら、この芝居には、いろいろ歴史的なごまかしがあります。たとへば、一見東条内閣の瓦解を思はせる事件や、空襲や、沖縄失陥にいたる時日の経過には、実際の歴史的経過と合はないところが出て来ます。そのため私は、時日、年月日を明記せず、島の名前も、「あの島」といふにとどめて、実名を使ふことを避けたのでした。」[17]しかし私たちの通常の意味での写実主義《リアリズム》はなくとも、この作品はそれとは別次元のリアリズムを湛えており、とりわけ当時の体制の抱えていた問題の構造的な把握とその表現において、私にはこの作品はユニークで、かつきわめてすぐれた作品だと思われる。

もちろん三島自身がその体制に対してアンビヴァレントな感情をもっており、三島作品に見られる逆説的な言説やアクションは、彼にとっては単なる劇作上のテクニックではなく、創作行為における必然性からくるものである。そしてだからこそ、さまざまな言説のやりとり、対立、ずれ、融合の弁証法的様態を構造的に構築できる演劇に、三島は小説よりもその本領を発揮できたといえるのではないだろうか。

したがって、第三幕でのおれいの、体制の中枢から疎外された者としての奔流のような告発が、どれほどいきいきと、真実の声として発せられようとも、だからといって、経隆がそれになびくわけではない。息子に死なれても、彼は「わが子を失つてから、私はもう一歩《ひとあし》、大御心《おほみこころ》に近づきえたやうな気がしてゐる。畏《おそ》れながら以前は拝察できなかつた、お上のお心の奥の本当のお悲しみが、今一つありありとわかつて来たやうな気がしてゐる。喜びといへばそれが喜びだらう。[18]」と後悔は見せない。そしておれいに「この気ちがひ[19]」と言われるのだが、第四幕、屋敷が瓦解し、終戦を迎えてから半年過ぎた冬の最終幕においては、弟の光康との対話において、経隆自身が自らの言動を振り返って「狂気」という言葉を使っている。しかしエウリピデスの『ヘラクレス』に連なるこの「狂気」という認識もまた逆説的な意味合いを含んでいるのであって、いわば「神聖な狂気」の趣きを持っており、彼はこのように述懐する。

経隆　（おれいを）死んだ今では妻と呼んでやらう。あれも気の毒な女だつた。……しかし私が気が狂つていたとすると、それはどんな狂気だつたのだらう。果して私自身の狂気だつたらうか。それともはるかかなたから、思召《おぼしめ》しによつて享《う》けた狂気だつたか。たとへ私が狂気だつたにせよ、あの狂気の中心には、光かがやくあらたかなものがあつた。狂気の核には水晶のやうな透明な誠があつた。それによつて得た私の恵みは、喪失も喪失でなく、一人息子を失つたことさへ、さらに大きなものを得たと感じられたことだ[20]。

エウリピデスのヘラクレスが、そもそも彼を夫ゼウスのもうけた不倫の子として憎む女神ヘラによって、懲らしめの行為として子殺しの狂気に陥れられるのに対して、女神との関係からいえば、経隆の狂気は彼とその家を護る守り神から発せられたものなのである。したがって、アイスキュロス作『オレステイア』三部作の最後に登場する復讐の女神たちよろしく、瑠津子が弁天女神とみまごう装いで経隆を難じようとも、にせの女神、または女神のパロディである瑠津子にはなんの効力もなく、またアイスキュロスの復讐の女神エリーニュスたちのように「慈しみの女神」へと転化して、主人公に救済をもたらすこともない。あとには経隆の、「どうして私が滅びることができる。夙《と》うのむかしに滅んでゐる私が。」という言葉が、中空に響くばかりである。

「とっくに」滅んでいた、とはいつからのことを指すのか。夏の終戦からか、それとも戦中、または戦前からか。もしかしたら明治になって公家階級が新体制の内に取り込まれ、近代化を目指す中で、軍国主義的家父長制社会の確立に、前近代的な天皇信奉が強固な精神的下支えとして組み込まれていった、その時からを指すのか。経隆のこの言葉には、そうした価値体系に固着していた、三島の哀惜の念が感じられる。もしかしたら三島自身がその呪縛からついに逃れることのできなかった、犠牲者としての「息子」なのかもしれない。

（1）一九六七年一〇月上演プログラム、三島由紀夫全集24、新潮社、二〇〇二年、七二四頁。
（2）Sarah B. Pomeroy “Goddess, Whores, Wives, and Slaves: Women in Classical Antiquity” Robert Hale & Company, London, 1975, pp. 4-5. エヴァ・クールズ『ファロスの王国――古代ギリシャの性の政治学――』岩波書店、一九八九年、第二章。若桑みどり『イメージの歴史』放送大学、二〇〇二年、一一八～一三三頁。
（3）J・J・バッハオーフェン『母権制――古代世界の女性支配　その宗教と法に関する研究――』上下、白水社、一九九二～一九九三年、第三章。
（4）三島由紀夫『朱雀家の滅亡』三島由紀夫全集24、四三一～四三三頁。
（5）同右、四八六頁。
（6）上野千鶴子『家父長制と資本制』岩波書店、一九九〇年、第四章。

(7) ハイジ・ハートマン「マルクス主義とフェミニズムの不幸な結婚」L・サージェント編、田中かず子訳『マルクス主義とフェミニズムの不幸な結婚』勁草書房、一九九一年、四八頁。
(8) ニコラウス・ゾンバルト、田村和彦訳『男性同盟と母権制神話』法政大学出版局、一九九四年。
(9) 若桑みどり『戦争がつくる女性像』筑摩書房、一九九五年、八三頁。
(10) 市川裕見子「三島由紀夫の歌舞伎作品についての覚え書き——その三『芙蓉露大内實記』——」『外国文学』五〇号、二〇〇一年三月。
(11) 前掲注(4)書、四八六～四八七頁。
(12) 同右、四七一頁
(13) 同右、四八二頁。
(14) 同右、四四一頁。
(15) 同右、四七九頁。
(16) 同右、四八四～四八五頁。
(17) 同右、七二四頁。
(18) 同右、四八二頁。
(19) 同右。
(20) 同右、四九二頁。

少女とロココ――「女生徒」における〈少女〉表象――

平石典子

はじめに

文語・口語において性差が大きく、筆者や発話者の性が容易に想定されてしまう日本語で書かれる文学において、作家が女性の一人称語りの物語を構築する、という〈女語り〉の手法は長い歴史を持っているといえる。そして、一九三九年に『文学界』に発表された太宰治の「女生徒」は、成功した〈女語り〉作品であった。

太宰氏の青春は、「女生徒」に、女性的なるものとして歌はれた。(中略)「女生徒」は無論外村氏の言ふやうに、「一人の『女生徒』に託した氏自身の思ひ出である。」さうして、女生徒を借りて、作者自身の女性的なるもののすぐれてゐることを現した、典型的な作品である。(1)

自らも〈女語り〉を多くの作品に取り入れた川端康成は、発表当時、このように「女生徒」を称賛し、短編小説集『女生徒』は翌一九四〇年の第四回北村透谷記念文学賞の副賞を受賞している。「女生徒」が、語り手＝太宰でありながらも少女の気持ちにうまく入り込んでいる、という評価は現在もなされるもので(2)、この作品は数ある太宰の〈女語り〉の中でも注目されてきた短編だといえるだろう。

一方、この作品が、当時一九歳だった有明淑《しず》という読者の女性から送られてきた日記を基にしたものであることも明らかになっている。二〇〇〇年にその日記が刊行されてからは(3)、「女生徒」がその描写のほとんどを有明淑の日記に負っていることも指摘されており、作品と淑の日記を比較対照した太宰論も数多く発表されるようになってきた(4)。

本論で問題にしたいのは、「女生徒」に挿入される、「ロココ」をめぐるエピソードである。「女生徒」の語り手は、来客のために「ロココ料理」をふるまうが、これは淑の日記にはない、太宰の創作部分である。何資宜は有明淑の日記(以下『日記』とする)に残る太宰のメモと来客のエピソードの改変などから、この「ロココ料理」をめぐる一連のくだりが「「世の中」(文壇常識)を形成する「お客様」――時評家や読者への批判である(5)」と指摘しているが、本論では、「ロココ」が「少女の語り」に挿入されている点に着目したい。「ロココ」は、「女生徒」の語り手である「私」をどのように特徴づけるのだろうか。日本女性と「ロココ」が結びつけられる他の作品にも言及しながら、〈女語り〉が少女に期待するものを、「ロココ」をてがかりに考察してみたい。

一　〈女〉を拒否する〈少女〉の物語

さて、「女生徒」がその多くを有明淑の日記によっていることは先に記したが、太宰が『日記』から大きく改変した点がその女性観であり、特に「動物的ともいえる「女」の有り様への嫌悪(6)」は、『日記』よりも増幅されている。

「女生徒」の「私」は、バスと電車の中で、「いやな女のひと」を見かける。このエピソードにおいて太宰が『日記』に付け加えるのは、

ああ、汚い、汚い。女は、いやだ。自分が女だけに、女の中にある不潔さが、よくわかって、歯ぎしりするほど、厭だ。

という、「思春期の少女の、まさしくステレオタイプとしか言いようのない、性への嫌悪、成熟拒否(7)」であり、「成熟した〈女〉を嫌悪の対象とするミソジニー的語り(8)」である。そして、ここで「私」が「雌の体臭」を発散させるようになることへの恐怖感を、「金魚をいぢつたあとの、あのたまらない生臭さ」が自分の体にしみついている、とたとえる箇所は、太宰の創作する〈女語り〉の巧みさを表しているが、ここで彼は他の女性の語りをも参照しているのではないだろうか。

一九一一年、『青鞜』第一巻一号に掲載された田村俊子の「生血」は、初めて男性と性交渉を持った（らしい）翌日の女性の心の動きを追う、という、『青鞜』創刊号にふさわしい問題意識を持った作品だった。そしてこの作品において、〈性〉の匂いとして主人公に嫌悪感をもって認識されるのが、「生臭い金魚の匂ひ」である。

——緋縮緬の蚊帳の裾をかんで女が泣いてゐる。男は風に吹きあほられる伊予簾に肩の上をたゝかれながら、町の灯を窓からながめてゐる。男はふいと笑つた。さうして、

「仕方がないぢやないか。」

と云つた。――

生臭い金魚の匂ひがぼんやりとした。

何の匂ひとも知らずゆう子はぢつとその匂ひを嗅いだ。いつまでも、いつまでも、嗅いだ。

「男の匂ひ。」

ふと思つてゆう子はぞつとした。さうして指先から爪先までちり〳〵と何かゞ伝はつてゆく様に震へた。

「いやだ。いやだ。いやだ。」(9)

「生血」には、初めて男女の〈性〉に直面した明治期の未婚の女性の戸惑いや嫌悪感・罪悪感・敗北感といったものが、田村俊子の特徴でもある、感覚的な表現で綴られていく。「生臭い金魚の匂ひ」はまさにその典型であり、この匂いに嫌悪感を募らせるゆう子は、金魚鉢の金魚を掴み出し、ピンで刺し殺してしまうのである。ゆう子にとっての金魚の匂いが「男の匂ひ」である点は、「女生徒」の語り手が感じる「雌の体臭」とは異なっているが、〈性〉の匂いとして金魚の匂いをとらえ、それに対して「いやだ。いやだ。」と耐えられないほどの嫌悪感を示す二人の女性に共通するものは大きいといえるだろう。

「女生徒」には、「人のものを盗んで来て自分のものにちやんと作り直す才能は、そのずるさは、これは私の唯一の特技だ。本当に、このずるさ、いんちきには厭になる。」という描写がある。これは『日記』の「人のものを盗んできて自分のものにちやんと作り直す、ずるさも位《ママ》ひでせう。本当に、此のずるさには、厭になる。(五月一〇日)」から採られたものだが、太宰は、『日記』以外の女性たちの語りも参照しながら、「自分のものにちやんと作り直」して、説得力のある〈女語り〉を構築する。その上で、創作部分に太宰は大きな意味を込める。

「女生徒」のテクストは、困惑しながらも自らのセクシュアリティと向き合う「生血」のゆう子とは異なり、「雌の体臭を発散させるやうになつて行く」よりは「いつそこのまま、少女のままで死にたくなる」、と「私」に成長を拒否させるのだ。『日記』の三か月余りのタイムスパンを僅か一日に縮めることで、この拒絶は永続する。「いつまでも、お人形のやうなからだでゐたい」「私」は、〈少女〉と〈女〉のはざまで永遠に〈少女〉の側にとどまる存在なのである。

このような「女生徒」の語り手が、来客にふるまうのが、自分の考案した「ロココ料理」である。台所にあるものを「美しく配合」させたこの料理は、手間もお金もかからないが食卓を「賑やかに華麗」にするものである。「おいしい御馳走なんて作れない」彼女は、「色彩の配合について、人一倍、敏感」なので、見かけで客を「眩惑」する料理を「ロココ料理」と名付けるのだ。

卵のかげにパセリの青草、その傍に、ハムの赤い珊瑚礁がちらと顔を出してゐて、キヤベツの黄色い葉は、牡丹の花弁のやうに、鳥の羽の扇子のやうにお皿に敷かれて、緑したたる菠薐草《はうれんさう》は、牧場か湖水か。こんなお皿が、二つも三つも並べられて食卓に出されると、お客様はゆくりなく、ルヰ王朝を思ひ出す。

一八世紀のフランス、ルイ一五世の時代に流行し、ヨーロッパに広がった装飾様式であるロココ様式は、曲線模様の多用や人工的な色彩表現などを特徴とし、貴族的な華やかさ、繊細さを持っていた[10]。しかしこの様式は、その後隆盛した新古典主義の時代に、貴族趣味で退廃的、快楽のみを追求する、深みのない軽薄な様式と批判されることになる。また、ロココに対する批判は、ロココ芸術の発展に寄与したポンパドゥール侯爵夫人やマリー・アントワネットへの批判と重ねられることも多かった。女性たちが主導権を握った一八世紀の宮廷文化においてこのような芸術が花開いたのは、その文化の担い手である彼女たちが軽薄・無思想であったからだ、という主張がそれである。ここにロココ評価の大きな特徴があるといえよう。つまり、肯定的な評価も否定的な評価も含めて、ロココは非常に「女性的」な様式とみなされ、その特徴は、担い手である女性たち自身の特徴としても言説化されてきたものなのである。

〈少女〉と〈女〉をめぐるエピソードのように、太宰の意図が「女生徒」における創作部分に表出しているならば、太宰は、「ロココ」にこの二重の意味を込めているのではないだろうか。「私」は「デリカシイ」をもって「美しく配合」した料理を「ロココ料理」と呼ぶのだが、作者、太宰は、このロココ料理の担い手である「私」という少女もまた、繊細で華麗、女性的でありながら、「見かけ」だけで客を「眩惑させて、ごまかしてしまふ」存在だ、と言いたいのだとも理解できるだろう。太宰は「女生徒」の少女が自分の感性の一端を「ロココ」に託しながら、少女自身も「ロココ」として表象されるさまを描いているのである。

二　「ロココ」としての日本女性

さて、ロココとして表象される少女について考えるにあたって、ここで一度ヨーロッパに目を向けてみたい。実は一九世紀フランスでロココが再流行の兆しを見せた時には、日本とも関連づけて言及されたのである。

フランスの文学界における日本趣味の中心人物ともいえるゴンクール兄弟は、一八六四年九月三〇日の日記に、「本質的に、日本の画集とヴァトーの絵画が、非常に近い立場での自然の習作から生み出されたものであるというのは理屈に合わないことではない。」(11)と記している。ここでは、控えめな表現ながら、日本の浮世絵画家たちが、ロココ時代の代表的な画家であるジャン＝アントワーヌ・ヴァトーになぞらえられている。兄弟が日本の美術品の収集に夢中になるのはしばらく後のことになるが、一〇年後、一八七四年一〇月三〇日の日記には、日本から輸入された美術品を前にして「頭がくらくらするほど幻想的な芸術」(12)とこれを評するゴンクールの姿がある。

ケン・アイルランドは、一九世紀のロココ再流行におけるジャポニスムと印象派の貢献を指摘しているが、(13)確かに、日本の事物はロココ的であるといえなくもなかった。クロード・モネが一八七六年の第二回印象派展に出品した《ラ・ジャポネーズ》*La Japonaise* を見れば、そこでモデルである妻カミーユを彩る、日本の着物や団扇が、過剰なまでに曲線的で装飾的であることに気づく。壁一面に貼られる団扇は、殺風景な壁に無数の円を形づくり、その中央で扇子を手にし、浮世絵さながらにこちらを見返るカミーユが纏うのは、赤地に抜刀しようとする武者が大きく描かれた、豪華な打ち掛けである。その絵柄やたっぷりと入れられた裾吹き（そのために着物のシルエットは曲線的になる）から、これが花魁用の襠《しかけ》であることがわかるが、まるで押絵のようにも見える立体的な武者は、それを着るモデルよりも大きな存在感を、見る者に与えるのだ。無論、モネの筆致はロココ美術の手法とはまったく異なったものだが、描かれている日本の事物は、その装飾性という点でロココと重なり、女性モデルと共に配置されることで、その「女性性」を強調されるのである。

さらに興味深いのは、一八七四年に発表された、次の散文詩である。

日本のロココ

ねえ君、黒い眼と、黒い三つ編み、金色の肌の君、聞いておくれ、僕の陽気なオオカミよ！

君の素敵な目、こめかみの上で反り返った目が好きだ、君の赤い口、みずみずしいナナカマドの実のような赤い口、丸くて黄色い頬が好きだ、君のねじれた足、硬い胸、槍の穂先の形をして、真珠貝のように光る君の大きな爪が好きだ。

気取ったオオカミよ、君のいらいらさせる物憂さが好きだ、君のけだるいほほ笑みが、無気力な態度が、なよなよしたしぐさが僕は好きだ。

甘えん坊のオオカミよ、猫の鳴き声のような君の声が好きだ、その夜鳥のようなしゃがれた調子が好きだ、でも僕がすべてにまして、死ぬほど好きなのは、君の鼻、まるで黒い葉叢の中に花開いた黄色いバラのように、君の波打つ髪からのぞく君の小さな鼻だ。(14)

これは、一八八四年に『さかしま』*À Rebours* で一躍ヨーロッパのデカダンたちの寵児となるジョリス＝カール・ユイスマンスの作品である。彼が自費出版した散文詩集『薬味箱』*Le Drageoir aux épices* の、巻頭詩につぐ第一詩として収められたこの詩は、日本女性の印象を歌ったものであった。ユイスマンスの日本美術に対する強い関心は『さかしま』などでも披露されるが、(15)すでにその一〇年前に、ユイスマンスが日本人に向けた興味を持っていたことがわかるとともに、ここで日本の女性が「ロココ」に結びつけられていることは、注目に値するだろう。

日本が初めて正式に参加した一八六七年のパリ万博では、柳橋の芸者三人が実際に客の接待をした日本館の水茶屋が評判を呼び、エドモン・ド・ゴンクールやプロスペル・メリメがそこに通ったことも知られている。[16]その印象が強かったのか、この頃から、特にフランスでは日本の物だけでなくそこに暮らす人間にも興味や注目が集まるようになっていく。その好例がシャルル・C・サン＝サーンス作曲、ルイ・ガレが脚本を担当し、一八七二年六月にパリで初演されたオペラ・コミック『黄色い王女』*La Princesse jaune* だろう。この作品はオランダが舞台であるが、主人公の画家、コルネリスは日本に夢中で、絵の中の女性をミン姫と呼んで彼女への恋心を日本語交じりの詩にしている。タイトルでもある「黄色い姫」とはこのミン姫のことである。麻薬による幻覚により、コルネリスは彼に思いを寄せる従妹のレナをミン姫だと思い込む。幻覚の覚めた後で現実のレナに対する愛情に気付いた彼は、レナにそれを打ち明け、舞台はハッピーエンドで幕を下ろす。そして、この作品が上演された時に観客たちの目を引いたのは、コルネリスの幻覚にともない日本的なものに変貌していく舞台であり、ミン姫として着物に身を包んで現れるレナの姿であった。

この作品がユイスマンスを刺激した可能性もあるが、『黄色い王女』に比べても、「日本のロココ」の描写は具体性に富んでいる。ジュール・ヴェルヌが『八十日間世界一周』*Le Tour du monde en quatre-vingts jours*（一八七三年）で主人公一行の横浜上陸を描いているとはいえ、そこにはほとんど日本人の描写は出てこない。林忠正が渡仏するのが次のパリ万博の年である一八七八年、林とも交流があったエドモン・ド・ゴンクールの『ある芸術家の家』*La Maison d'un artiste* が一八八〇年、[17]ピエール・ロティの『お菊さん』*Madame Chrysanthème* が一八八七年に出版されたことを考えると、「日本のロココ」はかなり早い時期の日本人表象だともいえるだろう。

ともあれ、そんな作品である「日本のロココ」に眼をむけてみたい。この作品については、女性の官能的な魅力を誇張と滑稽さの中に羅列したもので、彼が日本美術に向けた鋭敏な解釈は影をひそめている、といった否定的な評価[18]がなされているが、この詩で「雌オオカミ louve」とされる女性は、「ねじれた足」や「硬い胸」を持ち、「物憂さ」「けだるいほほ笑み」「なよなよしたしぐさ」を備えている。「オオカミ」を除くそのいずれもが、後にロティの作品などで繰り返され、ヨーロッパでの「常識[19]」となっていく、日本女性表象の特徴といえる。そうした特徴をユイスマンスがふまえている、ということは、彼が実際に日本の女性を知っていたか、日本女性をある程度よく知る人物から情報を得ていたことを示しているだろう。ミン Ming という名前をつけられ、具体的な描写のされない『黄色い王女』における日本の姫が、パリ万博で盛り上がった、人々のジャポニスムを利用しようとするサン＝サーンスとガレの戦略だったとすれば、ユイスマンスは、より個人的な興味から「日本のロココ」を書いたのだと思われる。

そして、この詩をユイスマンスが「ロココ」と名付けていることに着目すれば、ユイスマンスはこの日本女性を、まず退廃的な官能、という意味でロココの世界に置き、その上で、一方でその美しさを描写（黒い眼、黒い髪、金色の肌、赤い口）しながらも、他方ではそこに空疎（物憂さ、けだるさ、無気力）を見ることで、この女性をさらにロココの特質に当てはまる存在としてとらえていたともいえるだろう。日本女性を「人形」「空っぽ」と形容するのも、後のロティの『お菊さん』や『秋の日本』*Japoneries d'automne*（一八八九年）における描写の特徴であるが、このようにして、日本の女性はロココと結びつけられているのである。

三　孤高の自覚――「女生徒」から『下妻物語』へ――

このように、一九世紀のユイスマンスのテクストにおいては、日本の女性がその官能的な女性性と、内面の空疎によって、ロココと結びつけられていた。それをふまえて、今一度「女生徒」のテクストに戻ってみると、太宰がここで「ロココ料理」を考案したことの意図が明確になるだろう。〈女〉になることを拒否する〈少女〉の女性性は、ヨーロッパにおけるロココの退廃的なイメージとは相容れないものである。だからこそ、「私」はありあわせの食材を「美しく配合する」だけの料理を「ロココ」と名付ける。この物語における「ロココ」の女性性はあくまでも表面的な美しさにあり、官能的な側面は周到に排除されているのだ。そして、太宰によるロココのこのような読み替えは、少女表象をさらに前進させる。

ロココといふ言葉を、こなひだ辞典でしらべてみたら、華麗のみにて内容空疎の装飾様式、と定義されてゐたので、笑つちやつた。名答である。美しさに、内容なんてあつてたまるものか。純粋の美しさは、いつも無意味で、無道徳だ。きまつてゐる。だから、私は、ロココが好きだ。

この文章が明らかにするのは、ロココに対する否定的な評価を反転させ、それ故にロココを愛する、という「私」の姿である。「美しさに、内容なんてあつてたまるものか。純粋の美しさは、いつも無意味で、無道徳だ。」という表現は、作者太宰の意思の表明としてとらえられ、「国家総力戦へ向かって日本が思想統制の鉄の輪を一段と締めつけはじめた時期に、こんな〝思想〟を女学生に託して発信するのはなかなか勇気の要ることだったと思う」[20]とも評されているが、先に述べたように、「ロココ」から二重の意味を読み取るならば、「華麗のみにて内容空疎」なのは「女生徒」の「私」を外部から規定するまなざしでもあるのだ。

そもそも、このテクストにおいて、「私」はその「女性的なるもの」を称賛されながらも、たとえば永井荷風の『濹東綺譚《ぼくとうきだん》』に関する批評について、「作者である太宰治の正体が表面に出てしま」ったもので、「とうてい少女にできるものでは」[21]ない、と解説されるように、その知的なコメントについては〈女語り〉を行う男性作家である、太宰治のものだとされてきた。「女生徒」である「私」はまさに、「華麗のみにて内容空疎」な存在として読まれてきたのである。

何資宜の指摘するように、太宰が川端康成をはじめとする読者を十分に意識して「女生徒」を作り上げたのであれば、当然こうしたことにも意識的であったと思われる。「私」が「ロココ料理」を作ることによって、繊細で華麗、しかし「内容空疎」であるロココの特性は、「何も思ふことがない。からつぽだ。」という、語り手の〈少女〉の特性と見事に重なるのである。中谷いずみは、「私」の「からつぽ」なるものが、豊田正子という、有明淑にも影響を与えた実際の少女の書き手の「本質を「空白」とする川端のまなざしに類似したもの」であるとした上で、「こうして「からつぽ」や「空白」は、〈少女〉たちの属性として語られていくのである。[22]」と指摘しているが、ロココのエピソードもまた、〈少女〉と「空疎＝からつぽ」の関係を補強するものなのである。

さらには、ロココを〈少女〉と重ねてみると、「美しさに、内容なんてあつてたまるものか。」というのは、「少女＝華麗のみにて内容空疎」だというまなざしを受け入れ、それを肯定的に読み替えようとする「私」からの反駁であるとも読める。「純粋の美しさは、いつも無意味で、無道徳」であり、「だから、私は、ロココが好きだ。」と断言する太宰の「私」は、ロココの特徴が自身にも適用されること、つまり自らの「空疎」をも自覚している。そして、空疎を自覚しながらそこに「純粋の美しさ」を見出すことによって、「私」は、自らを肯定的に読み替えようとするのである。

ところが、「私」のこの美意識は、誰にも理解されることがない。「ロココ料理」は皆に褒められ、「私」は孤独感を増す。結局、「私」は自らの本質を外界に対して閉じ、「ひとりきりの秘密を、たくさんたくさん持つやうに」なるのである。〈女語り〉の主体である太宰治は、このようにして孤高の〈少女〉を作り上げる。空疎を自覚した「私」は、孤高の存在となるのだ。そしてそれは、ある種の理想の少女像であるともいえる。物語の最後で、「私」が自らを「王子さまのゐないシンデレラ姫」と評するのは故ないことではない。彼女は〈女〉にならない少女であると同時に、誰（どんな男）のものにもならない少女なのであり、永遠の〈少女〉として生き続けるのである。

さて、「女生徒」の「私」は、現代に再び現れることになる。最後に、「私」を受け継いだ、ロココを信奉する少女について言及しておこう。それが、もう一つの〈女語り〉、嶽本野ばらの『下妻物語――ヤンキーちゃんとロリータちゃん――』（二〇〇二年、以下『下妻物語』とする）の主人公、竜ヶ崎桃子である。

『下妻物語』は「真のロリータはロココな精神を宿し、ロココな生活をしなければなりません。」という一文で始まる。このテクストにおいては、少女は初めから、私＝ロココであると宣言しているのだ。

ロココ、それは十八世紀後半のおフランスを支配した、もっとも優雅で贅沢な時代。美術史においてロココといえば、一七一五年頃から七〇年辺りまでの、カトリック信仰に基づいた雄大で荘重な様式美を持つバロックの後に出現した、な―んにも深く考えず、四角いよりは丸い方が可愛いじゃんという理由のみで採用された曲線美と、荘厳なバロックの男性的ダイナミズムってちょっと息が詰まるし、真面目くさって面白くないからと考案された華やかで繊細で女性的、といえばきこえはよいものの実に軽薄な装飾様式のことを指します。

語り手である桃子は、まずこのように、一般的にロココが否定的な評価を下されていることを、やや誇張ぎみに紹介する。そして、「美術史で、出来ればなかったことにしたいと思われているロココは、ファッションや生活習慣なども含め、美術だけでなくその時代自体をなかったことにしたいと、見識ある人々からは思われているようです。」とロココを必要以上に貶めた上で、自分にとっては、その価値観が何よりも大切であると説く。

道徳や真実よりも優雅さや甘ったるい感情、空想癖などを尊重し、これからどうなるか解らぬ人生に意味を与えることより刹那の恋に溺れ、論理も慣習も無視して自分が今、確かに体験している享楽にしか価値を与えない――それがロココなココロ（洒落てみた。笑ってね）なのです。（中略）ロココはどんな思想よりも、パンクでアナーキーなのです。私はエレガントなのに悪趣味で、ゴージャスなのにパンクでアナーキーであるロココという主義にだけ、生きることの意味を見出すことができるのです。

このように語りながらも、桃子の「享楽」はファッションや刺繍であり、「刹那の恋に溺れ」るような要素も何ひとつ配されない。竜ヶ崎桃子は、ロココと〈少女〉を結びつけた「女生徒」の「私」の正当な後継者なのである。そして、ロココを「パンクでアナーキー」と評する（ロココが社会に対する怒りや不満を表現する「パンク」と共通するかどうかについては疑問だが）桃子は、「女生徒」の「私」よりもさらに孤独であり、孤高である。しかも、彼女は自ら望んでその孤高を引き受けているように見える。桃子によるロココの定義が、他人の価値観との峻別、という点を強調していることからも、それは確認できるだろう。なお、「ロリータの源泉であるロココな美意識」というのはあくまでも桃子にとってのことであって、一般的にはロリータファッションとロココは必ずしも結びついてはいないようだが、この二つが結びつくことによって、「女生徒」の「私」の美意識を継承する桃子の孤高はさらに強力なものになっているといえるだろう。桃子もやはり、〈女語り〉が描き出す、潔癖で孤高の美意識を持つ理想の少女表象なのである。[23]

おわりに

「私」の時間を一日にすることで時間の流れを止め、永遠の少女像を描き出した「女生徒」に対して、『下妻物語』の桃子は、物語の中で友情をはぐくみ、成長を遂げることになる。その意味では、「女生徒」と『下妻物語』の狙いは異なっている。しかしながら、いずれの少女も、退廃的・官能的な側面を排除された「ロココ」の文脈の中に配置されることにより、〈女〉の性を拒否する〈少女〉としての女性性を強調され、孤高にその美意識を貫いていくことになる。日本の〈女語り〉に現れた「女生徒」というテクストが、ロココを媒介にしてこのような〈少女〉表象を生み出したこと、そしてそれが高い評価を受けながら現代の作品にも反映していることは、日本文学における〈女語り〉と少女表象を考える上で興味深い現象といえるだろう。

(1) 川端康成「小説と批評――文藝時評――」『文藝春秋』一九三九年五月号、三五一頁。

(2) 朱川湊人は二〇〇八年のインタビューで自らの〈女語り〉の作品に触れながら、「太宰も「女生徒」なんかでスッと女性の気持ちに同化している。あれは、彼の中に女性がいるんでしょうね。」と発言している(「インタビュー朱川湊人」『文蔵』二〇〇八年六月号、「特集はじめての「太宰治」」一八頁)。なお、同号でやはりインタビューが掲載された綿谷りさは、太宰の短編で好きな作品として「女生徒」をあげている(同前、一三頁)。

(3) 青森県近代文学館編『資料集第一輯　有明淑の日記』青森県近代文学館、二〇〇〇年。本文中の有明淑の引用は、ここからのものである。

（4）相馬正一「太宰治の「女生徒」と有明淑の日記」（『資料集第一輯　有明淑の日記』）、高橋秀太郎「太宰治「女生徒」成立考――構想メモと『有明淑の日記』（上）――」（『日本文芸論叢』第一六号、二〇〇二年）、細谷博「「女生徒の自立性――『有明淑の日記』との関係で――」（『アカデミア　文学・語学編』第七三号、二〇〇三年）、何資宜「太宰治「女生徒」試論――『有明淑の日記』からの改変にみる対川端・対読者意識――」（『国文学攷』第一九六号、二〇〇七年）、など。

（5）何前掲論、二一頁。

（6）高橋前掲論、七四頁。

（7）坪井秀人「女の声を盗む――太宰治の女性告白体小説について――」『第二七回国際日本文学研究集会会議録』国文学研究資料館、二〇〇四年、二九頁。

（8）中谷いずみ「「少女」たちの「語り」のゆくえ――豊田正子『綴方教室』と太宰治「女生徒」――」飯田祐子他編『少女少年のポリティクス』青弓社、二〇〇九年、一三七頁。

（9）田村俊子「生血」『田村俊子作品集』第一巻、オリジン出版センター、一九八七年、一八八〜一八九頁。なお、引用にさいし、旧字は適宜新字に改めた。

（10）ロココ様式については、マックス・フォン・ベーン、飯塚信雄訳『ロココの世界――十八世紀のフランス――』（三修社、二〇〇〇年）、坂本満編『世界美術大全集　ロココ』西洋編18（小学館、一九九六年）などを参照。

（11）Robert Ricatte（ed.）, Edmond de Goncourt, Jules de Goncourt, *Journal; mémoires de la vie littéraire, 2eme volume*, Paris : Fasquelle, 1959, p. 85. 原文は «Au fond, ce n'est pas un paradoxe de dire qu'un album japonais et un tableau de Watteau sont tirés de l'intime étude de la nature.»

（12）Goncourt, *ibid.*, p. 1000. 原文は «cet art capiteux et hallucinatoire»

（13）Ken Ireland, *Cythera Regained? : the Rococo Revival in European Literature and the Arts, 1830–1910*, Madison: Fairleigh Dickinson University Press, 2006, pp. 39–40.

（14）Joris-Karl Huysmans, *Le Drageoir aux épices, suivi de pages retrouvées*, Paris: les éditions G. Crés et Cie, 1921, pp. 9–10. 原

詩は以下の通り。

Rococo japonais

Ô toi dont l'oeil est noir, les tresses noires, les chairs blondes, écoute-moi, ô ma folâtre louve !

J'aime tes yeux fantasques, tes yeux qui se retroussent sur les tempes ; j'aime ta bouche rouge comme une baie de sorbier, tes joues rondes et jaunes ; j'aime tes pieds tors, ta gorge roide, tes grands ongles lancéolés, brillants comme des valves de nacre.

J'aime, ô mignarde louve, ton énervant nonchaloir, ton sourire alangui, ton attitude indolente, tes gestes mièvres.

J'aime, ô louve câline, les miaulements de ta voix, j'aime ses tons ululants et rauques, mais j'aime par-dessus tout, j'aime à en mourir, ton nez, ton petit nez qui s'échappe des vagues de ta chevelure, comme une rose jaune éclose dans un feuillage noir.

(15) Jan Walsh Hokenson, *Japan, France, and East-West Aesthetics: French Literature, 1867–2000*, Madison: Fairleigh Dickinson University Press, 2004, pp. 92–97.

(16) 清水勲は『明治の風刺画家・ビゴー』（新潮社、一九七八年）の中で、「彼女たちは名前をかね、みす、さとといい、いずれも大変な美人で客にお茶や味醂酒の接待をした。それが人気を呼んで、この水茶屋の前は連日大にぎわいだった」（二二頁）と紹介している。また、安岡章太郎は『大世紀末サーカス』（朝日新聞社、一九八四年）でこの日本館について触れ、メリメの「牛乳入りの珈琲のような皮膚」（高橋邦太郎訳、二一七頁）という日本女性評も紹介している。

(17) ゴンクール兄弟と林の交流については、Brigitte Koyama-Richard, *Japon rêvé: Edmond de Goncourt et Hayashi Tadamasa*, Paris: Hermann, 2001 に詳しい。

(18) Christopher Lloyd, *J.-K. Huysmans and the Fin-De-Siècle Novel*, Edinburgh Univ Press, p. 25; Hokenson, *ibid.*, p. 97.

(19) エンディミヨン・ウィルキンソンは、「十九世紀末には、ロティの日本は、そっくりそのままヨーロッパの日本になった。」と述べている（ウィルキンソン『誤解――ヨーロッパvs日本――』徳岡孝夫訳、中央公論社、一九八〇年、七六頁）。

(20) 出口裕弘『太宰治変身譚』飛鳥新社、二〇〇四年、一九四頁。

(21) 吉田精一「作者と作品について（解説）」『ジュニア版日本文学名作選10 太宰治 走れメロス・女生徒』偕成社、一九六四年、三一〇頁。なお、実際は『日記』に荷風の『つゆのあとさき』評として「『濹東綺譚』もさうだつたけれど、中味から受ける感じは、決して汚たないもではないのだ。それを乗越した静かな嘘の無い諦め、そんなものを思はせられる。」とある。

（22） 中谷いずみ前掲論、一四〇頁。なお、「からつぽ」を作品の主題と見なした論には、坂森美奈「太宰治『女生徒』論」（『国語国文学』第四三号、福井大学、二〇〇四年）がある。

（23） 桃子は「ロリータにとってのVivienne Westwood」を「特別なブランド」と呼んでいるが、ウェストウッドは二〇〇四年のコレクション"Ultra Femininity"でロココの画家、ブーシェにインスパイアされた作品を発表している。ただし、そこでウェストウッドは"voluptuous"をキーワードとして用いており、ここからも、桃子（そして「女生徒」）のロココ受容がヨーロッパとは異なったものであることがわかる。

〔追記〕 太宰治「女生徒」の引用は『太宰治全集』第三巻（筑摩書房、一九九八年）に、嶽本野ばら『下妻物語——ヤンキーちゃんとロリータちゃん——』の引用は、単行本（小学館、二〇〇二年）によった。なお、前者については、引用にさいし、旧字を適宜新字に改めた。

『行人』のお直をめぐって

増田裕美子

一　嫉妬する男たち

夏目漱石の作品には、一人の女をめぐって二人の男が対立するという構図がよく見受けられる。とくに、いわゆる後期三部作——『彼岸過迄』『行人』『こころ』——では男たちが自らの嫉妬の感情を露わにしている。たとえば、『彼岸過迄』の須永は、「恋の嫉妬といふものを知らずに済ま」してきたのに、高木という男が現れて、「名状し難い不快」を覚えたと語る。[1]

さうして自分の所有でもない、又所有にする気もない千代子が源因で、此嫉妒心が燃え出したのだと思つた時、僕は何《ど》うしても僕の嫉妒心を抑え付けなければ自分の人格に対して申訳がない様な気がした。

また、『こころ』の先生は遺書の中で御嬢さんをめぐるKへの嫉妬についてこう語る。

私は今でも決して其時の私の嫉妬心を打ち消す気はありません。私はたび〳〵繰り返した通り、愛の裏面に此感情の働きを明らかに意識してゐたのですから。しかも傍《はた》のものから見ると、殆んど取るに足りない瑣事に、此感情が屹度《きつと》首を持ち上げたがるのでしたから。（中略）かういふ嫉妬は愛の半面ぢやないでせうか。(2)

『行人』の一郎も弟の二郎に「お直は御前に惚《ほれ》てるんぢやないか」(3)と疑念を呈し、妻の節操を試すため、二人で和歌山へ行って一晩泊まってくるようにと二郎に頼む。

しかしながら、このように嫉妬する男たちは、日本文学の伝統から見ると、異質な存在といわなければならない。そもそも日本では「悋気は女のつつしむところ、疝気は男の苦しむところ」と落語の枕で語られるように、(4)嫉妬は女の専売特許であった。貝原益軒の著とされる『女大学』には、女子の修身の心得の一つとして「嫉妬《しつと》の心《こゝろ》、努《ゆめ》〳〵発《をこ》すべからず」(5)とある。嫉妬という言葉自体、「嫉」という文字が「女性にありがちな、かっと頭にくる疳の虫、つまり、ヒステリーのこと」であり、「妬」という文字は「女性が競争者に負けまいとして真っ赤になって興奮すること」である。(6)どちらの文字も女偏である以上、嫉妬が女性の特質と考えられているのは明らかである。

それゆえ文学作品においても古来より嫉妬する女たちの話には事欠かない。とりわけ『源氏物語』に登場する六条御息所は嫉妬する女の典型として、謡曲『葵上』にとりあげられ、漱石の『虞美人草』のヒロイン藤尾の造形にまで大きく関わっていたことは、すでに論じたところである。(7)

ひるがえって西洋文学の場合は嫉妬するのは男である。嫉妬する男たちの系譜は古くはホメーロスの『イリアス』にまで遡ることができ、そこで描かれるトロイア戦争は、スパルタ王メネラオスが美女の誉れ高い妻ヘレネをトロイアの王子パリスに奪い去られたことに端を発していた。メネラオスはいわば寝取られ亭主の元祖であり、その嫉妬心が戦争を引き起こしたのであった。

そして中世のファブリオ（fabliaux）と呼ばれる笑話――チョーサーの『カンタベリ物語』やボッカッチョの『デカメロン』など――には、嫉妬深い夫たちをまんまと騙して他の男と浮気を楽しむ妻たちの話が数多く見出される。そのような寝取られ亭主の額には角が生えるという俗信もあって、間抜けな夫たちは格好のからかいの対象となった。シェイクスピアも『お気に召すまま』の中で、道化タッチストーンに次のような皮肉な台詞を述べさせる。

りっぱな角を持ち、しかもその際限を知らぬ男は多い。なにしろ、それは女房の持参金で、自分で作ったものじゃない。(8)

シェイクスピアは『オセロウ』で、この角が生えることに恐れを抱く、嫉妬する夫オセロウを描いたが、同様に『行人』にも妻の貞操に疑いを抱く夫である一郎が登場する。こうした同質性から両者を対比して小谷野敦が論じている。(9)

小谷野が指摘している二点のうち、一つはイアゴウと二郎の共通性である。小谷野がいうように、イアゴウと二郎は善良な人間として諸人の信頼を集めている。確かに「〝公〟から排除された地位の故に、彼らは〝私〟の世界である女・子供のなかを巧みに遊泳し、他人の微妙な感情や行動を制御し支配する権能を身につけている」。しかしその「裏の権力」なるものの行使に気づくか気づかないかは大きな相違である。オセロウは最後までイアゴウの言葉を疑うことなく、イアゴウの悪だくみに乗せられて、妻デズデモウナを殺してしまう。一方、一郎は「女景清」の一件を機に、二郎への信頼を取り消すのである。

一郎は父の「女景清」の話を聞いた時、父の軽薄さに泣いたと語り、二郎も父と同様に「少しも摯実《しじつ》の気質がない」となじる。

「お前はお父さんの子だけあって、世渡りは己《おれ》より旨いかも知れないが、士人の交はりは出来ない男だ。なんで今になつて直の事をお前の口などから聞かうとするものか。軽薄児め」

自分の腰は思はず坐つてゐる椅子からふらりと立ち上つた。自分は其儘《そのまゝ》扉《ドア》の方へ歩いて行つた。

「お父さんのやうな虚偽な自白を聞いた後、何で貴様の報告なんか宛にするものか」

このように一郎から罵倒されて二郎は家を出て行く決心をすることになるが、オセロウの場合はなぜイアゴウをつゆ疑うことなく、「正直な男」だと言い続けたのだろうか。

『オセロウ』というドラマの中心にあるのは実は、主人公オセロウの悲劇的な英雄ぶりでも、「正直な」イアゴウの悪党ぶりでもない。人間に行動を起こさせ、その結果人々の運命を決定していく嫉妬という抑制しがたい情念のとてつもない恐ろしさである。

閣下、嫉妬にご用心を。嫉妬は緑色の目をした怪物で、人の心を餌食とし、それをもてあそぶのです。

オセロウにこう忠告するイアゴウ自身が、オセロウそしてキャシオに妻を寝取られた（と思い込んだ）ことで、「思慮分別ではどうにもならぬほどの激しい嫉妬」に駆られ、復讐のために奸計を仕組んだのであった。オセロウにしてもイアゴウにしても事の真相は問題ではない。妻が不義を働いたという疑いがあるだけで大変な問題なのである。男たちのこうした嫉妬の裏側には抜きがたい女性蔑視の考えがある。第一幕で寝耳に水の結婚を知らされたデズデモウナの父親は捨て台詞のようにオセロウにいう。

目があるならムーアあれに気をつけろ。父親をだましたんだ。おまえさんだってだましかねないぞ。

イアゴウもまたそっくり同じ言葉を繰り返す。

あの方はお父様をだましてあなたと結婚なすったんですよ。

女は背信行為を働くもの——これこそ『旧約聖書』「創世記」のアダムとイヴの物語以来形作られてきた女性観である。それゆえにハムレットは母ガートルードの早すぎる再婚に「あゝ、脆《もろ》きものよ、女《をんな》とは汝《なんぢ》が字《あざな》ぢや！」(10)と慨嘆し、妻の不貞という妄想にとりつかれたオセロウは「ああ、結婚とは呪わしいものだ。（中略）妻に不義を働かれた夫の額に角が生えるという疫病は我々が生れついたその時から我々に運命づけられているのだ」と嘆息する。

小谷野が指摘する第二点はデズデモウナとお直の〈他者〉としての女性性ということだが、デズデモウナの場合は以上のような、女は信用できないものとする差別的女性観を読み込む必要がある。
一方の『行人』の場合は、一郎がこうした女性観をもった夫としては描かれていないことに注意すべきである。確かに「パオロとフランチェスカ」の話が持ち出されることによって、一郎は西洋的な嫉妬する夫の役どころを振り当てられているかのように見える。しかし一郎はこの話に関して、結婚という〈道徳〉よりも恋愛という〈自然〉を優位に見ており、[11]その点でオセロウとは対照的である。
オセロウは寝台で眠るデズデモウナを前にして殺害の決意を語るが、そこには姦通を許しがたい罪として罰しようとする態度が現れている。

だが、あれは死なねばならぬ、さもなくばまた男を騙すであろう、(中略)ああ、かぐわしい息、正義の神もその剣を折りかねまい。(中略)泣かずにはいられない。しかしこの涙は残酷な涙だ。この悲しみは神のもの、愛すればこそむち打つのだ。

事の真相が明らかになった後でもオセロウは悪びれずに、自分のことを「名誉の人殺しとでも呼んでいただきたい、すべて憎しみではなく名誉のためにしたのですから」という。
女性不信と男の名誉――これが西洋の男たちの嫉妬を容認し肯定する要因となっている。だが、一郎の苦しみがそのような嫉妬からくるものでないことは、『行人』の最後に綴られる一郎の友人の手紙の内容を見ても明らかである。一郎は友人に「家庭にあつても一様に孤独である」という「痛ましい自白」をし、「自分の周囲が偽で成立してゐる」という。先に、一郎が二郎に対し、父親と同じで摯実の気質がないとなじって信頼を取り消したことに触れたが、一郎は二郎だけでなく誰彼をも疑っているのである。この点で一郎は「人間全体を信用しないんです」と語る『こころ』の先生に近似している。そして先生について奥さんが「世間といふより近頃では人間が嫌になつてゐるんでせう。だから其人間の一人として、私も好かれる筈がないぢやありませんか」というように、一郎も「人間の一人として」お直を信用できず、お直の言葉によれば、お直に「愛想を尽かして仕舞つ」ているのである。

以上のように、一郎を西洋文学に特有の嫉妬する夫たちと重ね合わせるには無理な点があるが、お直をめぐる一郎と二郎の対立という三角関係を否定することはできない。そこでこの問題を考えるために、『行人』を語り手の二郎の物語という視点からとらえ直し、お直という女性に焦点を当てていきたいと思う。

二　二郎と女たち

『行人』は一郎の友人の手紙で終結していることもあって、一郎の人格や内面に焦点が当てられがちだが、二郎が単なる語り手ではなく、三角関係にある当事者でもある以上、二郎を中心に作品を読み解いていくことは必要である。『行人』は四部構成からなるが、二郎と対立する一郎の話は第二部「兄」以降に展開されており、第一部「友達」ではまったく触れられていない。しかし、この第一部はその後の話の流れを暗示する予兆的なプロローグとなっている。

第一部は二郎が自分の家に厄介になっているお貞という娘の縁談の件で大阪に到着したところから始まるが、二郎は到着したその足で、かつて自分の家の食客であった岡田の家に向かう。縁談は岡田の周旋によるものであり、岡田自身やはり二郎の家に出入りしていたお兼という女と結婚していたのであった。

岡田夫婦は非常に仲の良い夫婦で、二郎は「結婚してからあゝ親しく出来たら嘸《さぞ》幸福だらう」と羨ましく思う。この幸福な夫婦のありようは後に出てくる一郎とお直の夫婦のありようとは対照的であり、「何処の夫婦だつて、大概似たものでさあ」という岡田の言葉が皮肉に聞こえるような展開になっていく。

しかしそのこととは別に、ここで見逃してはならないのは、人妻のお兼に対する二郎の視線である。二郎は、帰宅したお兼の汗を帯びて赤くなった顔や、夫の声に答える優しい声に言及した後に、「眼の縁に愛嬌を漂よはせる所などは、自分の妹よりも品の良い許《ばかり》でなく、様子も幾分か立優《まさ》つて見えた」と述べる。そして岡田に対して「好い奥さんになつたね。あれなら僕が貰やよかつた」という。これが冗談で済むのは、岡田夫婦が二郎よりも下の階級に属しているからであり、同じ階級であれば、お直との仲が疑われるのと同様の事態に発展していく可能性のある発言であった。

ただし第一部にはお兼以上に重要な意味をもつ女が登場する。漱石は『三四郎』でヒロイン美禰子の登場以前にその先触れとして「汽車の女」を登場させたが、『行人』のヒロインお直の先触れ的存在としては、「あの女」をあげねばなるまい。

「あの女」とは二郎が友人の三沢を見舞ったさいに病院で見かけた、病苦に背を丸くした美しい女のことで、三沢の知っている芸者であった。三沢は大阪に来てある茶屋で、この女とお互い胃に変調を来しながら酒を呑み合ったという。二郎は病院へ行くたびに、三沢と筋向いの病室に入院した「あの女」の噂話をする。それほど三沢も二郎も「あの女」に対する「興味」を日々募らせていくと同時に、「あの女」の美しい看護婦のことも二人の話題に上る。そんな二人の心の内を二郎は次のように語る。

自分の「あの女」に対する興味は衰へたけれども自分は何うしても三沢と「あの女」とをさう懇意にしたくなかつた。三沢は又、あの美しい看護婦を何うする了見もない癖に、自分丈が段々彼女に近づいて行くのを見て、平気でゐる訳には行かなかつたのである。其処に自分達の心付かない暗闘があつた。其処に持つて生れた人間の我儘と嫉妬があつた。其処に調和にも衝突にも発展し得ない、中心を欠いた興味があつた。要するに其処には性の争ひがあつたのである。

二人とも女に対する「興味」が「興味」のままで恋愛感情に発展していかないのは、「あの女」にしろ看護婦にしろ自分たちよりも下の階層に属していることが大きいが、ここで注意すべきなのは、女をめぐる男たちの「暗闘」や「嫉妬」に言及されていることである。これが第二部以降の一郎と二郎のお直をめぐる「性の争ひ」を予告するものであることはいうまでもない。

さらに指摘しておきたいのは、「あの女」が治癒する見込みのない〈死ぬ女〉だということである。これは、「あの女」に顔がよく似ている「娘さん」がやはり病院に入って死んだことにつながっていく。

「娘さん」とは、三沢の父の知人の娘で、三沢の父が別の知人の家に嫁がせたのだが、「ある纏綿《てんめん》した事情のために」ほどなく夫の家を出て、三沢の父が預かることになった。ところが娘は「少し精神に異状を呈してゐ」て、三沢が外出しようとすると玄関まで送ってきて「早く帰つて来て頂戴ね」という。この話に二郎は「君に惚れたのかな」と訊ねると、三沢は「誰にも解る筈がない」と答えながらも、「其娘さんに思はれたいのだ。少くとも僕の方ではさう解釈してゐたいのだ」という。事実は「娘さん」の夫が「新婚早々たびく家を空けたり、夜遅く帰つたりして、其娘さんの心を散々苛《いぢ》め抜いた」ために気が狂って、「旦那に云ひたかつた事を病気のせゐで」

三沢にいったという事らしいのだが、三沢はそう信じたくないという。「それ程君は其娘さんが気に入つてたのか」と訊ねる二郎に三沢は、「気に入るやうになつたのさ。病気が悪くなればなる程」と答える。

この話ももう一つの「性の争ひ」として第二部以降の話の展開に関わることは、一郎と二郎が実際この話について議論することからも明らかで、一郎は「其女が三沢に気があつたのだとしか思はれん」と主張し、精神病になると世間の手前や義理がなくなり、「胸に浮んだ事なら何でも構はず露骨に云へるだらう」と解釈する。もちろん一郎の言葉の裏には、お直が二郎に気があるのではという疑念があり、お直を気違いにするわけにもいかないので、やがて二郎にお直の節操を試すことを依頼することになる。

また三沢もお直との仲を疑われている二郎を当てこするように、「気狂になつた女に、しかも死んだ女に惚れられたと思つて、己惚《おのぼれ》てゐる己《おれ》の方が、まあ安全だらう。其代り心細いには違ない。然《しか》し面倒は起らないから、幾何《いくら》惚れても、惚れられても一向差支ない」という。三沢はその後「娘さん」の法事に行くが、娘の親たちの愚劣さや夫の軽薄さを罵って、「もし其女が今でも生きて居たなら何んな困難を冒しても、愚劣な親達の手から、若しくは軽薄な夫の手から、永久に彼女を奪ひ取つて、己れの懐で暖めて見せるといふ強い決心」を表情に表す。とはいえ実際には三沢は結婚を決めてしまうのだが、「娘さん」に対する強い想いがなくなったわけではない。三沢の留守に家を訪ねた二郎は、最近三沢が描いたという「娘さん」の肖像画を見つける。

自分は此絵を見ると共に可憐なオフヒリヤを連想した。

確かにオフィーリアは「娘さん」と同じく「気狂になつた女」、「しかも死んだ女」ではあるが、なぜここで二郎はオフィーリアを連想するのだろうか。

オフィーリアといえば、漱石作品の中でまず思い浮かぶのは『草枕』である。小説の冒頭、山路を那古井《なこい》の温泉宿へ向かう主人公の画工は、茶屋の婆さんと馬子の会話から、温泉宿の娘の嫁入り姿を想像する。

> 不思議な事には衣装も髪も馬も桜もはつきりと目に映じたが、花嫁の顔だけは、どうしても思ひつけなかつた。しばらくあの顔か、この顔か、と思案して居るうちに、ミレーのかいた、オフェリヤの面影が忽然と出て来て、高島田の下へすぽりとはまつた。是は駄目だと、折角の図面を早速取り崩す。衣装も髪も馬も桜も一瞬間に心の道具立から奇麗に立ち退いたが、オフェリヤの合掌して水の上を流れて行く姿丈は、朦朧と胸の底に残つて、棕櫚《しゅろ》箒《ぼうき》で烟を払ふ様に、さつぱりしなかつた。(12)

さらに画工は婆さんから、二人の男に懸想されてどちらとも決めかね淵川へ身を投げた長良の乙女の話を聞く。そして温泉宿の娘も二人の男に求婚され、親の意向で自分の望んでなかった方へ嫁に行ったが、折り合いが悪く、夫の勤めていた銀行がつぶれたこともあって出戻ったというのである。

長良の乙女の話は『万葉集』に散見される妻争いの説話が出所である。その中でも有名なのが菟原処女《うないおとめ》の伝説で、田辺福麻呂、高橋虫麻呂とともに大伴家持も歌に詠んでいる。葦屋の菟原処女を千沼《ちぬ》壮士《おとこ》（田辺福麻呂は小竹田《しのだ》壮士）と菟原壮士が争い、板挟みになった処女は自殺し、若者たちも後を追うという話なのだが、家持は処女が「海辺《うみへ》に出で立ち／朝夕《あさよひ》に／満ち来る潮《しほ》の／八重《やへ》波に／なびく玉藻の／節《ふし》の間《ま》も／惜しき命を／露霜《つゆしも》の／過ぎましにけれ」(13)と詠って、処女の死が入水死であったことを示している。

『万葉集』には他にも真間《まま》の手児名《てこな》、桜児《さくらこ》、蘰児《かづらこ》などの乙女をめぐって男たちが争う話が見えるが、いずれも乙女は自ら死を選ぶ。そして桜児が木に首を吊って死ぬほかは、真間の手児名が海に、蘰児が池に身を投げるという具合に、菟原処女同様、入水死を遂げるのである。

菟原処女の話はその後『大和物語』一四七段の生田川伝説に継承される。女は生田川に身を投げて自殺し、葬られた女の墓は処女塚と呼ばれる。そしてこれがさらに謡曲『求塚』へとつながっていく。また『源氏物語』でも薫と匂宮の二人と関係を持って思い悩む浮舟が、

むかしはけさうずる人のありさまのいづれとなきに思《おも》わづらひてだにこそ、身を投《な》ぐるためしもありけれ、(14)

(昔は言い寄る男の熱意がいずれとも優劣がつけられないのに思い悩むだけでも身を投げる例もあったのに)

と考えて入水を決意するが、このことからも明らかなようにこの種の話はかなり普遍的なものであった。

さて『草枕』に戻れば、温泉宿の娘、那美は画工に「鏡が池」が「身を投げるに好《い》ゝ所」で、「私《わたくし》は近々投げるかも知れません」とたしかな口調で言い、「私が身を投げて浮いて居る所を（中略）奇麗な画にかいて下さい」と驚くような発言をする。「鏡が池」はその昔、那美の先祖の娘が想いを懸けた虚無僧と結ばれずに身を投げた所で、那美もまた画工の目の前であわや池に身を投げるのかと思うような驚くべき振る舞いをする。先に引用したように、那美のイメージとしてミレーの描いたオフィーリアが引き合いに出されていたが、それもやはり、オフィーリアが恋仲のハムレットと結ばれずに溺死したゆえである。こうした那美とオフィーリアのイメージの重なり合いは、那美の奇矯な振る舞いとともに、那美の家が気違いの家系で、那美も気違いであるという噂話が語

られることで、さらに補強されている。

以上のことから、二郎がなぜ「娘さん」の絵を見てオフィーリアを連想したかが理解される。「娘さん」も那美と同様、出戻りの娘で、噂と事実という違いはあるにしろ気違いで、二人の男が対立する。そして「娘さん」も那美も〈死ぬ女〉である。いわば「娘さん」は第二の那美である。「娘さん」の死は入水によるものではないが、「娘さん」＝オフィーリア＝那美という図式から、「娘さん」を先触れ的存在とするお直は、那美のような入水する女の属性をもつのではないだろうか。

三　お直の正体

二郎がお直と和歌山の宿で暴風雨の一夜を過ごすという重要な場面で、お直は死について語る。

妾《あたし》死ぬなら首を縊つたり咽喉《のど》を突いたり、そんな小刀細工をするのは嫌よ。大水に攫《さら》はれるとか、雷火に打たれるとか、猛烈で一息な死方がしたいんですもの

そして、

嘘だと思ふなら是から二人で和歌の浦へ行つて浪でも海嘯《つなみ》でも構はない、一所に飛び込んで御目に懸けませうか

という。

「姉さんが死ぬなんて事を云ひ出したのは今夜始めてゞすね」

「えゝ口へ出したのは今夜が始めてかも知れなくつてよ。けれども死ぬ事は、死ぬ事丈《だけ》は何うしたつて心の中で忘れた日はありやしないわ。だから嘘だと思ふなら、和歌の浦迄伴《つ》れて行つて頂戴。屹度《きつと》浪の中へ飛込んで死んで見せるから」

「死ぬ事丈は何うしたつて心の中で忘れた日はありやしない」と語るお直はまさしく〈死ぬ女〉であり、『万葉集』の真間の手児名や菟原処女のように海へ飛び込んで死ぬというのである。一郎と二郎がお直をめぐって対立している状況からも、お直は菟原処女らの後裔と見てよいが、ここで注目したいのは、二郎とお直が和歌山へ行くさいに暴風雨が起こっていることである。

『行人』は漱石が明治四四年、関西へ講演旅行に出かけた時の体験が基になっており、和歌山を訪れたさいに実際暴風雨に遭遇して、やむなく市内に泊まったことは日記にも記されている。(15) そして漱石は和歌山へ向かう前には明石で講演を行なっていた。

明石は『源氏物語』「明石」の巻の舞台となった所だが、その「明石」の巻に直前の「須磨」の巻から続く暴風雨の場面がある。源氏は政敵の矛先をかわすため、自ら京を去って須磨に謫居《たつきょ》しているが、三月上巳《じょうし》の日に海辺で禊をしていると、急に風が吹き出し空も真っ暗になって雨が降ってくる。たちまち雷鳴とどろく暴風雨となるが、その晩源氏は夢の中に、正体不明の者が現れ、「なぜ、宮からお呼びがあるのに参上なさらないのか」と

いって手探りに捜し回るのを見て、眼が覚める。そして、

海の中の竜王の、いといたうものめでするものにて、見入れたるなりけり、(16)

(海底に住む竜の王が美しいものを大層好むものなので、自分に目をつけたのだ)

と思って、「いとものむつかしう(大層気味が悪く)」、須磨の地を去りたく思うようになる。風雨と雷鳴は数日間続き、源氏は住吉の神に願を立てるが、廊に落雷し、炎上する。その夜ようやく風雨が静まり、疲れて寝入った源氏の夢枕に亡き父桐壺院が立ち、住吉の神の導きのまま須磨を去れと告げる。

その明け方、明石入道の迎えの舟がやって来る。入道は源氏が祓えをした日に夢のお告げを受け、風雨が止んだこの日に舟を須磨に寄こせるようかねてから準備していたのだった。舟は「あやしき風(不思議な風)」が一筋に吹いて須磨に着き、神の導きであることは間違いないという。源氏は思案の末、入道に従って明石へ移る。入道にはかねてより源氏を婿にと思う娘がいるが、身分の違いもあってなかなか言い出せない。やがて入道は問わず語りに自分の身の上話をするうちに、住吉の神を信仰し、娘の婿選びには高い望みをもって娘を大事に育てたことを話す。そして今のままで自分が先立ったら「浪のなかにもまじり失せね(海に身を投げて死んでしまえ)」と娘に言いつけてあるという。娘もまたこの父親の言葉通り、親に先立たれたら「尼にもなりなむ、海の底にも入りなむ(尼にもなろう、海の底に沈みもしよう)」と思っている。

その後娘は源氏と結ばれることになるが、明石の君と呼ばれるこの娘は、海に身を投げる可能性からも、源氏が暴風雨の起こった日に夢で見た海の竜神の娘によそえられているとされる。(17)また住吉の神というのは、

表筒男命《うわつつのおのみこと》・中筒男命《なかつつのおのみこと》・底筒男命《そこつつのおのみこと》の三神をいう。この三神はイザナキが禊をした時に生まれ、航海の神であり和歌の神であるが、筒（つゝ）という語は折口信夫によれば、「蛇（＝雷）を意味する古語である」[18]。そして折口は男（を）については、男性を意味するのではなく、「神に近い女、神として生きてゐる神女なる巫女」であったとする。いずれにしても明石の君は水の神に縁のある、水の神女というイメージでとらえられそうである。

ところで『行人』の和歌山の宿の一件は、二郎が母と兄夫婦と一緒に和歌の浦の宿に泊まっている時に、兄の頼みでお直と和歌山に出かけることになったという事情による。和歌の浦には玉津島明神があり、衣通姫《そとおりひめ》が祀られている。衣通姫は允恭天皇の妃であるが、折口信夫は、「藤原の地名も、家名も、水を扱ふ土地・家筋としての称へである」として、

衣通媛の藤原郎女であり、禊ぎに関聯した海岸に居り、物忌みの海藻の歌物語を持ち、又因縁もなさ相な和歌ノ浦の女神となつた理由も、稍明るくなる。


と述べている。

さらに付け加えれば、玉津島神（衣通姫）は住吉神と同じく和歌三神に数えられてもいて、玉津島神と住吉神との同質性は明らかである。とすれば『源氏物語』の明石の君と同様に、お直にも水の神女というイメージが付与されているのではないか。

実のところ二郎は和歌山の宿で、お直に魅かれる気持ちを感じる一方で、お直がただならぬ存在であることを感じ取っている。

急に停電してしまった部屋の中で二郎は「姉さん怖かありませんか」と聞くと、お直は「怖いわ」と答えるが、「其声のうちには怖らしい何物をも含んでゐなかつた。」暗黒の中に黙って二人は坐っているが、二郎が「もう少しだから我慢なさい。今に女中が火を持つて来るでせうから」といっても応答がない。

それが漆に似た暗闇の威力で、細い女の声さへ通らないやうに思はれるのが、自分には多少不気味であつた。仕舞に自分の傍《そば》に慥《たしか》に坐つてゐるべき筈の嫂の存在が気に掛り出した。

その後床に入った二郎は、夜更けとともに激しさを増した暴風雨に恐れを感じる。

自分は恐ろしい空の中で、黒い電光が擦れ合つて、互に黒い針に似たものを隙間なく出しながら、此暗さを大きな音の中に維持してゐるのだと想像し、かつ其想像の前に畏縮した。

部屋には行灯の灯があるが、二郎はその「微かな光に照らされる不気味さ」を感じている。そして二郎は、お直と一緒に「滅多にない斯んな冒険を共にした嬉しさ」を覚えるが、「其嬉しさが又俄然として一種の恐ろしさに変化」する。それは「寧ろ恐ろしさの前触で」、「何処かに潜伏してゐるやうに思はれる不安の徴候であつた。」やがて「死人の如く大人しくしてゐた」お直が寝返りを打ち、それを機に二人の間に先に引用した死についての会話が交わされる。

二郎はお直が、押しようがない女だが、こちらが引っ込むと「突然変な所へ強い力を見せ」、「其力の中には到《と》底《て》も寄り付けさうにない恐ろしいものも」あると語り、お直が強烈な死に方を望んでいることについて次のように述べる。

自分は平生から（ことに二人で此和歌山に来てから）体力や筋力に於て遥に優勢な位地に立ちつゝも、嫂に対しては何処となく不気味な感じがあつた。

そしてお直が海に飛び込む決心を再び語ると、

薄暗い行燈の下で、暴風雨の音の間に此言葉を聞いた自分は、実際物凄かつた。彼女は平生から落付いた女であつた。（中略）けれども寡言な彼女の頬は常に蒼かつた。さうして何処かの調子で眼の中に意味の強い解すべからざる光が出た。

二郎は蚊帳の外で煙草を吸っていて、時々「気味のわるい眼を転じて」蚊帳の中をうかがうが、「嫂の姿は死んだ様に静であつた。」

ところが、翌日嵐が去って晴れ渡ると、

嫂の姿が昨夕の嫂とは全く異なるやうな心持もした。今朝見ると彼女の眼に何処といつて浪漫的な光は射してゐなかつた。

二郎が感じたお直の不気味さはどこにもなく、二郎は「嫂の正体は全く解らない」まま、和歌の浦に戻る。そして、お直の「正体が知れない」ことが兄を苦しませているのではと考える。

兄自身も自分と同じく、此正体を見届やうと煩悶し抜いた結果、斯んな事になつたのではなからうか。自分は自分が若し兄と同じ運命に遭遇したら、或は兄以上に神経を悩ましはしまいかと思つて、始て恐ろしい心持がした。

しかしながら二郎は無意識のうちにお直の正体を感じ取っていただろう。というのも、この後二郎たちは東京へ戻るのだが、帰京の汽車の中で、夜中寝台に横たわっている二郎は、お直のことが忘れられないでいる。

彼女の事を考へると愉快であつた。同時に不愉快であつた。何だか柔かい青大将に身体を絡まれるやうな心持もした。

兄は谷一つ隔てゝ向ふに寐てゐた。是は身体が寐てゐるよりも本当に精神が寐てゐるやうに思はれた。さうして其寐てゐる精神を、ぐにや〳〵した例の青大将が筋違《すぢかひ》に頭から足の先迄巻き詰めてゐる如く感じた。自分の想像には其青大将が時々熱くなつたり冷たくなつたりした。夫《それ》からその巻きやうが緩くなつたり、緊《かた》くなつたりした。兄の顔色は青大将の熱度の変ずる度に、それから其絡みつく強さの変ずる度に、変つた。自分は自分の寝台の上で、半ば想像の如く半ば夢の如くに此青大将と嫂とを連想して已《やま》なかつた。

お直に水神の女としてのイメージが与えられている以上、青大将のような蛇体を連想するのはごく自然なことだろう。しかもそのことをさらに強調するかのように、二郎がこうした連想をしている最中に、「さあといふ雨の音」が聞こえてくるのである。

雨は、お直が二郎の下宿にやってきた夜も、ちょうどお直の出現に合わせるかのように降り出す。そしてこの場面で二郎はもはや和歌山の暴風雨の場面のように、お直に「親しみ」も「可憐に堪へないやうな気」も「嬉しさ」も感じない。彼はお直が下宿に来たことに「不安の驚き」を感じ、「何で来たのだらう。何で此寒いのに（中略）何でわざ〳〵晩になつて灯が点いてから来たのだらう」と疑念をもつ。火鉢を間にお直と相対している二郎は「絶えざる圧迫」を感じ、お直の「ジヨコンダに似た怪しい微笑の前に立ち竦まざるを得な」い。お直は家にちっとも来ない二郎を追及し、それまで自分からは決して口を開くことのなかった兄との関係について、好くない方向に進んでいくだけであると告白する。二郎は「自分の最も心苦しく思つてゐる問題の真相を、向ふから積極的に此方へ吐き掛け」られて、「不意に硝酸銀を浴せられた様にひり〳〵と」する。

この時お直は火鉢の上にかがんで二郎の方に顔が近付んばかりにしていて、勢い二郎は後ろに反り返るような格好になっていた。その窮屈な姿勢のゆえに、二郎はお直から「何故さう堅苦しくして居らつしやるの」と聞かれ、堅苦しくしてはいないと答えるのだが、お直に「だつて反つ繰り返つてるぢやありませんか」と笑われてしまう。

其時の彼女の態度は、細い人指ゆびで火鉢の向側から自分の頰ぺたでも突つつきさうに狎《な》れ〳〵しかつた。

お直の「狎れ〳〵し」いほどの積極的で大胆な態度と、それに対する二郎のたじろぎ怯む態度が対照的で、まさにそのことが火鉢を挟んだ二人の身体の姿勢の違いに現れている。そして二郎はお直から、

男は厭になりさへすれば二郎さん見たいに何処へでも飛んで行けるけれども、女は左右は行きませんから。妾《わたし》なんか丁度親の手で植付けられた鉢植のやうなもので一遍植られたが最後、誰か来て動かして呉れない以上、とても動けやしません。凝《ぢつ》としてゐる丈です。

といわれて、一見「気の毒さうに見える此訴への裏面に、測るべからざる女性の強さを電気のやうに感じ」るのである。

この「女性の強さ」がまさしく男にとっての脅威であり恐ろしさなのである。二郎はお直が帰った後も一晩中お直の「幻影」にとりつかれ、その後の数日間も「絶えず嫂の幽霊に追ひ廻され」て、頭の中にさまざまなお直のあり様を描く羽目となる。二郎はこうして「他《ひと》の知らない苦しみを他に言はずに苦し」むのである。

「怖れる男」と「怖れない女」という、漱石作品の主要なテーマは、この二郎とお直との関係にも見えているが、この場合お直が蛇体の女であることは重要な意味をもつ。

というのも、たとえば、古くは日本神話に、イザナキが黄泉国のイザナミを訪問する話がある。この時イザナキは、身体に八つの雷（＝蛇）が居るイザナミの醜悪な姿を見てしまう。一方、見られたことを恥じて怨みに思ったイザナミは、逃げていくイザナキを追いかけていく。また、垂仁天皇の妃、サホヒメが生んだホムチワケは、出雲で肥長比賣《ひながひめ》と出会う。一夜肥長比賣と交接したホムチワケは、肥長比賣が蛇体であるのを見て、恐れを

なし逃げ出す。肥長比賣は見られたことを憂い、その怨みから海原を照らして船でホムチワケを追いかける。

このように、男が逃走し女が追いかけるというテーマは、女の蛇体と密接につながっていて、『道成寺縁起』などに見られる安珍・清姫の道成寺伝承へと継承されていく。道成寺物は歌舞伎を始めとして近世の文芸で非常にもてはやされたが、この点に関連して、堤邦彦は『女人蛇体――偏愛の江戸怪談史――』第四章「怖い女と逃げる男の怪談美」で次のように述べる。

安珍・清姫の物語があれ程までに江戸時代人の心を惹きつけ、今日にいたるまで多くの模倣作を生み出した一因は、追う女の情念と男の逃亡といった普遍の恋愛テーマに対する人々の純朴なオソレの感性と、怖いもの見たさの好奇心にあるのではないだろうか。(19)

近世文芸に馴れ親しんでいた漱石の作品世界にも「追う女の情念と男の逃亡といった普遍の恋愛テーマ」は引き継がれ、近代的な衣装をまとった「怖れる男」と「怖れない女」のテーマとなった。そして二郎とお直の物語が生み出されることになったのである。

(1) 以下『彼岸過迄』の引用は、『漱石全集』第七巻（岩波書店、二〇〇二年）による。なおルビは適宜省略した。
(2) 以下『こころ』の引用は、『漱石全集』第九巻（岩波書店、二〇〇二年）による。なおルビは適宜省略した。
(3) 以下『行人』の引用は、『漱石全集』第八巻（岩波書店、二〇〇二年）による。なおルビは適宜省略した。
(4) 「悋気の火の玉」「疝気の虫」などの落語。
(5) 『日本思想体系34　貝原益軒　室鳩巣』（岩波書店、一九七〇年）、二〇三頁。

(6) 藤堂明保・加納喜光編『学研新漢和大字典』(学習研究社、一九七八年)の解字による。
(7) 増田裕美子「紫の女――『虞美人草』をめぐって――」(『比較文學研究』第九一号、二〇〇八年)。
(8) 以下シェイクスピアの作品の引用は拙訳による。
(9) 小谷野敦「姦通幻想のなかの男――『オセロウ』と『行人』――」(『男であることの困難』新曜社、一九九七年)。
(10) 坪内逍遥訳『ハムレット』(早稲田大学出版部、冨山房、一九〇九年)一幕二場。
(11) 平石典子が「ロマンティック・ラブと女性表象――「新しい女」を巡って――」(『比較文學研究』第八二号、二〇〇三年)で述べているように、当時の日本では、本来不義密通として断罪されるべきパオロとフランチェスカの恋愛がロマンティック・ラブの名の下に美化され、ブームとなっていたことに留意したい。
(12) 以下『草枕』の引用は、『漱石全集』第三巻(岩波書店、二〇〇二年)による。
(13) 『萬葉集　四』(『新日本古典文学大系4』岩波書店、二〇〇三年)、三一二頁。
(14) 『源氏物語　五』(『新日本古典文学大系23』岩波書店、一九九七年)、二四八頁。
(15) 明治四四年八月一四日に和歌の浦に到着。翌一五日に和歌山へ向かい、暴風雨に遭った。
(16) 以下「須磨」「明石」の巻の引用は、『源氏物語　二』(『新日本古典文学大系20』岩波書店、一九九四年)による。なおルビは適宜省略した。
(17) 『源氏物語　二』(『新潮日本古典集成』新潮社、二〇〇七年)、二五六頁の頭注三を参照。
(18) 以下、折口信夫の引用は、「水の女」(『折口信夫全集』第二巻、中央公論社、一九九五年)による。
(19) 堤邦彦『女人蛇体――偏愛の江戸怪談史――』(角川書店、二〇〇六年)、一八〇頁。

第二部　女性による表現世界

一葉・ウルフ・デュラス――近代日本女性文学の国際性――

佐伯順子

日本文学の「女性性」を考える上で、近代最初の女性職業作家・樋口一葉の存在を忘れるわけにはいかない。わずか二四年と七ヶ月でなくなった樋口一葉（明治五、一八七二年～明治二九、一八九六年）の人生は、東京という一都市の中で完結しており、国内で遠距離の旅行をしたこともなければ、ましてや海外渡航の経験もない。森鷗外（文久二、一八六二年～大正一一、一九二二年）、夏目漱石（慶応三、一八六七年～大正五、一九一六年）をはじめ、明治期に活躍した男性作家たちが少なからず海外留学をし、それを創作の重要な源のひとつとした事実と比較すれば、一葉という作家は一見、明治日本の東京という限定的な世界を描いた作家という誤解を与えかねない。一葉の読書目録を確認しても、日本の古典文学が中心であり、外国文学は数例しか認められない(1)。しかし、彼女が残した言説の内実は、必ずしも明治日本の東京という狭い時間的・空間的範囲に限定されるものではない。逆に、物理的な時空をこえて、異なる時代・異なる国の女性作家たちの言説と見事に共鳴するモチーフを備えている。

一葉は生前、文学界の同人たちから「ブロンテ」とあだなされており、彼女の文学世界が海外の女性作家と共鳴する性格を備えているという認識は一葉の同時代から存在した。また、比較文学の研究においても、シャーロット・ブロンテと一葉の共通性を指摘する議論が存在する(2)。そこで本稿では、一葉の文学の特徴を女性のジェンダーという観点から考察し、その特徴がいかに海外の女性作家と共有する世界をもっているかを、シャーロット・ブロンテ以外の女性作家と一葉を比較することで明らかにしたい。海外の女性作家として、具体的にはヴァージニア・ウルフ（Virginia Woolf, 1882–1941）とマルグリット・デュラス（Marguerite Duras, 1914–1996）をとりあげる。その理由は、彼女たちが残した文学的言説、および文学論が、ジェンダーの視点から一葉との極めて大きな類似性をみせているからである。ヴァージニア・ウルフは一部、一葉と生年が重なっており、一葉よりも一〇歳年少である。一方、二〇世紀を生きたマルグリット・デュラスは、一葉よりも四二歳年少であり、一九世紀後半を生きた一葉に比べると、世代がかなり下になる。だが、同時代を生きてない作家の間にも、女性のジェンダーがもたらす共通性が認められることを以下で証明し、日本文学の「女性性」が、国際性を有していることを指摘したい。それは、近代日本の女性作家の「女性性」をめぐる経験の世界性を明らかにするとともに、文学を〝書く〟という営みとジェンダーの関係についての問題提起にもつながると考える。

一　「性同一性障害」としての一葉――女性ジェンダーからの逸脱――

一葉はいわゆる文学作品以外にも、日記を残しており、そこには、明治の女性の日常生活の実態や日々の雑感が鮮やかにつづられている。

七つといふとしより草々紙といふものを好ミて、手まり、やり羽子をなげうちてよみけるが、其中にも一と好ミけるハ、英雄豪傑の伝任侠義人の行為などの、そゞろ身にしむ様に覚えて、凡て勇ましく花やかなるが嬉しかりき。（日記「塵の中」明治二六、一八九三年八月一〇日）(3)

一葉が二一歳になり、自身の幼少期をふりかえる一節。鞠つきや羽根つきといった〝女の子の遊び〟に関心を持てず、読書に没頭したこと、なかでも「英雄豪傑」「任俠義人」といった物語の男性主人公たちに自己同一化したことは、彼女が幼少期に、女性のジェンダーよりも男性のジェンダーに共感していたことを示している。この後に続く、

我身の一生の世の常にて終らむことなげかはしく、あはれくれ竹の一ふしぬけ出でしがなとぞあけくれに願ひける。(同前)

という一節は、一葉の強烈な上昇志向と社会的自己実現の欲求を表明しており、明治半ばという時代、この種の欲求は女性ではなく、主として男性のジェンダーに属するものであった。

明治五年(一八七二)、政府は学制によって男女の教育の機会均等を打ち出したが、それは初等教育に限られており、女子の教育目的は、

人間の道男女の差ある事なし男子已《すで》に有学女子学ぶ事なかるべからず且人子学問の端緒を開き其以て物理を弁《わきま》うるゆえんのもの母親教育の力多きに居る故に博く一般を論ずれば其子の才不才其母の賢不賢により既已に其分を素定すと云べし而して今日の女子後日の人の母なり女子の学びざるべからざる義誡に大いなりとす(学制施行に関する当面の計画、一八七二年六月二〇日)(4)

と、子供を教育する役割、つまり母親役割を果たすためと明記されていた。子供への家庭教育は、近世には母親のみの役割ではなく、父親が中心的な責任を負うと考えられていたが[5]、明治の文明開化期には、家庭教育を母親へと集約する、女性＝家庭内、男性＝家庭外という性別役割分業が顕著に打ち出される[6]。これは日本特有の現象ではなく、社会の近代化過程に広くみられる性別役割分業の特徴であり、一葉の人生も、こうした近代的な性別役割分業にとりこまれてゆく。

女子にながく学問をさせなんハ行々《ゆくゆく》の為よろしからず。針仕事にても学ばせ家事の見ならひなどさせん（同前）

という一葉の母親の見解は、女性の役割は裁縫や家事等の家庭役割であるという、典型的な性別役割の意識をみせており、一葉もこうした女性観によって、進学の希望を断たれてしまうのである。一葉の死後、明治三二年（一八九九）の高等女学校令は、女子教育の目的を良妻賢母の養成と明言し、明治末から大正期にかけて、女性の性役割を家庭内の領域に限定する考え方が主流となってゆく。また、新聞紙条例（明治八、一八七五年）、集会及政社法（明治二三、一八九〇年）によって、女性の政治的主張は禁じられる。このように、女性の社会的主張が抑圧されてゆく明治という時代、自己実現の欲求を抱く少女一葉は、女性ジェンダーからの逸脱を自覚し、男性ジェンダーに共感する。この一葉の心境は、女性という性自認と社会が期待する女性ジェンダーとの間に違和感が存在するという意味で、現代のジェンダー論の用語にてらせば、「性同一性障害」に近い心的な状態といえる。

日本のジェンダー論の議論では、当事者も含めて「性同一性障害」（gender identity disorder）という表現を用いることが多いが[7]、「障害」という表現は差別や偏見につながる危惧があるため、英語圏では disorder ではなく

crisisを用いるのが妥当とみなされている。実際、「危機」という表現のほうが、一葉の精神状態を表現するにあたってもよりふさわしいと思われる。というのも、

　婦女のふむべき道ふまばやとねがへど、そも成難く、さはとておの子のおこなふ道まして伺ひしるべきにしもあらずかし。かくてはて〳〵は何とかならん。（「蓬生日記」明治二四年九月二二日）

という日記の一節には、通常の「婦女のふむべき道」、すなわち当時の女性のジェンダーに適応することもできず、さりとて女性の性（sex）を有して生まれている以上、男性のように自由に社会にはばたくこともできない一葉の苦悩が、「私の将来はいったいどうなるのだろう」という精神的な不安と危機意識へとつながっているからである。「ものぐるほしきこといと多なる。あやしうこと人ミなば狂人の所為とやいふらむ」（「につ記」明治二五年四月）と、後述するように、一葉は日記に、自分の精神状態がしばしば正気の沙汰ではないのではないか、と疑う気持ちを記している。それは、自らのジェンダーの不安定性、自己の理想とする人生と社会が要求する女性ジェンダーとの間の不適合がもたらす「性同一性障害」の危機としてとらえることができる。身体的な性は女性でありつつも、当時としては男性のジェンダーに共鳴した一葉は、現代のジェンダー論の観点からは、性別越境者、トランス・ジェンダーとして位置づけることができる。

二　ヴァージニア・ウルフの文学観と一葉

一葉が経験したジェンダーの揺れと、女性ジェンダーゆえの抑圧感は、海外の女性作家の自意識にも共通して

認められる。女性と文学との関係を考察したヴァージニア・ウルフは、『私一人の部屋』（*A Room of One's Own*, 1929）において、

According to Professor Trevelyan they were married whether they liked it or not before they were out of the nursery, at fifteen or sixteen very likely.（p. 69）

There was Mr. Greg — the "essentials of a woman's being", said Mr. Greg emphatically, "are that *they are supposed by, and they minister to, men*" — there was an enormous body of masculine opinion to the effect that nothing could be expected of women intellectually.（p. 81–2、イタリックママ）(8)

と、女性は好むと好まざるとにかかわらず、一五、六歳になれば結婚すべきものであり、男性に従属すべきものであり、女性の知性には期待しないという男性側の女性観を批判的にとりあげている。ウルフの発言は、一葉日記からほぼ四〇年後のものであるが、女性のつとめが結婚することであり、女性は男性に従うべきであるというジェンダー観が、執筆によって自己表現しようとする女性への偏見や障害として受け止められている点は、一葉とまったく同じ思いを伝えているといえよう。

女性は家庭に入るべきであるというジェンダーの壁に阻まれ、「死ぬ斗悲しかりしかど」（引用七二頁同日付日記）進学を断念せざるをえなかった一葉の悔しさは、『私一人の部屋』で Oxbridge からの女性の排除を嘆くウルフの言にも共鳴している。

ウルフは自己の執筆活動を明確に、これら社会が期待する女性のジェンダーとの葛藤としてとらえていた。

「女性にとっての職業」（"Professions for Women", 1942）では、「家庭の天使」（the Angel in the House）という女性の理想像、家庭生活を円滑に営むために、思いやりや自己犠牲の精神を発揮すべきとされる女性の役割を、いかにのりこえるかが、作家としてのウルフの生活にとっての重要な課題であったと告白されている。

She was intensely sympathetic. She was immensely charming. She was utterly unselfish. She excelled in the difficult arts of family life. She sacrificed herself daily.（p. 150）(9)

「She」すなわち、魅力的で完全に他者のために自己を犠牲にする「家庭の天使」という期待にこたえようとすることは、女性作家が自らをジェンダーの呪縛に追い込むことになってしまう。このことを自覚したウルフは、「Killing the Angel in the House was part of the occupation of a women writer」（p. 151）と、「家庭の天使を殺すこと」つまり女性ジェンダーへの期待から距離をおくことが、「女性作家の仕事の一部」であり、その葛藤は相当「深刻なもの」（severe）であったと述べている。女性自身が内面化し、自分が積極的に望む理想像と錯覚しそうになる家庭役割と、女性作家は戦わねばならなかった。それは、社会の期待との戦いであり、自分自身との闘いでもあるゆえに、いきおい深刻なものにならざるをえない。ウルフが悩んだ女性ジェンダーとの葛藤は、まさに樋口一葉も共有していたものであった。さきにも引用したように、「婦女のふむべき道ふまばやとねがへど、そも成難く、さはとておの子のおこなふ道まして伺ひしるべきにしもあらずかし」（同引用七五頁）と、「婦女のふむべき道」に適応できない一葉の悩みは、ウルフが記した女性ジェンダーとの葛藤に重なり合うものであり、誠にわれは女成けるものを、何事のおもひありとてそはなすべき事かは。……我れは女なり。いかにおもへることありとも、そハ世に行ふべき事かあらぬか。（「みづの上」明治二九年二月二〇日）

かひなき女子の何事をおもひたりとも、猶蟻ミ、ずの天を論ずるにもにて、我れをしらざるの甚しと人しらばいはんなれど……（「塵中日記」明治二六年一二月二日）

と、女性であることの社会的な限界や閉塞感の表明も、ウルフが残した記述と確実につながっている。

... as long as she writes little notes nobody objects to a woman writing either.（p. 242）

と、ウルフは小説『オーランドー』（*Orlando; a Biography*, 1928）で、女性が何か書いて非難されないのは、ちょっとした走り書きぐらいなもの、と嘆息している。また、

Orlando was a woman.... And when we are writing the life of a woman, we may, it is agreed, waive our demand for action, and substitute love instead.（p. 241）(10)

とも述べられており、女性の天分は「愛」であり、それ以外の活動にはないという女性観が、主人公オーランドーの人物描写をめぐって語られる。

一七世紀のイギリスでは、女性の執筆活動が活発化したとされているが、それでも、出版のための著作は、つつしみ深さという女性に対する伝統的な行動規範からの逸脱として、女性著作者たちを非難の危機にさらし、依然として女性の本分は家事であり、口数の少ない女性が理想とされていた(11)。執筆で自己実現しようとする女性は、妻や母としての役割を期待される女性ジェンダーからの逸脱者とみなされ、趣味の領域であれば許容されるとしても、社会的な自己表現としての女性の執筆は抑圧されていたのである。

ウルフが『オーランドー』を通じて、男女両性の性別を越境する主人公を描いたのも、まさに、ウルフ本人が〝書く女〟として経験したジェンダーのゆれによるものであろう。

He — for there could be no doubt of his sex, though the fashion of the time did something to disguise it — was in the act of slicing at the head of a Moor which swung from the rafters. ...Orlando's fathers had ridden in fields of asphodel, and stony fields, and fields watered by strange rivers, and they had struck many heads of many colours off many shoulders, and brought them back to hang from the rafters. So too would Orlando, he vowed. (p. 15)

作品の冒頭で描かれる、先祖が倒したムーア人の首に向かって剣をふるう少年オーランドーの姿は、少女時代、〝女の子の遊び〟になじめず、いさましい英雄や豪傑の伝記に感情移入したという一葉の姿に通じあう。オーランドーは、エリザベス朝から二〇世紀まで、三六〇年あまりを生きたとされる幻想的人物であるが、作品冒頭の一六世紀には、Heという人称代名詞が示すように、身体的な性（sex）は男性である。ところが、一七世紀になって突如、〝彼〟は男性から女性へと性転換し、彼女（she）となる。この特異な主人公像は、作者ウルフが抱いていた、性を越境する意識の反映にほかならない。

少年オーランドーは、文学趣味をもち、親戚からはそれゆえに女っぽい人物として揶揄されているのだが、そんな偏見に抗して、父や祖父ら、男性先祖たちの武勇にならって、荒野で戦い、敵の首を打ち落とす人生を目標としている。文学を好みつつ、同時に自己実現と社会貢献への欲求を持つ人物。女性となったオーランドーは、二〇世紀にいたって、出版された詩集が文学賞を受賞し、作家として社会的な成功をおさめる。子供時代にはまず「男性」であったオーランドーの性別のありようは、社会的活躍や自己実現の欲求が、男性ジェンダーに帰属するものとみなされ、それが成長後に作家活動として結実するという、まさに一葉の人生と同じ展開をみせているのである。

オーランドーが性転換した時期は、ちょうど女性がイギリス文学に参入しはじめた時期と重なっており、主人公の性転換という奇抜な構想は、きわめて非現実的設定に見えながら、実は現実社会における〝書く女〟の社会的、文化的地位の変遷を反映していると指摘されている。[12] 一方、シェイクスピアに同じような才能の妹がいたとしても、シェイクスピアほど文名をあげることはできなかったであろうと、ウルフは『私ひとりの部屋』で述べている。日本近世において、後世に作品を残した女性作者が少ないように、たとえ創作意欲に燃える女性がいたとしても、男性中心社会においてはその才能を発揮する機会がなくうもれていく可能性が高い。だが、「文明開化」の動きによって、初等教育のレベルとはいえ、明治政府が男女平等な教育方針を打ち出し、知識人たちの女性解放論への関心も高まると、うもれていた女性の才能も日の目を見る余地が出てくる。一葉の作家としての活躍もまた、こうした近代化のもとでの社会状況の変化がもたらしたものであり、やはりオーランドーの設定との共通性をみせているのである。

三　経済的自立の手段としての女性の執筆

〝書く女〟たちがイギリスと日本という地域の差をこえ、人格形成期である幼年期に男性ジェンダーへの同化願望をみせているのは、決して偶然ではない。ここには、「近代」という時代のジェンダーの問題が関わっている。

家族社会学が論じてきたように、近代以前の社会で、農業など第一次産業の従事者として働いていた多くの女性たちは、男性とともに生計を担う労働者としての役割が大きかった。だが、産業化にともなう公共領域・家内領域の分離、職住の分離によって、男性が主たる家計の担い手になるとともに、女性は仕事という「公」領域から排除され、家庭という「私」的な空間に囲い込まれるようになった。(13) こうした、女性＝私領域、男性＝公領域という性別役割分業の発達は、日本・西洋を問わず、近代化する社会のジェンダー状況に共通する。その結果、家庭という私領域から出て公領域に進出しようとする近代の女性たちは、男性ジェンダーに同化しようとする。

福田（景山）英子が一六歳まで、髪を切って男子生徒のような装いで学校に通ったため、「マガヒ」とからかわれたという事実や、女性民権家として活躍した佐々城豊寿《さ さ き とよじゅ》（嘉永六、一八五三年～明治三四、一九〇一年）が少女時代に男装し、馬に乗って闊歩したという逸話も、近代のジェンダーの枠組みをのりこえようとした女性たちが、社会的活動の自由を男性ジェンダーに求めた結果である。ジェーン・オースティン、ブロンテ姉妹、ジョージ・エリオットら、一葉と同時代に活躍したイギリスの女性作家たちも、男性批評家に正当な評価をうけるため、また、女性がものを書くことに対する周囲の非難を避けるため、作品発表時に男性名や性別不明の匿名を使用した。(14)

逆に、女性の教育水準やリテラシーを向上させたのもまた近代であった。近代の人権思想は男女平等思想を生みだし、女子教育の普及や女性啓蒙運動にもつながった。産業化にともなう男女の性別役割分業の発達とともに、労働者としての女性の社会的役割は制約されるが、一方で家庭教育や母親役割をまっとうするための女子教育も盛んになる。そのために女性の知的水準は上昇するという、ジェンダーの観点からは矛盾をはらむ特徴がみられるのが「近代化」というプロセスである。

こうした近代のジェンダー状況のなかで、数少ない女性の職業として浮上したものこそ、書くという行為であった。『若草物語』のオルコットら、一九世紀アメリカに女性職業作家が誕生した背景として、初等教育が普及し、貨幣経済へと移行した当時のアメリカで、女性も生計を支える必要が生まれ、お針子・刺繍・レース編みといった手仕事に加えて、教師・文筆業という領域に女性の職業が広がったこと、産業化にともない生産者としての地位を失った女性たちが、自己表現の手段として「書くこと」を選んだことが指摘されているが[15]、同じ状況は、一九世紀の日本で女性初の〝職業作家〟となった樋口一葉にもあてはまる。

『若草物語』（一八六八年）のオルコットは、父にかわって文筆活動や家庭教師の仕事によって家計を支えた。一葉も、兄と父の相次ぐ死にあって、家計を支える手段として執筆に可能性を求めた。一葉の先鞭となった三宅花圃も、亡兄の法事費用の捻出のため『藪の鶯』（明治二一年）を世に出したのである。

公領域から排除された女性は、実業や政治の世界での経済的達成や立身出世の道からは疎外されていたが、家にいて筆と机さえあればできる執筆という職業は、近代において、家庭という私領域でも可能な例外的職業として、特に女性に適した職業とみなされるようになった[16]。

The family peace was not broken by the scratching of a pen.... The cheapness of writing paper is, of course, the reason why women have succeeded as writers before they have succeeded in the other professions.（p. 149）

原稿用紙とペン代以外には巨額な資本を必要とせず、家庭生活の妨げになりにくい執筆は、女性の職業としてつごうがよいというウルフの「女性にとっての職業」（"Professions of Women", 1931）の一節は、女性の適職とみなされた執筆という行為の特徴を端的に表現している。明治期の男性知識人の批評も、文学は女性の適職と主張しており、一葉が執筆を職業にしようとした動機は、彼女自身が文才に自信をもっていたこととともに、女性の社会的な立場や社会・経済状況とも密接に結びついている(17)。そしてそれは、特殊日本的な状況ではなく、日本以外の女性の立場にも共通するものであり、それが一葉文学の内容に、国際性を生み出す源となっているのだ。

一葉個人の才能という個別の背景にとどまらず、女子教育の発達による当時の女性全体のリテラシーの向上が、女性の執筆活動を活性化する好条件となった。職業として収入を得、社会的にも評価を得る——〝男性ジェンダー〟に許されていた社会的達成と、家庭という〝女性ジェンダー〟の領域が切り結ぶ稀有な行為——それこそが執筆であり、近代の女性たちの活路となり得たのである。

とはいえ、執筆が突出した社会的成功につながった場合、それは男性ジェンダーへの侵犯として社会の非難にさらされる危険を帯びる。男性主流の社会で、女性の〝くせに〟、文章を公刊して社会に情報発信することは、男性の特権への侵犯であり脅威であると非難されかねない。一葉は死後まさに、そうした厳しい非難にさらされている。

一葉没後八年の『読売新聞』（明治三七年六月二三日付）は、巻頭記事「古今人物競　第四十七回」で一葉をとりあげ、「樋口一葉女史ハ明治女作家の最も傑出せる者にて、……紅葉露伴以上の天才にて、其の作を不朽なりと

いふ」と、一葉の文学に惜しみない賛辞を贈っている。その一方で、

死後は天下に其の夭折を惜まれしが、これハ女子の天性に背いて、小説などを書き、男子に褒めらるるを鼻にかけて、ますく〵増長したる結果身体を傷けし也。(18)（傍線引用者）

と、一葉が職業作家として名声を博したことが、「女子の天性に背」く、すなわち女性ジェンダーからの逸脱であり、それこそが彼女の病の原因であったという見解をみせている。明治期に教育を受け、男性に近い知的教養を身につけた女性は、「虚栄」によって身をほろぼすと揶揄されたが(19)、一葉もまた、男性をしのぐ成功ゆえの慢心が死をまねいたと批判されているのである。逆に、一葉と記事で名をつらねている大塚楠緒子（明治八、一八七五年～明治四三、一九一〇年）は、文学史上必ずしも高い評価を受けているわけではないが、明治のメディアでは、「一葉死後、女流作家の天才なること必定なり」と作家として評価されると同時に、「女史は一代の学者を夫婿とし、社会の上流にあり、身体健全にて、……かの一葉の貧困に困み、頼るべきの夫なく、身体を害し夭折せしと全く異なれり」と、社会的ステイタスのある夫をもち、妻・母としての立場も備えているという意味で、一葉よりも人間的に高い評価を受けている。

一葉の作家としての社会貢献にもかかわらず、明治期のメディアは、結婚・出産という〝女性役割〟を逸脱していない女性を、独身であった一葉よりも高く評価する。これは、一葉の才能が男性作家を凌ぐものであったがゆえの、〝処罰〟的言説ともとれる。実際、記事の書きだしでは、

女子教育の盛にして、今日流行の小説類ハ三分の一位ハ女学生を顧客とする程なれば、やがて女子大学などより大作家輩出し、有髯男子を辟易せしむるに至らん。……女が絵を描き小説を作り異人の言葉を学ぶハ出過ぎた所行なれど、二十世紀ハさうもならぬと見ゆ。（傍線引用者）

と、高い教育を受けた女性が男性以上の社会的活躍をみせることを、「出過ぎた所行」と露骨に非難している。趣味としての創作なら許容範囲内であるが、女性が男性を凌ぐ社会的評価をうけることは許されない。男性優位の構造を脅かす女性作家の活躍は、称賛どころか批判の対象となり、女性個人をおとしめる理由となるのである。

四　狂気と病気――創作の原動力として――

こうした、表現者としての女性に対する社会からの強い抑圧と偏見は、〝書く女〟たちに強度のストレスをもたらし、彼女らの精神を苛み、しばしば狂気に近いものへと追い込む。

立かへり我むかしを思ふにあやふくも又ものぐるほしきことい多なる。あやしうこと人ミなば狂人の所為とやいふらむ。（「につ記」明治二五年四月）

と、一葉がしばしば「ものぐるほし」さに襲われ、われながら「狂人」なのではないかと日記に記しているのは、彼女にかかった社会的抑圧やジェンダーの壁が大きな原因のひとつと思われる。

ヴァージニア・ウルフもまた、

…any woman born with a great gift in the sixteenth century would certainly have gone crazed, shot herself, or ended her days in some lonely cottage outside the village, …（p. 74）

と、一六世紀に文学的才能をもった女性は、気が狂うか自殺するしかなかっただろうと述べている。ウルフ自身も生涯を通じて精神的不安定に悩まされており、女性ではないが、『ダロウェイ夫人』（一九二五年）のセプティマスのように、精神的に錯乱した人物も描いている。当初は、ダロウェイ夫人自身が狂う、または自殺するという結末も考えられていたといわれる。一葉も『にごりえ』（明治二八年）のお力のように、「気が狂ひはせぬかと立どま」り「気違ひは親ゆづりで折ふし起るのでござります」と、精神的危機にさいなまれる女性主人公を描いており、女性作家自身の精神的不安は、彼女らの作品の登場人物にも投影されている。[20]

狂気というモチーフは、シェイクスピアや夏目漱石など、男性作家の作品にも登場するものではあるが、女性作家が描く狂気には、男性の狂気とは異なる性質、すなわち、女性ジェンダーへの負荷や社会的抑圧のストレスが作用しているのではあるまいか。

…a "normal" woman is still supposed to be passive, dependent, emotional, and not good at math or science; as such, she commands little respect.[21]（p. xix）

精神分析の議論においても、「普通の」女性は「受身・依存的・情緒的・科学に弱い」とみなされており、それらステレオタイプな〝女性性〟を逸脱した女性は、それだけで異常とみなされかねないと指摘されている。

「いたりがたき心のはかなさハなべてよの中道を経がたくしてやう〳〵大方の人にことなりゆく」（「につ記」明治二六年七月一二日）と、「普通の」女性とは違うという一葉の疎外感は、まさに上記の精神分析が指摘する状態である。

シャーロット・ブロンテと一葉を比較した榎本義子は、ブロンテの作中人物が「自分の置かれている状況の息苦しさに耐えられなくなったときに、狂気に駆られたり、虚無的な世界に引き込まれて行き、一時的な死を経験したりする」（四九頁）と指摘し、それは「安らぎや安定感を得る基盤とされる家庭からはぐれて、精神の彷徨を続けるアウトサイダー」（三九頁）としての『にごりえ』のお力や、作家一葉自身の心理にも通じると論じている。同じ「アウトサイダー」としての自意識は、「家庭の天使」を殺すことで女性作家としてのアイデンティティーを確立しようとしたヴァージニア・ウルフにも認められるといえよう。

一葉とブロンテの家庭環境の類似を指摘した榎本義子は、一葉もブロンテも「ジェンダーと彼女たちの個人的、社会的状況という……二重の枷を掛けられていた」（五一頁）と論じ、両者とも、「女性がジェンダーの役割に閉じ込められていた時代」における、「女であることに対する拘りと閉塞状況からの脱出願望」（二〇頁）をもっていたと述べている。同様の類似性は、ウルフと一葉にもあてはまる。男性主流社会において、ウルフも一葉も、より自由な自己実現を夢見て男性ジェンダーへの同化願望を表現し、それがかなわないと知ったとき、精神的に追い詰められ、狂気という危機にさらされてしまうのである。

しかし、彼女らの経験した精神的危機は、決して不毛なものではない。逆に、狂気や病気といったストレスが、創作のたえざる源として機能したことも見逃せない。ヴァージニア・ウルフは、「病むことについて」（"On Being Ill", 1926）と題されたエッセイで、「病むこと」が深い精神的・社会的洞察を可能にすると主張している。[22] 一葉も、実生活でしばしば体調不良を訴え、作中人物も「持病」や「病」（『にごりえ』お力）をかかえている。だが、そうした精神的に不安定な状態があるからこそ、社会の〝常識〟に疑問をなげかけ、人間という存在について根本的な問いをなげかける可能性が生まれる。

女のジェンダーにも男のジェンダーにもなりきれない、前述した性別を越境するジェンダーのありようも、「性同一性障害」が病の一種とみなされていたように、まともではない異常な状態とみなされがちだが、ウルフはそれもまた、創作にとって必要な状態だと前向きにとらえている。

> It is fatal for anyone to be a man or woman pure and simple; one must be woman-manly or man-womanly.... Some collaboration has to take place in the mind between the woman and the man before the art of creation can be accomplished.（p. 157）

ウルフは、すぐれた文学を生み出すためには、単純に女、または男であるのではなく、「男のような女や、女のような男」であることが必要と論じている。多様な性のありよう、精神の両性具有性を、創作の原動力とみなす考えは、

> ...she had a great variety of selves to call upon, far more than we have been able to find room for, since a biography is considered complete if it merely accounts for six or seven selves, whereas a person may well have as many thousand.（p. 278）

と、あるときは少年、あるときは女性と千変万化する「多様な自己」、多面的な精神こそが、人間本来の姿であるという『オーランドー』の人間観とも結びついている。

一葉も、「一切我れをすて　千変万化せむにハしかず」(「流水園日記」明治二六年秋)と、理想の文学を、老若男女と自在に変化する精神の所産としてとらえている。こうした一葉の創作態度は、『にごりえ』であればお力・源七・お初、『十三夜』(一八九五年)であればお関・録之介、『わかれ道』(一八九六年)ならお京・吉三と、一人の主人公の視点に偏らず、常に主人公の視点を相対化する人物を配置し、多様なジェンダーや社会的立場からの語りをバランスよく配置しようとする一葉文学の特質として体現されている。それはまさに、ウルフが理想とした、両性具有的な文学世界に相当するだろう。

一葉とウルフが共に語る狂気や病、性自認のゆれは、主流的な男性視点に偏らず、多様な語りの領野を切り拓こうとする彼女たちの挑戦の証、産みの苦しみの証でもあったといえよう。

五　流動するエクリチュール――デュラスとの接点――

狂気と正気、女性と男性といった境界の間でゆらぐ精神状態、あるいは、その境界自体を相対化する女性作家の文学世界は、ショシャナ・フェルマンが『狂気と文学的事象』で論じた、女性のエクリチュールの特徴として位置づけることができるのではないか[23]。

フェミニズムと精神分析の関係を論じたジェーン・ギャロップも、フロイト、ラカンによる男性視点の精神分析が、一貫性や整合性からはみだす欲望を無視し、異常視してきたと指摘し、そうした流動的な欲望や精神状態は、「流動する欲望」(erratic desire)として表現されると論じる。

The question may be: is my 'floating' a 'manner of progressing' (archaic sense of 'erre') or an error? That I should have allowed such a floating seems both nice and disturbing. Nice: an appropriate sort of acting out, giving proof of engagement in my subject, of willingness to let go control and be moved by textual currents.[24] (p. 108)

'floating'、つまり、ひとつところにとどまらず、不安定にゆらぎ、流動しているような状態は、男性的な世界観からは「誤り」（error）とみなされてしまうかもしれないが、固定した〝主体〟のコントロールを過信せず、理性によって言葉や事物を支配するのでもなく、テキストの「流れ」に身をまかせ、そこに身をゆだねている状態こそが、文学を書き進める原動力にほかならない。それは「不安」（disturbing）であるとともに「心地よく」（nice）もある、両義的な状態であり、そこにこそ女性の語りの可能性が拓かれる。

ギャロップは文学テキストの分析はしていないが、ここでいう「流動する」＝「常軌を逸した」エクリチュールのありようは、まさに一葉の文学世界を思わせる。一葉のエクリチュールは、理性で叙述をコントロールしているというよりも、状況や意識の流れに身をまかせているかのような流動性を感じさせる文章であり、主語も不安定なまま、テキストの「流れ」に身をまかせるかのように進んでゆく。

ウルフの文学を特徴づける手法も、まさに「意識の流れ」（stream of consciousness）として知られており、『オーランドー』や『ダロウェイ夫人』の文体は、ピリオドで明快に理論的に区切られることなく、「……」などで余韻を残しながらだらだらと続いてゆく。そもそも、「意識の流れ」という手法自体が女性作家によって開拓されたとされており、[25] 男性作家の理性的・合理的な文体に対比される。女／男、正気／狂気、不安／快楽……さまざまな境界を浮遊する一葉とウルフの語りのありようは、時代と地域をこえて豊かに共鳴するのである。

最後にもう一人の女性作家、マルグリット・デュラスという補助線をひいてみたい。デュラスの文学世界にもまた、一葉・ウルフと共通する顕著な特徴が認められるからだ。

> X.G.—Et ce que vous disiez tout à l'heure, que votre mère aurait voulu que vous soyez un garçon et qu'au début vous essayiez de répondre à cette attente, c'est-à-dire d'être vraiment un garçon, prendre une place dans la société de garçons, est-ce que ce ne serait pas ça?
>
> M.D.—C'est très probable.（p. 14）[26]

グザビエル・ゴーチェ（X. G.）との対談でデュラスは、自分が「男の子」として、男性が占める社会的地位を獲得したいという潜在的願望を抱いていたと認めている。

さらに、デュラスの自伝的小説とされる『ラマン』（*L'amant*, 1984）の女性主人公は、男物の帽子を被っており、それは、男ものの帽子を実際に着用した作者自身の姿を反映しているとされる。[27]

> La petite au chapeau de feutre est dans la lumière limoneuse du fleuve, seule sur le pont du bac, accoudée au bastingage. Le chapeau d'homme colore de rose toute a scène.（p. 29–30）[28]

男性用の帽子をかぶって一人、船の甲板に立つ少女の姿は、「Je veux écrire. Déjà je l'ai dit à ma mère: ce que je veux c'est ça écrire」（p. 29）と明確に意志表示されているように、将来、書くことで身をたてんと欲する少女が、ジェンダー・ステレオタイプにてらせば〝男性的〟とみなされる強い意思や社会的自己実現の欲求を抱いていることの証といえよう。デュラスの〝男装〟は、単なる表層的なファッションではなく、男性としての社会的性を志向する彼女のトランス・ジェンダーな性自認のありようを反映するものであり、そうしたジェンダーの越境や流動性は、一葉とウルフの言説にも等しく認められたものであった。

さらに、デュラスの言説にも、狂気や病への親近性が認められる。

Je vois que ma mère est clairement folle. ...Elle l'était. De naissance. Dans le sang. Elle n'était pas malade de sa folie, elle la vivant comme la santé.（p. 40）

『ラマン』の少女は、自分の母親が狂っていると確信し、それは「生まれつきの血」によるものだと感じる。

彼女自身も、

Et tout à coup je suis sûre que derrière moi quelqu'un court dans mon sillage. ...Je la reconnais, c'est la folle du poste, la folle de Vinhlong.... J'ai peuplé toute la ville de cette mendiante de l'avenue.... Elle est venue de partout.

（p. 103, 106.）

と、「狂った女乞食」の影におびえ、「女乞食」の狂気に自分の分身であるかのような同一化の感覚を覚えている。

病気については、

M.D.—Le mot <malade> revient dans chaque lettre.

X.G.—Malade?

M.D.—<Je suis malade de vous dire.>（p. 17）

と、デュラスの作品を読んだときの読者の反応（手紙）には、女性読者・男性読者を問わず、malade という表現が頻繁に見られると言い、「病気」や「気がふれる」という感覚がデュラスの文学のなかに潜在することがわかる。しかし、それは決して悪いことではなく、むしろ作品を生み出す原動力となっている。

...ces livres sont douloureux, à écrire, à lire et que cette douleur devrait nous mener vers un champ..., un champ d'expérimentation. Enfin, je veux dire, ils sont douloureux, c'est douloureux, parce que c'est un travail qui porte sur une région...non encore creusée, peut-etre.（p. 18）

自分の作品は書くのも読むのも「痛み」をともなわざるを得ないが、それは自分の文学が「いまだ掘り下げられたことのないものを掘り下げる」、すなわち、未知の精神世界をきり拓く実験的なものであるゆえとデュラスは主張するのだ。

一葉の文学もデュラスの文学も、精神的な危機や痛みにさいなまれる女性主人公を描き出しているが、それは男性作家が到達しえなかった新たな文学世界を開拓するゆえの、生みの苦しみであり、痛みであるといえるかもしれない[29]。

清水徹は『ラマン』の解説で、「流れるようなエクリチュール」（écriture courante）が「淀みなく流れてゆく河川の水」（eau courante）と同等に使われていると指摘し、デュラスの言説を「流れるように書かれてゆくエクリチュール」と評している。[30]「流水園日記」「水の上」『にごりえ』と、流れる水のイメージは、日記・作品を通じた一葉の言説の基調低音をなすものでもある。[31]

家庭環境の面では、インテリの子女として育ち、ブルームズベリー・グループの知的な活動にふれたウルフと、家が没落して十分に教育も受けることができなかった一葉は、対照的な状況にあった。その意味では、一葉とウルフには相違点もあるのだが、ウルフは異父兄からハラスメントを受けていたという別の意味での過酷な家庭状況を背負っており、一方で一葉とデュラスには、父・兄の夭折という酷似した家庭環境、極貧の少女時代という大きな共通点がある。この家庭環境・経済状況の類似性が、両者のエクリチュールの性格を近づけ、作品世界にも類似性をもたらしている。[32]

少なくとも三者に共通して特徴づけられるのは、ジェンダーや自意識の流動性、そこからもたらされるエクリチュールそれ自体の流動性であり、そうした特徴が〝男性的理性〟ではとらえきれない人間のありようを抉り出していることも疑いない。女性＝流動性、男性＝固定性といった二項対立を結論とすることは、ジェンダー・ステレオタイプの再生産に陥る側面もあり、実際、男性作家でも泉鏡花や谷崎潤一郎のように、流動的な文体をみせる作家もいれば、芥川龍之介のように狂気への親近性を表明する作家もいる。「意識の流れ」の手法も、女性作家が開拓したとされるが、男性作家であるジェームズ・ジョイスの作品が典型例とみなされることもあるので、一概に女性・男性で文学世界を二分するのは危険であるといえる。

とはいえ、女性と男性が置かれている明確な社会的・経済的状況の差異（社会的自己実現が抑圧されている・男性よりも経済的自立が困難な傾向にある・高等教育から排除される）が、国境と時代を越えて共通性をみせる事実がある以上、異なるジェンダー状況が、一方のジェンダーに共通する問題意識と文学手法をもたらすことも、注目すべき事実といえる。

時代と地域を超える女性というジェンダーへの束縛が、一葉、ウルフ、デュラスという異なる作家たちの言説に、それぞれがそれぞれを模倣したのではないかと思えるほどの共通性をもたらし、それは一葉文学に内在する「女性性」と国際性を明らかにする。互いに直接的影響関係がない文学のあいだに、「女性性」にもとづく国際的な共通性をみいだし、そこから普遍的なジェンダーの問題を提起する。それは、比較文学という学問でしかできない議論であると信じる。

（1）中丸宣明「一葉読書目録」（石見照代、北田幸恵、関礼子、高田知波、山田勇策編『樋口一葉事典』（おうふう、一九九六年）によると、『論語』『詩経』等の著名な漢籍のほか、西洋文学では内田魯庵訳『罪と罰』、森鷗外「シルレル伝」ジエムスローエル「羊飼の歌」、坪内逍遥「マクベス評註」の四点があるのみである。中丸も述べるように、目録にあるものを「読んだ」とは断定できず、逆に、目録にないものでも目を通した可能性はあるが、鷗外・漱石ら、海外留学経験をもつ男性文学者、あるいは、当時最先端の外国語教育を受け、翻訳文学を残した若松賤子のような女性文学者と比べて、一葉が直接体験としても、教育上の知識としても、海外の文学に接した経験が少ないことは事実であろう。

（2）一葉とシャーロット・ブロンテの比較研究として榎本義子「絶望からの脱出　樋口一葉とシャーロット・ブロンテ」（『女の東と西　日英女性作家の比較研究』南雲堂、二〇〇三年）があり、一葉に対する比較文学的・ジェンダー論的アプローチの先駆といえる。

（3）以下、一葉のテキストの引用は、塩田良平、和田芳恵、樋口悦編『樋口一葉全集』全四巻（筑摩書房、一九七四～九四年）により、旧漢字は新漢字になおし、句読点・濁点を補い、ルビを適宜補った。

（4）総合女性史研究会『史料にみる日本女性のあゆみ』（吉川弘文館、二〇〇〇年）、一三四頁。

（5）近世の子育て研究は、家職の伝承としての子供の教育は父親の任務であり、母親が育児の主たる責任者になることは明治以降の現象であることを明らかにしている（海妻径子『近代日本の父性論とジェンダー・ポリティクス』作品社、二〇〇四年、五二頁）。
（6）高等女学校研究会編『高等女学校の研究――制度的沿革と設立過程――』（大空社、一九九四年）、二二頁。
（7）佐倉智美『性同一性障害の社会学』（現代書館、二〇〇六年）など。
（8）*A Room of One's Own*, 1929. Re., London: Hogarth Press, 1974 により、頁数を引用末尾に付す。
（9）"Professions for Women". in *The Death of the Moth and Other Essays*, London: Hogarth Press, 1942 により、引用頁数を末尾に付す。
（10）Woolf Virginia. *Orlando; a Biography*. London. Hogarth Press, 1998.『オーランドー』と『私一人の部屋』に通低するウルフの文学論については Usui Masami. "A Paradox of 'A House of History's Own': in Virginia Woolf 's Orlando and A Room of One's Own". *Doshisha Studies in English*, No.73, March 2001.
（11）Prior, Mary ed., *Women and English Society 1500–1800*, Methuen & Co., 1985.
（12）内乱により、女性も男性役割を担い、政治的問題を討議する必要性が生じ、一七世紀イギリスでは女性による著作物が増加した（同前）。
（13）落合恵美子『近代家族とフェミニズム』（勁草書房、一九八九年）。
（14）菅聡子『時代と女と樋口一葉　漱石も鷗外も描けなかった明治』（NHK出版、一九九九年）五四～五五頁。
（15）佐藤宏子『アメリカの家庭小説』（研究社、一九八七年）。
（16）同じ状況はイギリス一九世紀の女性作家の時代背景にも共通する（榎本前掲書）。
（17）佐伯順子「オーランドーの矜持――書くこととジェンダー――」（『新日本古典文学大系明治編』月報六、二〇〇二年三月）。
（18）原文は総ルビであるが、ルビは適宜省略した。
（19）瀬崎圭二「模倣の転覆　「虞美人草」から「空薫」へ」（『漱石研究』第一六号、翰林書房、二〇〇三年一〇月）では同時代の広い文脈から「虚栄」の意味が考察されている。

（20）『うつせみ』（一八九五年）、『われから』（一八九六年）も男性社会で主体性を奪われた女性の精神的、身体的不調を描く。
（21）Chesler, Phyllis. *Women and Madness*. New York: Harcourt Brace Jovanovich, 1972.
（22）"On Being Ill". in *The Crouded Dance of Modern Life*. New York: Penguin, 1993.
（23）Felman, Shoshana. *La Folie et la Chose Litteraire*. Paris: Edition de Seuil, 1978.
（24）Gallop, Jane. *The Daughter's Seduction; Feminism and Psychoanalysis*. New York: Cornel University Press, 1982. 渡部桃子『娘の誘惑——フェミニズムと精神分析——』（勁草書房、二〇〇〇年）は、「流離う／常軌を逸した」と訳出する。
（25）高橋和久「小説の実験から政治の季節へ」『イギリス文学』（放送大学教育振興会、二〇〇三年）。
（26）Duras, Marguerite. *Les parleuses*. Paris: Editions de Minuit, 1984.
（27）男物の帽子をかぶったデュラスの写真は、「中国人の愛人時代の象徴的写真」とされ（ジャン・ピエロ、福井美津子訳『マルグリット・デュラス——情熱と死のドラマツルギー——』朝日新聞社、一九九五年、二六頁）、作中にもしばしば帽子への言及がみられる。
（28）Duras, Marguerite. *L'amant*. Paris: Editions de Minuit, 1984.
（29）女性作家が開拓するモチーフとしては母娘関係や女性の身体性があげられるが（Rich, Adrienne. *Of Woman Born: Motherhood as Experience and Institution*. New York: W.W. Norton & Company, 1976）、詳しくは別の機会に論じたい。
（30）「文庫版解説——『愛人』とデュラスの世界——」（『愛人』清水徹訳、河出書房新社、一九九二年）二一五〜六頁。
（31）本稿では、女性の自己表現の共通性をさぐるため、日記・雑記・小説というジャンルの境界をとりはらって議論した。
（32）『にごりえ』と『ラマン』には、女性の性の商品化、異文化接触といった共通性が認められるが、紙幅の都合上、別の機会に論じたい。

〔付記〕本論文の構想は、シンポジウム「〝語る女／語られる女〟の近代——樋口一葉を中心に——」（日本比較文学会第六十八回全国大会、二〇〇六年六月一八日、於日本女子大学）に端を発し、「流離するエクリチュール　一葉・ウルフ・デュラス」（樋口一葉研究会第十五回大会、二〇〇六年一一月二五日、於樋口一葉記念館）、「一葉文学の国際性」（アーモスト大学・同志社大学短期交換教授プログラムにおける講演、二〇一〇年二月八日）でも再考した。シンポジウムにご参加いただき、樋口一葉研究会でもお世話になった菅聡子先生はじめ、関係各位に感謝申したい。

〔参考文献〕

（一次文献）

樋口一葉『樋口一葉全集』全四巻、筑摩書房、一九七四～九四年。

総合女性史研究会編『史料にみる日本女性のあゆみ』吉川弘文館、二〇〇〇年。

Woolf, Virginia. *A Room of One's Own*. London: Hogarth Press, 1929.

"Professions of Women". in *The Death of the Moth and Other Essays*, London: Hogarth Press, 1942.

Orlando: a biography. London: Hogarth Press, 1928.

Duras, Marguerite. *L'amant. Paris*: Editions de Minuit, 1984.

Les parleuses. Paris: Editions de Minuit, 1984.

（二次文献）

石見照代、北田幸恵、関礼子、高田知波、山田勇策編『樋口一葉事典』（おうふう、一九九六年）。

榎本義子『女の東と西　日英女性作家の比較研究』（南雲堂、二〇〇三年）。

落合恵美子『近代家族とフェミニズム』（勁草書房、一九八九年）。

海妻径子『近代日本の父性論とジェンダー・ポリティクス』（作品社、二〇〇四年）。

高等女学校研究会編『高等女学校の研究――制度的沿革と設立過程――』（大空社、一九九四年）。

佐伯順子「オーランドーの矜持――書くこととジェンダー――」（『新日本古典文学大系明治編』月報六、二〇〇二年三月）。

瀬崎圭二「模倣の転覆――「虞美人草」から「空薫」へ――」（『漱石研究』第一六号、翰林書房、二〇〇三年一〇月）。

ピエロ、ジャン・福井美津子訳『マルグリット・デュラス――情熱と死のドラマツルギー――』（朝日新聞社、一九九五年）。

Chesler, Phyllis. *Women and Madness*. New York: Harcourt Brace Jovanovich, 1972.

Felman, Shoshana. *La Folie et la Chose Litteraire*. Paris: Edition de Seuil, 1978.

Gallop, Jane. *The Daughter's Seduction; Feminism and Psychoanalysis*. New York: Cornel UniversityPress, 1982. 渡部桃子訳『娘の誘惑――フェミニズムと精神分析――』（勁草書房、二〇〇〇年）。

Usui Masami. "A Paradox of 'A House of History's Own': in Virginia Woolf's Orlando and A Room of One's Own". *Doshisha Studies in English*, No.73, March 2001.

〈母の涙〉の二重性——敗戦後文学としての『二十四の瞳』——

菅　聡子

「ふとつた婦人が、茶の葉をくれたよ。あれだらう?息子が戦死したというのは……」

「うん、一週間泣きとおして眼病になつたのさ」

「泣いたのか、あの眼は?」

「うん」

「涙一滴こぼさず、雄々し軍国の母というのが昔あつたね」

「泣くのがあたりまえさ。泣かない母つてありやアしないよ」


（林芙美子『うず潮』一九四七年）

はじめに

壺井栄といえば『二十四の瞳』[1]、『二十四の瞳』といえば小豆島。現在でも、多くの日本人がこの連想を共有している。もちろん、『二十四の瞳』が壺井栄の代表作であることは間違いない。しかし、『二十四の瞳』が人口に膾炙するきっかけとなったのは、一九五四年、木下恵介監督・高峰秀子主演で制作された映画であった。実際、小説では大石久子が最初に赴任するのは「農山漁村の名がぜんぶあてはまるような、瀬戸内海べりの一寒村」であり、小豆島という固有名詞は記されていない。『二十四の瞳』といえば小豆島、というイメージが形成されたのは映画の影響による。同様に、作家・壺井栄についても、彼女が『二十四の瞳』以外に、児童文学はもちろんのこと、『暦』『妻の座』といった自然主義的作品を多く発表していることを知る者は少ないだろう。前述のよくもあしくも広く共有されているイメージは、壺井栄文学の総体においてはごく一部分に相当するに過ぎない。

にもかかわらず、現在にいたるまでこのイメージが共有され続けているということは、とりもなおさず、『二十四の瞳』の物語構造が、敗戦後の日本人の感性に強烈に訴える何ものかを備えていたことを意味しよう。とくに映画は、視覚表現ならびに聴覚表現によって、実に効率的に観客の共同感性に働きかけた。映画『二十四の瞳』については、多くのすぐれた研究言説が積み重ねられている。たとえば、早くに佐藤忠男は映画の観客の涙の本質が「自分たち民衆は、あの可愛らしい子どもたちが悪人でありようがないと同じようにちっとも悪くなく、ただ戦争によってひどい目にあったにすぎないのだ、という気持ちにな」れる点にあることを指摘している[2]。またミツヨ、ワダ・マルシアーノは「この映画が共同体の記憶という、特定のメッセージを提示するメディアとしての役割をになった」と述べ[3]、さらに御園生涼子は、映画の冒頭で小豆島が「原初の風景」として提示され、そこに付与された「郷土」のイメージと、「ノスタルジアを媒介として、個人の記憶と国民の公共の記憶とを結びつける」唱歌によって、日本人に共有される「ふるさと」が立ち上げられること、そして「戦争のトラウマ体験を克服し、国民の物語を再編しようとする二重化された欲望」がこの映画において「一つの充溢した形を見出す」と論じている[4]。

映画において、大きな効力を発揮した視覚ならびに聴覚表現は、しかし、言語表現である小説テクストにおいては、描写という観点は別として、直接的には機能しない。ではあらためて、小説テクストがその特質として備え、言語表現において強く読者に訴えたものとは何か。それは〈涙〉の表象である。

そもそも、公開時、映画『二十四の瞳』が話題を集めることになったのは、観客の涙ゆえであった。『週刊朝日』（一九五四・一〇・三）の特集記事「みんな泣いた『二十四のヒトミ』ある女教師の喜びと悲しみ」では、大達茂雄文部大臣をはじめ、インタビューを受けた政治家・本多市郎、野溝勝、辻政信、日本PTA全国協議会会長・塩沢常信、日教組組織部長・小室三夫朗の全員が涙を流したという。佐藤忠男は、「『二十四の瞳』は、おそらく、戦後の日本映画のうちで、もっとも大量の涙を観客からしぼりとった作品であった」とし、とくにラストシーンでは「ほんとうにもう、満場滂沱嗚咽の声がみちるというほど」であったと記している。(5) もっとも、泣きに泣いたのは、観客や読者のみではない。「泣きみそ先生」のあだ名が示すように、何より、物語の全般にわたって、大石久子その人が涙に暮れているのである。

このテクストの内部と外部を結ぶ〈涙〉の表象は、何を意味するのだろうか。本稿においては、とくに母の涙の意味と機能を考察することで、敗戦後文学における女性性の再配置の様相の一端を明らかにしたい。

一　〈軍国の母〉と泣きみそ先生

『二十四の瞳』の通奏低音が、新米教師・大石久子が「瀬戸内海べりの一寒村」に赴任して二日目に一二人の子どもたちを前に心に誓った「このひとみを、どうしてにごしてよいものか」という言葉に象徴されることはいうまでもない。しかし、この大石先生の決意が、大きな時代の波のなかで、彼ら一二人の人生にとって何の力も発揮し得なかったこともまた、作品の読者には明らかである。それを象徴するのはソンキこと岡田磯吉の失明である。六年生を終えた日、「大きな鳥打帽」をかぶって奉公へ出る挨拶をしに訪ねてきたソンキは、その後、戦争に行って失明して帰ってきた。濁すどころか、子どもの瞳はつぶれてしまったのだ。一二人の子どもたちのうち、男子五人はその後全員戦地に駆り出され、三人が戦死、一人が失明した。女子七人の中では、一人が結核で貧窮のなか死亡、貧困のため二人が島を離れ身を売るような暮らしをしている。そして彼らのかたわらで、大石先生はなすすべもなく、ただ涙に暮れていた。

このような大石久子のあり方には、とくに教師としての彼女の姿勢に対して、同時代評の段階から厳しい見解が寄せられている。たとえば来栖良夫は「大石先生（その愛情や生きかた）には、教師としての特徴的なたちばがなさすぎる」として、その「愛情の弱さ・古さ」を批判している。(6) たしかに、教師としての彼女は、子どもたちへの愛情は別として、確固とした信念のもとにさまざまな困難に立ち向かっているとは言いがたい。生徒に軍人よりも「漁師や米屋のほうがすき」「死ぬの、おしいもん」と話したことから「赤じゃと評判になっとりますよ」と教頭に注意を受けた際、「むしゃくしゃして」あっさりと教壇を去ってしまうところに、その一端を見ることができよう。

しかし、むしろこのような大石久子の無力さ、ただ涙するのみ、という姿こそが、敗戦後文学としての『二十四の瞳』の要諦ではないか。「泣きみそ先生」は、敗戦後、教壇に復帰した大石久子が新しく生徒たちから与えられたあだ名であるが、彼女がともすれば涙を浮かべるのは、決して作品の終盤のみではない。作中、大石久子は教師としての側面と、母親としての側面の双方をあわせもっている。加えて、生徒たちに向けた「このひとみを、どうしてにごしてよいものか」という言葉と、自分の子どもたちに向けた「こんな、かわいい、やつどもを、どうして、ころして、よいものか」という言葉の重なり合いから、表象としての彼女においては、もともと教師と母親とが交差しているといえる。教壇に立った期間が五年間であるのに対して、教壇を去り、終戦までの一三年間は母親としてのみ過ごしていることを考え合わせれば、戦時下の彼女は教師というより母親として生きたというべきであろう。そして物語の全般にわたって、彼女は生徒たちの苦境に立ち会うたびに涙を流す。その涙の積み重ねは最終場面、戦争の傷跡を深く残す分教場の子どもたちとの時を経ての再会の涙へと収斂していく。

たとえば坪田譲治が「どんなに平凡な場面にでも、作者は母の心をそそぐことを忘れていない。その母、母ごころが読者を打ってくる」「壺井さんのそれは、母ごころが作品の底ふかくひそんでいて、永遠の母とか、母なる霊とか言わるべき精神的なものである」と述べているように(7)、壺井栄の文学は〈母性〉の文学と呼ばれている。この文脈が、慈愛と平和の象徴として母性イメージを用いているのは明らかだが、しかし、この〈母性〉は時代によっては実に危険なものとして機能していたはずだ。いうまでもなく、〈軍国の母〉の表象がそれである。そもそも〈母性〉なるものは、近代国民国家が形成される過程において発見され(8)、ナショナリズム思想の昂揚のなか、あらゆる表象となって国民を戦争へ駆り立てたものだった。この心的機制について、大越愛子は以下のように述べている。

子は戦死することによって靖国に祀られ、天皇制国家を護る軍神として永久に位置づけられる。母は、死によって護国の神と化した子を通して、国家的母性と同一化するのである。戦死によって護国の神となり、それが母の栄光となるという、この完璧なストーリーは、母性を国家に釘付けにするのに、まことに有効であった。名誉の戦死を遂げた兵士の母を国家をあげて賞賛する傾向は、既に明治末期の国定教科書の母と子の美談に反映している。

（大越愛子『近代日本のジェンダー』三一書房、一九九七年）

その「美談」の典型として、有名な「水兵の母」の物語をあげることができよう。第二期国定教科書の五年生の国語読本に掲げられたこの教材は、日清戦争を素材にとっているが、以後、太平洋戦争時にいたるまで、広く国民に受容されたものである。日清戦争時、軍艦高千穂の甲板で「女手」の手紙を読みながら泣いている水兵がいる。通りがかったある大尉が、「女々しいふるまひ」として叱責したところ、その水兵は読んでいた手紙を示す。それは、故郷に残してきた母からの手紙であった。

聞けば、そなたは豊島の戦にも出ず、又八月十日の威海衛攻撃とやらにも、かくべつの働なかりきとのこと。母は如何にも残念に思ひ候。何の為にいくさには御出なされ候ぞ。一命をすてゝ君に報ゆる為には候はずや。村の方々は、朝に夕に色々とやさしく御世話して下され、「一人の子が御国為にいくさに出し事なれば、定めて不自由なる事もあらん。何にてもえんりよなく言え。」と、親切におほせ下され候。母は其の方々の顔を見る毎に、そなたがふがひなき事が思ひ出されて、此の胸は張りさくるばかりにて候。八幡様に日参いたし候も、そなたがあつぱれなるてがらを立て候様との心願に候。母も人間なれば、我が子にくしとはつゆ思ひ申さず。如何ばかりの思にて此手紙をしたゝめしか、よくよく御察しこれあり度候。

大尉は母の精神に感服して落涙し、水兵とともに、来るべき折りには互いにめざましい働きをして、高千穂の名をあげようと誓い合う。

この母の手紙は、実に巧みに〈銃後〉の〈軍国の母〉が置かれた状況を伝えている。一人息子を「御国」のために差し出したがゆえに、村の人々は彼女に親切にしてくれる。「其の方々の顔を見る毎に、そなたがふがひなき事」が思い出される、というのは、〈銃後〉の母をとりまく共同体の親切が、彼の「働」と交換であることを示唆している。我が子が戦場で「あつぱれなるてがら」を立てないかぎり、共同体の視線のなかで、母は肩身の狭い思いを続けなければならないのである。

さらにこの物語で眼をひくのは、母の手紙を読んだ水兵、そして事情を知った大尉がともに涙をこぼしているにもかかわらず、母の手紙には涙の影がまったく感じられないことである。読者が子どもであることを考えれば、彼らが受容するのは、「いくさ」に行くのは「一命をすて、君に報ゆる為」であるということ、また大尉が述べる「将校も兵士も皆一つになつて働かなければならない。総べて上官の命令を守つて、自分の職務に精を出すのが第一だ」という軍隊の規律のみならず、むしろあるべき母の姿、理想の〈軍国の母〉はどうあるべきか、という母親像なのではないだろうか。

『二十四の瞳』においても、「なああ大吉、お母さんはやっぱり大吉をただの人間になってもらいたいと思うな。名誉の戦死なんて、一軒にひとりでたくさんじゃないか。死んだら、もとも子もありゃしないもん。お母さんが一生けんめいに育ててきたのに、大吉ァそない戦死したいの。お母さんが毎日なきの涙でくらしてもえいの?」と語る母・久子に対して、息子は「そしたらおかあさん、靖国の母になれんじゃないか」というのみならず、「そういう母をひそかに恥じてさえいた」。彼はまさに戦時に生まれ育った、「平和の日を知らぬ」「軍国の少年」であった。金井景子が指摘するように、「大吉のまなざしに映る大石久子は、すでに頭の中に刷り込まれている「あるべき母の姿」を裏切る厄介な存在だったのである」(9)。その「あるべき母の姿」を刷り込まれたのが先にふれたように学校教育の場であるとするなら、大石久子が教師にして母親、という立場を与えられているのはあるべき軍国の教師、あるべき軍国の母の双方に対するアンチテーゼとして表象されるためではないだろうか。

つづいて、時代の言説としての戦時下の母の〈涙〉を見、『二十四の瞳』における大石久子の涙の意義をあらためて考えてみたい。

二　封じられる〈涙〉

国家的母性を表象する〈軍国の母〉において封じられていたもの、それは〈涙〉であった。

夫君の名誉の戦死の報に接しては日本婦人は決して涙を示しません。悲しきが内にも雄々しくも立ち上がって、軍国の母として立派に其の子を育て上げる事を以て夫君への最大の務めとし、五年、十年、二十年、如何なる辛苦にも堪へて美事に其の目的を達し、第二世を陛下の忠良なる臣民に育て上げる事は、夫君の戦死に優るとも決して劣らざる国家に対する忠節でありまして、かかる雄々しき軍国の母なる方々に対し我等は心よりなる深き敬意を表する次第であります。

（香坂昌康「序に代へて」国民精神総動員中央連盟『軍国の母の姿』第一輯、一九三九年）

〈軍国の母〉は、つねに「雄々しく」、個人の悲しみに浸り涙を流すことは許されない。まさに〈滅私奉公〉の語のとおり、愛する者の死を悼み、嘆き悲しむという私的行為は〈軍国の母〉〈靖国の母〉においては非国民的行為なのである。

一九四二年に結成された日本文学報国会は、読売新聞社との提携のもと、『日本の母』を発行した。「戦時下における文化報国」の「第一着手」として、「全国に「日本の母」を訪ね、一流作家たちによつてその姿を伝へ」

ることがその目的であった。会長・徳富猪一郎は、「序」において日本の女性が「日本国民性格の創造者」「教育者」「擁護者」であること、そして「皇国女性の伝統的特質」として「勇気」「勤勉」「堅忍」「無私」「慈愛」、すなわち「献身的精神の権化」をあげ、以下のように述べている。

切に申しますれば、この精神は日本の母たちによつて具顕されて来たところの尊い精神であり、崇高なる母の姿であります。

特に満洲事変により大東亜戦争に至る迄、私どもの眼前にはこの聖なる母の実物教訓が数限りなく示されて、今更の如く私どもは母の力の偉大さに打たれざるを得ないのであります。

（徳富猪一郎「序」、日本文学報国会編『日本の母』春陽堂書店、一九四三年）

ここに名を連ねた「一流作家」は、甲賀三郎・土屋文明・加藤武雄・菊池寛・久保田万太郎・佐藤春夫・長谷川伸・佐佐木信綱・大佛次郎・尾崎一雄・深田久弥・川端康成・高村光太郎・水原秋桜子・西條八十・豊田正子・船橋聖一・中山義秀・海野十三・白井喬二・小島政二郎・真杉静枝・坪田譲治・中村武羅夫ら四九名、また彼らが訪問した「日本の母」も四九名である。

そのうち、典型的な〈軍国の母〉としてあげられるのは、たとえば久保田万太郎「浅草の「日本の母」」の題のもとに紹介されている「平間りつ」である。彼女はすでに、『読売新聞』（一九三二・七・一〇）で「三児捧げて誉は高し／征野に送る五人の子／見よ、軍国の母の慈愛」と、とりあげられていた。恩賜財団軍人援護会は「一家から二人以上の戦死者を出した家庭」を「誉れの家」として表彰していた。「平間りつ」は「再度の表彰に輝く兵の家」の母であった。「還らぬ勇士を育んだこよなき母の力」、そして我が子の戦死に「涙一つ見せなかつた」姿が称揚されている。

壺井栄もまた、その「一流作家」の一人として香川県の「棚田キノ」を訪ねた。「平凡の美徳」と題されたその訪問記で、「農村婦人の五十九歳としては珍しい程に若々しく、はつきりと見開かれた眼ざしは怜悧と慈愛に充ち、炎天下で焼き込んだ皮膚の色は艶々しく健康に輝いている。つぎだらけの半袖の仕事着ではあるが、さつぱりと汚れが落ちてゐるし、この人と向ひ合つてゐるだけで暑さを忘れる」と描写された「棚田キノ」は、六人の息子のうち五人を出征させ、「日本の母」に推薦された。壺井栄に息子を次々と出征させたときの思いを聞かれ、彼女は「もうみんな揃へに行つたらえいわと思ひました。（中略）六人目の末のが今年十六になりますが、これも体格がようて、もう十文半の足袋が合はんのでござんす。これも又志願するとて楽しんで居りますけん、おう、ゆけ、ゆけ、云ふとります」と答えた。壺井栄は次のように感想を記している。

この飾りのない言葉で、私は真正直な「日本の母」を見たやうな気がした。キノさんの態度は水のやうに淡々としてゐて、世の波風を押し切つてきた者の気強さのやうなものもなければ「日本の母」として選ばれたことについての誇りのやうなものさへ感じさせないのだつた。（中略）十六年間片親で育てゝきたキノさんの労苦に報ゆるものが、たとへ「靖国」の標牌であらうとも、彼女はそれをすでに覚悟した上でこの落ちついた日々を送つてゐるのである。やがて又、棚田家の三尺の戸口の上に「忠勇」の札が一枚殖えることであらう。

壺井栄の報告に限らず、ここに紹介された「日本の母」たちの話形はいずれも似通っている。庶民の生まれで、自身、若い頃から苦労をして育った。労働に追われる日々のなかで、息子たちには進んで教育を受けさせた。いずれも多産で、そのすべての息子たちを戦場に送れることを誇りに思っている。現在も、息子の武運長久を祈りつつ、あるいは戦死した息子を誇りつつ、変わらず労働にいそしんでいる。平凡な、日本の庶民の女性なら誰にでもあてはまりそうな生の形である。実際、読売新聞社編輯局長・中満義親の「跋」では、「偉大なるこの母の力、それは決していはゆる良妻賢母や烈婦貞女のみを謂ふのではなく、実に農山漁村にあつて、市井の巷にあつて、黙々として我児を慈しみ育む無名の母の力こそ偉大なのであ」り、この「日本の母」の顕彰を通じて、読者は「「日本の母」を非常に身近に感じ」、「全国の女性が誰でも僅かの努力精進の錬磨によつて「日本の母」たり得る自信を持」ち得た、そして「この自信こそ聖戦完遂の国民決意を一段と昂揚せしめたのだ」と述べられている。女性たちの母性が、どのようにして一元化されていったのか、その一端をここに見出すことができよう。

この「日本の母」訪問記において、壺井栄は批評的なまなざしは全く示していない。しかし、敗戦後、『二十四の瞳』において描かれた、ともすれば涙に暮れる大石久子の姿は、封じられた〈涙〉が意味する私的行為、心の領域への国家主義の統制に対するひそかな告発、抵抗なのではないだろうか。とすれば、その告発は誰のためになされているのだろうか。

もちろん、現在を生きる私たちにとっては、我が子の戦死を名誉とこそすれ悲しみの涙は流さない、といった母たちの姿はにわかには信じがたい。表面上は〈軍国の母〉として振る舞わざるを得なかったとしても、陰ではひそかに我が子のために悲嘆の涙に暮れたに違いない、と想像するほうが納得がいく。しかし、子どもたちはどうだったろうか。教科書をはじめとする多くのメディアを通じて〈軍国の母〉が喧伝されるなか、彼らはどのような母親像を抱いていたのだろうか。「敗戦の責任を小さなじぶんのかたにしょわされでもしたよう」な小国民・大吉の姿は、生まれたときにはすでに戦争が始まっており、戦時教育によって価値観を培われ、戦時であることが常態であった子どもたちを代表している。

大石久子のともすれば涙する姿は、その対極にある〈軍国の母〉〈靖国の母〉の虚偽性を照らし出す。この彼女の無力な姿こそ、戦争と母性の共闘に対するアンチテーゼであった。その意味で、『二十四の瞳』の全般にわたって見出される〈母の涙〉は、それ自体が、国家主義の私的領域、人間としての感情に対する侵犯と統制に対する抵抗を表象するものであるといえる。〈軍国の母〉の「雄々しさ」に対して、徹底的に無力であることをもって、大石久子は戦時の国家母性イデオロギーによる母子関係への抑圧を告発するのである。

もちろんそれは、消極的な語りの方法という指摘は免れまい。軍用船に乗る夫を思い、「その不安をかたりあうさえゆるされぬ軍国の妻や母たち、じぶんだけではないということで、人間の生活はこわされてもよいというのだろうか。じぶんだけではないということで、発言権をなげすてさせられているたくさんの人たちが、もしも声をそろえたら」と告発の方向へ動きつつ、しかし「ああ、そんなことができるものか。たったひとりで口に出しても、あのおく歯のない年よりがいったように、うしろに手がまわる」と諦念と沈黙へと着地する。時代の現実の反映であることは確かだが、その消極性は否定され得まい。だが、戦死者を出した家に贈られる「名誉の門標」を、「その名誉はどこの家の門口をもかざって、はじを知らぬようにふえていった。それをもっともほしがっていたのは、おさない子どもだったのであろうか」と語る『二十四の瞳』が、戦争によって犠牲とされた子どもたちの精神をこそ問題とし、その救済と新生を祈ったことだけは確かである。守れなかった子どもたちの瞳を、再び輝かせることが、『二十四の瞳』がもっとも強く志向するものなのである。

一方、この子どもたちへの思いが、ひとつの文脈を形成し、『二十四の瞳』を敗戦後の日本人にとっての〈癒し〉の言説とすることになった。それはどのような語りによってもたらされたのだろうか。最後に、『二十四の瞳』に内在する語りの機能について考察し、敗戦後文学としての問題を明らかにしておきたい。

おわりにかえて——戦争の語り方——

壺井栄自身が「いつも楽しい物語をかきたいと思いつづけている私は、こんどもまた、つらい、かなしい物語をかいてしまいました。くりかえし私は、戦争は人類に不幸をしかもたらさないということを、強調せずにいられなかったのです」(10)と記しているように、『二十四の瞳』は戦争のむごさ、悲惨さに対する静かな告発の書とひとまずはいえるだろう。ただし、このテクストにおける戦争の語り方が、つねに一面的であることは、とくに映画のそれとも共通する問題である。

『二十四の瞳』に男性性、あるいは父性が欠落していることは見やすい。大石久子の父は死に、夫すなわち大吉の父の影も薄く、その戦死は大石久子の口から伝えられるのみである。学校では男先生は旧弊かつ国家に忠実な存在として周縁化されている。加えて、この作品に欠落しているのは、アメリカと東アジアという両極である。GHQ/SCAP検閲はすでに終了していたとはいえ、その余波が継続していたのかもしれない、という可能性をさしひいたとしても、敵国と日本による侵略国との双方が欠落していることは、『二十四の瞳』の言説が、狭隘かつ閉ざされた内向きのものとして、敗戦国・日本という小さな共同体の内部でのみ受容されうるものであることを示している。

さらに、その小さな共同体において、『二十四の瞳』における戦争の語り方は、共同体の構成員にとって、〈癒し〉の効果を与えるものであった。子どもたちがこの戦争にあってまったく無罪の存在であることを強調するために、テクストにおいては彼らがこの戦争に対して「無知」であったこと、「いっさいのことを知る自由をうばわれている事実さえ知らずに」いたことが繰り返される。この点について、小野祥子は「「知らない」ことを問題としない〈女・子ども〉にジェンダー化された平和への思いは、「国民」という限定的な領域の中で、戦争の責任を解除する〈物語〉として共有されてきた」と指摘している。(11)読書行為のプロセスにおいて、読者は自らを子どもたちの位置に重ね、自らもまた国家によって情報を遮断され判断や認識を奪われていたのだと、遡及的に自己認識を再構築することが可能となる。この心的操作によって、読者もまた、自らの戦争責任を免罪し、子どもたちがそうであったように、被害者としての自己像が構築されるのである。

この心的操作を、もっとも効果的に行ったのは映画『二十四の瞳』である。映画のラストシーンは、小説テクストのそれとは異なっている。同窓会でかつての子どもたちと再会した大石先生は、教壇復帰の祝いに新しい自転車を贈られる。ラストシーンは、学校までの道を自転車に乗る大石先生が颯爽と走る姿で閉じられる。それはあたかも、彼女が初めて分教場に赴任したあの日、平和だったあの日が呼び戻されたかのような錯覚を観客に与える。大石先生の現在と希望に満ちていた過去とが二重写しにされ、それはとりもなおさず、観客の明日への希望として提示されて映画は終わるのである。すなわち、映画においては、戦争責任からの免罪と再生の希望の双方が満たされており、「満場滂沱嗚咽の声」に充ちたというのも当然であろう。(12)

一方、小説テクストは、映画と比較すると、小さな亀裂をはらんだまま終わっている。作中でももっとも印象深く、読者の涙を誘うエピソードの一つであるアルマイトの「ユリの花のべんとう箱」を、「戦争中は防空壕にまで入れてまもった」という松江に、大石先生は反応することができない。「先生はあのユリの花のべんとう箱のことをすっかりわすれていたのだ」。ここには、大石先生による何気ない行為が、子どもがそのつらい生を生きるよりどころとなった、との解釈も当然可能だが、同時に、一人一人の生が個別のものとして生きられるという厳然たる事実を告げるものでもあろう。さらに、思い出の「一本松の写真」を手渡され、磯吉は「それでもな、この写真は見えるんじゃ。な、ほら、まん中のこれが先生じゃろ。そのまえにうらと竹一と仁太がならんどる」と「確信をもって、そのならんでいる級友のひとりひとりを、ひとさし指でおさえてみせる」が、それは少しずつ「ずれたところをさしていた」。

ここには、どのような〈癒し〉をもってしても、取り返しのつかないものが存在する、ということが示されている。「わたしらの組、お人よしばっかりじゃないですか。それが、男はみんなろくでもないめにあい、女は海千山千になってしもた」というマスノの言葉は、物語の最後、彼女の歌を聴きながら、「マスノの背にしがみついてむせびな」く早苗の姿によって引き受けられる。小説テクストは、子どもたちの今後の希望を祈りつつ、その背後に犠牲となった無数の子どもたちの「瞳」があったことをも語っている(13)。そしてそれらは、二度と取り返すことのできないものなのだ。

『二十四の瞳』が前景化した〈母の涙〉はしかし、敗戦後の日本において、さらなる再配置を施されることになる(14)。〈母の涙〉、そして母性は、戦後の女性による平和運動のシンボルとなった。この状況が孕む本質的な問題について、上野千鶴子は、戦時下ならびに戦後の女性運動において、「女性の動員のためのレトリックや象徴が、文脈こそちがっていても、同一であること」、すなわち「「母性」や「個人主義の克服」のようなシンボルは、平和のためにも戦争協力のためにも動員される」ことを指摘したうえで、とくに「戦後平和運動への女性の関与について欠かすことができない」「母親大会」について論じている。少し長くなるが、引用しておきたい。

……第一回大会に、ギリシャの女性詩人ペリディスが寄せたといわれる「生命を生み出す母親は生命を守ることを希みます」のスローガンで有名な母親大会は、大会宣言の冒頭で「世界のお母さんたち！」と呼びかけることで、女性＝母親＝平和主義者という強固な本質主義に貢献した。（中略）「第一回母親大会宣言」には、次のような戦時下への言及が見られる。

戦争のために、母である喜びと誇りはうちくだかれ、戦争はいやだという、このあたりまえな母の心を口に出すのさえ、禁じられてきました。私たちは、子どもたちを戦いに送り出すのに、別れの涙を流すことさえ許されず、歯をくいしばっているだけでした。

ここでは前記の本質主義的定式化に加えて、「母親＝（歴史の）無力な受難者」という図式が表現されている。「母性」が、総力戦への動員のシンボルであったことを想起すれば（中略）、「母親」のコノーテーションが文脈に応じていかようにも変化することがみてとれる。（中略）また日本婦道によって示される戦時下の「母性」は、けっして弱々しい受動的な存在ではなかった。ここにある戦後的な母性平和主義は、かつて「母性」が積極的に戦争に動員された事実を忘れ去る点で、歴史的健忘症というものであろう。

（上野千鶴子「戦後女性運動の地政学――「平和」と「女性」のあいだ――」西川祐子編『戦後という地政学』東京大学出版会、二〇〇六年）

一九五五年六月七日から三日間、東京の豊島公会堂で開催された「第一回母親大会」は「戦争の悲惨さを訴える〝涙の大会〟」となったという。しかし、この〈涙〉が戦時下の国家的母性に対する自覚と反省を欠落させたままであったことは、五九年の「第五回母親大会」[15]において、息子の世代からの激しい糾弾を受けることによって、露呈することになる。

会の進行途中、突然ひとりの男性が発言を求めた。

「皆さんは、戦争中赤飯を炊き、日の丸を振って僕らを戦場に送った。そのため多くの若者が戦死した、そのお母さんたちがいま、安保条約に反対するというが、ぼくは戦争中、お母さんたちのやったことを忘れていないから信用できない。安保に反対するということは容易なことではない。そんなことを簡単に言ってほしくない！」と激しい口調の抗議であった。

（大森かほる『平塚らいてうの光と蔭』第一書林、一九九七年）

発言者は詩人の谷川雁であった。谷川はあらためて「母親運動への直言」（『婦人公論』一九五九・一〇）において「母親大会」が「きっかり十年の歳月を隔てた何物かの復活」であること、すなわち「母親大会」が本質的に「靖国神社の臨時大祭」における母親たちの姿を透視させるものであることを指摘し、母親たち自身における無自覚と無反省を厳しく批判した。

戦後日本における平和の象徴としての〈母性〉の復権がはらむ危険性は、『二十四の瞳』の戦争の語り方に内在する〈免罪〉機能と重なり合う。戦後における女性性の再配置の第一である〈母性〉の位置づけは、まず女性自身において厳しく再検証される必要があることを忘れてはなるまい。『二十四の瞳』が提供した〈癒し〉の文脈にとどまったままでは、女性は自らの加害性を自覚し得ないままに、恒常的に続く戦後を生きることになるからである。

（1）初出はキリスト教系の家庭雑誌『ニューエイジ』全一〇回（一九五二年二月〜一一月）。単行本は同年一二月、光文社より刊行。
（2）佐藤忠男『日本映画思想史』三一書房、一九七〇年。
（3）ミツヨ、ワダ・マルシアーノ「戦後日本の国民的メロドラマ」『Intelligence』001、二〇〇二年三月。
（4）御園生涼子「幼年期の呼び声――木下恵介『二十四の瞳』における音楽・母性・ナショナリズム――」『映像学』〇七七、二〇〇六年。
（5）注（2）に同じ。
（6）近年では、小野祥子「責任解除の快感――『二十四の瞳』を読みなおす――」（『前夜』第一期、二〇〇五年四月）が、大石久子が「教員としてどのような理念を持っているのか、漠然として」おり、「抵抗の定点を見定めることもできない」ことを指摘し、この物語が語る「平和」の内実が、「〈大石久子と生徒が強い絆で結ばれている〉」ことに収斂する点を明らかにしている。
（7）坪田譲治「解説」『二十四の瞳』光文社、一九五二年。また古谷鋼武も「壺井さんの文学は、たしかに日本には例のすくない母性の文学といってよいものだと思います」（「心温まる母性の文学――壺井栄の童話「二十四の瞳」――」『家庭朝日』一九五三年二月八日）と述べている。
（8）加納実紀代「母性ファシズムの風景」『NEW FEMINISM REVIEW ⑥ 母性ファシズム』学陽書房、一九九五年四月。
（9）金井景子『真夜中の彼女たち』筑摩書房、一九九五年。
（10）壺井栄「あとがき」『二十四の瞳』光文社、一九五二年。
（11）小野祥子前掲論文。
（12）注（2）に同じ。ただし、「宮中でも、九月十一日夜六時四十分から、「お文庫」で「二十四の瞳」の試写が行われた。」「両陛下、皇太子、義宮、清宮、それに入江、黒木、東園の三侍従、女官二人がつきそい、同映画を鑑賞されたが、この方々も相当大きな感動をうけられたご様子だという。」（「みんな泣いた『二十四のヒトミ』ある女教師の喜びと悲しみ」『週刊朝日』一九五四年一〇月三日）という記事内容には強い違和感を抱かずにはいられない。この映画の免罪機能は、果たしてどの範囲まで適用されるものなのだろうか。

(13) この小説テクストの語りが、「目に見えない場所・人びと・事柄への想像を欠いて」いること、すなわち日本の加害によって犠牲となった、とくに東アジアの人々への想像力を欠落していることは小野祥子前掲論文の指摘する通りである。

(14) この点については、拙稿「柳原白蓮の〈昭和〉」(『お茶の水女子大学　人文科学研究』第五巻、二〇〇九年三月)を参照されたい。

(15) なお、この「第五回母親大会」のレポートである「第5回日本母親大会——世界と日本——」(日本共産党中央委員会『前衛』一五九号、一九五九年一〇月)、森和子・粟田やす子・島方温子「第五回日本母親大会を終えて」(『教育』九巻一一号、一九五九年一〇月)はともに、この出来事についてはふれていない。

〔付記1〕『二十四の瞳』の本文引用は、すべて『壺井栄全集　5』(文泉堂出版、一九九七年四月)による。

〔付記2〕文中、敬称は略した。

松浦理英子論——魅惑する鈍感さ——

大貫　徹

一　奇妙な逸話

松浦理英子を論じるにあたってまずは文字通り奇妙な逸話からはじめたい。というのも、逸話自ら「奇妙な」と評しているからだが、そればかりではない。この逸話は松浦理英子の代表作である『ナチュラル・ウーマン』の中でいかにも意味ありげに登場するものの、その後の展開にほとんど関わりがないからである。そのためか、これに触れる論者はきわめて少ない。それは三編からなる連作長編『ナチュラル・ウーマン』の冒頭に位置する作品「いちばん長い午後」（初出は『文藝』一九八五年五月号）の中で語られた次のような逸話である。引用中に「私」とあるのは語り手でもある主人公容子のことである（以下、特に断らない限り同様）。容子はこのとき二五歳という設定である。

私の作品が初めて掲載されたのは花世より数号後だった。五十ページにも及ぶ奇妙な作品だった。嵐の晩、男に去られた女がトカゲそっくりの赤児を産み落とす。その子供は知能は人並みで体長も普通の子供と変わらない。母親は人目を避けて山奥に居を構え子供を非常に大切に育てて行く。山奥に遊びに入って来る子供たちも気さくで、トカゲそっくりの子をいじめたりせず仲間に入れて可愛がる。その子は十歳で病気を患い、短いが幸せな人生の幕を閉じる。舞台はブラジルである。

これを読んで花世は言った。

「あなたを見くびってたわ。ちょっとスノッブな匂いのする恋愛ドラマでも描く人だとばかり思ってた。」

じきに花世と私の名は同人漫画界に浸透した。（『ナチュラル・ウーマン』河出文庫一九九一年初版、二七～二九頁。これ以降は煩雑さを避けるため同初版の引用は頁数のみを記す）

そもそもこの逸話が語られるのも、「十代の終わりに出逢い私が生まれて初めて恋した」（一八）花世と別れてから二年、容子がたまたま入居したアパートの一階に入っている喫茶店でその花世と偶然に遭遇したからに過ぎない。

入居して一年を過ぎたある日、アパートの一階に入っている喫茶店にかつての女友達の姿を見つけた時には、一瞬逃げ出したくなった。花世はエプロンをつけて立っていた。（中略）

花世も尋ねた。

「あなたは？　まだ描いているの？」

「うん、描いてる。」

「トカゲの話？」

「まさか。」

初めて私たちは笑い合った。（二五〜二七）

こうしたやり取りの後、先に引用したトカゲの話が語り手である容子によって紹介されるというわけである。これ以外には、『ナチュラル・ウーマン』の最後に位置する表題作品「ナチュラル・ウーマン」（初出は『ナチュラル・ウーマン』トレヴィル、一九八七年二月刊行）に次のように触れられているだけである。

私たちのサークルを訪問したよその漫画サークルの会長が、花世と私の顔を見比べて花世を「村田容子さん」と呼び私を「諸凪花世さん」と呼び違えたのが不愉快だったのだろうか。私は勘違いを気にも止めなかったのだが、花世は神経質な笑顔でやんわりと「私は人間がトカゲの子を産む話は描きません」と言った。（一六六〜一六七）

これら三カ所だけであって、これ以外には示唆されることさえない。しかしこれに重要な意味を見出したのが二〇〇七年刊行の『ナチュラル・ウーマン』河出文庫新装版に鋭利な解説を記した作家の桐野夏生である。桐野はいう。

ここで私は、「私」と花世が描いていたマンガを想起する。「私」の作品は、トカゲそっくりに生まれた子供の話である。（中略）他方、花世の作品は、すべて奴隷解放前後の合衆国南部の黒人たちの物語だった。奇想ぶりからして、「私」の才気は明らかである。おそらく、花世は「私」に対して嫉妬を感じていただろう。それが、破綻していく恋愛の遠因になったのかもしれない。しかし、才能や美貌だけでなく、「私」の人間の本質とでもいうべきものが、「私」の描くマンガに表れていて、それが花世を遠ざけるのだ。つまり、「私」は、女でもなければ、男でもなく、もしかすると人間でなくてもいい、と思っているのかもしれないということだ。どんな形をしていようと自分は自分であり、他者によって自分を知らされることもない。その強さと自由が、花世の「ナチュラル・ウーマンになれた」という発言への微かな違和感へと繋がっている。

（河出文庫新装版、二一八〜二一九）

こうした議論の前提となるのが、その直前に桐野がいう「花世は、他者の欲望によって自分を理解したという認識がある」（河出文庫新装版、二一七）という点である。桐野は、花世と容子をはっきりと分け、他者との関係で自己を認識する花世に対し、自己を認識する上で他者を必要としないのが容子であるとした。桐野はこれに加えて、容子に「強さと自由」を与え、このふたつがあるからこそ「花世も夕記子も（容子の前に――引用者）敗北していく」（河出文庫新装版、二一九）のだとした。筆者はこの結論に関しては必ずしも同意するわけではないが、こうした桐野の見方は従来の解釈を一変させたように思う。というのも、これまではともすると容子も花世も一緒くたにして議論を組み立ててきたように思われるからだ。実際、『ナチュラル・ウーマン』河出文庫初版の解説を担当した四方田犬彦は次のような解説を寄せている。

処女作『葬儀の日』においてこの一節を書きつけたとき、松浦理英子は小説家としての原理的選択を行なったといえる。葬式に雇われて人前で泣いてみせる「泣き屋」の私と、その好敵手である「笑い屋」の女性の葛藤、というより憎悪愛に満ちた関係を描いたこの短編には、以後、松浦が好んで描く女性たちが織りなす関係の原型が、一見カフカネスクな舞台装置のもとに描きこまれている。彼女たちは互いに見つめあい、相手と対立・競合することを通じてしか、自己同一性に到達できない。(二一五)

四方田はさらに『ナチュラル・ウーマン』に対して以下のように続ける。

『ナチュラル・ウーマン』は鏡にむきあう女性のソロリキウム(中略)である。次々と現われては消えてゆく登場人物たちは、すべて「私」の分身であって、いつか自分が女性ではないと指摘されるのではないかという脅えのもとに生きている。彼女たちは他者を通じてしか女性である自分を同定できず、そのため苛立しげに互いに相手を女性であると命名しあう。そしてこの痛ましげな作業を通して、自分もまた女性であるという、いかなる保証もない真理に到達しようとしている。(二一九)

四方田は「鏡にむきあう女性のソロリキウム」とか「この痛ましげな作業を通して、自分もまた女性であるという、いかなる保証もない真理に到達しようとしている」という、かなり大胆な表現を用いながら、それでも処女作「葬儀の日」に現われた松浦的世界が『ナチュラル・ウーマン』においても見出せることを強調する。たしかに松浦理英子はその若きデビュー以来、こうした関係しか描いてこなかったように見える。「葬儀の日」における「泣き屋」と「笑い屋」という二者関係にはじまって、「乾く夏」の彩子と幾子、『セバスチャン』の麻希子と背理、『ナチュラル・ウーマン』における容子と夕記子・由梨子・花世という具合に、途切れることなく続くからである。その意味では四方田のいうとおりでもある。

これに対し桐野夏生は違う見方を提示した。先にも触れたように、『ナチュラル・ウーマン』所収の三編を通じて主人公＝語り手の位置にある容子は、相対する三人の女性、夕記子・由梨子・花世とは根本的に異なる存在として描かれているというのが桐野の見方である。ではどのように異なるのか、これに関しては、桐野は紙幅の関係からか詳しく論じていない。しかし松浦理英子について論じるにあたって、まずは桐野の見方に立ちたいと思う。その上で容子とはどのような存在かを詳しく論じたい。

二　途方もない物語

そのためには、一九歳の容子が描いたという「人間がトカゲの子を産む話」（以下、「トカゲの話」）の途方もなさに注目することからはじめたい。この物語はまず、トカゲそっくりの赤児を産んだ母親が「人目を避けて山奥に居を構え」ることからはじまる。実際、人目を避けるのは当然であって、母親のこうした行動には何の疑問もない。しかしその後の記述には驚くばかりである。

山奥に遊びに入って来る子供たちも気さくで、トカゲそっくりの子をいじめたりせず仲間に入れて可愛がる。物語の通常の論理からいえばこうした記述にならず、むしろ逆に、異形に生まれた存在がその異形性ゆえに傷つけられ（あるいは逆に目覚め）、その上でその異形性を起点として物語が展開するはずである。ところがここでは異形性が無視されてしまっている。いうなれば「トカゲそっくりに生まれた」という事実が活かされていないのだ。そのため物語冒頭の「嵐の晩、男に去られた女がトカゲそっくりの赤児を産み落とす」という事実が物語の起点となっていないだけでなく、そもそも三題噺のように置かれた「嵐の晩」「男に去られた女」「トカゲそっくりの赤児を産む」という、きわめて事件性に富んだ三つの要素がここにある必然性が少しも感じられないのだ。簡単にいえば、思わせぶりな舞台装置だけが並んでいるが肝心の出来事がまったく生じていないとでもいうところか。

しかしこの物語を読んだ花世は「あなたを見くびってたわ」と言い、さらには「じきに花世と私の名は同人漫画界に浸透した。二人の作品を併せたムック形式の作品集が刊行され、ファン・クラブが発足し、地方都市のサイン会に招ばれもした」（二九）とあるから、この物語が高く評価されたことは間違いない。ではどの点が高く評価されたのだろうか。もちろん漫画である以上は作画の力が大きいということもあるだろう。実際、花世の作品に関しては「画力と構成が卓越していたということもあって、常に出来映えは見事なものだった。特にその画力たるや（中略）同人たちに溜息をつかせた」（二八）という記述がある。しかし容子の作品に関しては特に言及はない。だから花世のように「画力」というのでもないようだ。となるとこれが高く評価されたゆえんはいったい何であろうか。

ここで別な観点から考えてみよう。実は容子の漫画作品に言及している箇所がもうひとつあるのだ。それは『ナチュラル・ウーマン』の第二話にあたる「微熱休暇」（初出は『文藝』一九八五年一一月号）の中に出てくる。先の物語は容子が一九歳のときで、今度はその六年後の二五歳のときの作品という設定である。引用中にある由梨子とは容子の新しい恋人のことである。

由梨子が読んでいるのは先々月に描いた八ページの作品である。晩秋の荒れ果てた山小屋で男の屍体と女の屍体がいつ果てるとも知れない性交を行っている。二人は二週間前にそこで心中したのだが、生命を失くしたはずなのに意識は残り、冷たい体はお互いを求めてやまないのである。（中略）白骨となった二人はようやく動きを止める。月が昇った時に白骨は粉となり風に吹き飛ばされて行く。山小屋には屍臭だけが残る――。

原稿を読み終えた編集者は、「面白いです。かつての同人誌界のグロテスク・ファンタジーのパイオニアの面目躍如というところですね」と感想を述べた。（八〇〜八一）

たしかに「三流青年誌」（八〇）によく掲載される類の作品と思われる。私たちもどこかで似たような作品を眼にした記憶がある。その意味では編集者がいうように「面白い」かもしれないが、実際はそれ以上でもそれ以下でもない。いわば普通の作品である。しかし容子が一九歳のときに描いた「トカゲの話」は明らかに普通ではない。それは読者の予想をはるかに超えている。二五歳のときの作品では「晩秋の荒れ果てた山小屋で男の屍体と女の屍体がいつ果てるとも知れない性交を行っている」という冒頭場面からその後の展開がほぼ予想できる。

これに対し「嵐の晩、男に去られた女がトカゲそっくりの赤児を産み落とす」からはじまる「トカゲの話」が「短いが幸せな人生の幕を閉じる」という文章で終わることになるとは誰も予想がつかないだろう。というのも、物語の文法がここではあっさり無視されてしまっているからだ。この作品はその意味ではまったく意表を突いている。先に「トカゲそっくりに生まれた」という事実が活かされていない点がこの物語の欠陥だと述べたが、実際はそうではなく、逆にこの点こそがこの物語の最大の魅力なのだ。だから花世をはじめ多くの読者はここに惹かれたのだ。一九歳のときの作品とその六年後の作品とを比べた場合、「画力と構成」が巧みになったことは間違いないだろう。しかしその分こうした魅力ある意外性はかなり失われたのではないか。その意味では普通の漫画家になってしまった観が否めない。おそらく容子から何かが失われたのだ。それも桐野がいう意味での「容子の本質とでもいうべきもの」に関わる何かが。ではその「何か」とはなにか。

しかしそれを明らかにする前に、「トカゲの話」の途方もなさがいったいどこから来ているのか、もう一度考えたい。それは先にも触れたように、物語の文法とでも呼ぶべき、プロット展開に通常とは異なる点があるからだ。ではどうしてそのような事態が生じたのか。それは異形を異形たらしめる他者の視線が途中から急になくなってしまったからだ。つまり母親には存在していた他者の眼差しがその「トカゲそっくりの子」になると途端に存在しなくなったからだ。だからその子のところに遊びに来る子供たちが本来だったら示すと思われる、好奇心や嫌悪感あるいは恐怖感、そういったさまざまな視線が消滅してしまい、一様に「気さく」な子供たちとなってしまったのである。本来ならばここから物語の新たな展開が見られるはずだ。嫌悪感を示す子供がいれば同情を示す子供がいるという具合に、多様な他者の視線があり、その中で葛藤や友情あるいはもしかすると闘争が生じたりするはずだ。それが「気さく」な子供たちばかりとなってしまい、あげくの果てに「トカゲそっくりの子をいじめたりせず仲間に入れて可愛がる」ことになってしまうのだ。いうなれば、物語が途中からその異形性を失い、単なる普通の子供の話へと転調してしまうのだ。

だが人間の子がトカゲそっくりに生まれてきたという大きな畸形《きけい》をこの程度の「気さくさ」で一掃することができるだろうか。どう考えても、畸形性の大きさに比べて「気さくさ」が軽すぎるし、単純すぎる。釣り合いがとれていないといってもいいだろう。このアンバランスこそが問題なのだ。通常の場合であればそのアンバランスを修正するはずだ。これは作り手だけの問題ではない。物語それ自体が有する文化的・社会的コンテクストが強制的に作り手に働きかける場合だってあるだろう。ましてや発表の場が同人誌とはいえ、多数の眼に触れることを前提にしている。そうした場合、アンバランスを修正させる大きな力が多方面から働くはずだ。いわば「作品」を「作品」たらしめる準拠枠とでもいうべきものがこのときの容子にも作用しているはずだからだ。だが一九歳の容子は修正もせず、それをそのまま無造作に提示してしまった。そのあまりの野放図さに誰もが呆れ驚き、逆に魅せられてしまったというのが真相なのではないか。

ではどうして容子はバランスの悪さを気に留めなかったのだろうか。ここで考えられることはひとつしかない。容子には通常のバランス感覚が欠けているということだ。それだけではない。容子には文化的・社会的な圧力に耐えるだけの強靱さも存在しているということだ。より正確にはそうした圧力を認識することさえなかったというべきかもしれない。いずれにせよ容子には周りの人々の視線や圧力あるいは雰囲気など、ひとことでいえば世間そのものが眼中にないと思われるのだ。こうした容子を桐野は「強さと自由」があると評した。そういってもいいかもしれないが、ここではそれをあえて「鈍感さ」と呼びたい。「強さと自由」というからには、多少なりともそれへの自覚があるはずだからだ。しかし容子にはそうした自覚などない。むしろ結果的に「強さと自由」を持ち合わせていたというべきなのだ。こうした無自覚さをも含めて、「鈍感さ」と呼びたい。

もちろんこの鈍感さはいわゆる愚鈍とは異なる。愚鈍であればそのような物語を描くことなどできはしない。だから愚鈍ではない。桐野はまたこれを才気と評したが、これは才気というようなものではない。むしろ才気があるのは花世の方ではないか。容子は、いうなれば、人間世界に突然出現したトカゲのような存在ではないのか。先の物語に倣っていえば「知能は人並みで体長も普通の子供と変わらない」から外観だけでは区別がつかないが実は異類だった、これが「容子の本質とでもいうべきもの」なのではないか。少なくとも一九歳のときの容子の本質だったのではないか。

とはいえ、こうした容子が突然出現したわけではない。その萌芽とでもいうべき存在があったと思われる。それを考える場合、私たちはある一節を忘れるわけにはゆかない。それは松浦理英子の処女作として多くの論者が必ず言及する「葬儀の日」（『葬儀の日』所収作品、初出は『文學界』一九七八年一二月号）の一節だ。

川の右岸と左岸は水によって隔てられている。（中略）いずれにせよ、二つの岸は川の両端にあります。で、ある日突然、お互いに対岸の存在に気づいたとします。いったいどうするべきでしょう？　走って逃げ出すことは不可能です。無視を決め込んでそのまま何食わぬ様子で在《あ》り続けることはできます。もう一つ手があります。自らの体である土を少しずつ切り取り崩して行って、水の中に侵入し、対岸に達しようと試みることです。（中略）二つの岸がついに手を取り合った時、川は潰れてしまってもはや川ではない。岸はもう岸ではない。（『葬儀の日』河出文庫一九九二年初版、三〇～三一頁）

これは誰でもが触れる有名な箇所である。実際、四方田犬彦も上記の箇所を含む長い引用をした後で「処女作『葬儀の日』においてこの一節を書きつけたとき、松浦理英子は小説家としての原理的選択を行なったといえる」と述べていることはすでに触れた。ただここでは四方田とは異なり、「川の右岸と左岸」が手を取り合う点ではなく、松浦理英子がさりげなく記している点に注目したい。それは「無視を決め込んでそのまま何食わぬ様子で在り続けることはできます」という箇所である。松浦はここで「走って逃げ出すことは不可能」だと断りつつも、「無視を決め込んでそのまま何食わぬ様子で在り続ける」ことはできると記している。もちろん松浦は「自らの体である土を少しずつ切り取り崩して行って、水の中に侵入し、対岸に達しようと試みる」両岸の物語ということで話を進めているが、しかし可能性としては、仮に他者に気づいたとしても無視を決め込んでそのまま何食わぬ顔で居続けることも充分に可能だといっているのだ。他者の視線など気にせず、無視を決め込み、何食わぬ顔で居続けるとは、あまりにもふてぶてしい態度ではないか。あたかも他者などいないかのように振る舞う様子、これこそまさに「鈍感さ」そのものではないか。

となると、松浦理英子がさりげなく記した箇所にこそ、まさに後の容子が隠されていたと思われる。実際には「対岸に達しようと試みる」ことで結局は「自分がいったい何者なのかわからなくなってしまう」(『葬儀の日』河出文庫一九九二年初版、三二頁)のである。それならば最初から無視を決め込んでそのまま何食わぬ様子で居続けた方がよかったのではないかという気もしてくる。いずれにせよ、松浦理英子はその処女作においてすでに「鈍感さ」ともいうべき存在の原型的な姿を描いているのである。ただこのときは鈍感さをそのまま展開することはできなかった。しかしその約一〇年後の一九八七年に松浦は『ナチュラル・ウーマン』において一九歳の鈍感な容子を生み出したのだ。実際、人間世界にあってトカゲのような違和感を漂わせる容子の存在は強烈だ。だから容子と関わった花世たちはひたすら戸惑い、傷つくばかりである。

三　鈍感な容子

そうした例を「ナチュラル・ウーマン」からいくつかあげてみよう。最初の例は花世と容子が初めて抱き合うことになる場面である。ちなみに花世は「同人漫画誌のサークル内での艶聞の中心人物」(一一四)で、いわば女王のような存在である。そのため容子が「九箇月間花世に恋焦がれ続けて」(一一四)、ようやくこの日を迎えたという設定となっている。


ラテン歌手がオー・メウ・アモールと歌う。花世のアルトが重なる。

「女と何かしたいなんて思ったことはないのに。」

私は尋ねる。

「男とはしたいと思ったことあるの?」

私の上で花世の体が微かに揺らいだ。

「いい質問ね。」

小さな溜息が項にかかる。

「そんな質問をするのはあなたくらいよ。だから——」

(中略)

「あなたは、いったい何者なの? 普通の十九歳の女の子のふりをしているけど。」

そう言って花世は体を起こした。(中略)振り返ろうとした矢先に、掠れた声が落ちて来た。

「あなたの正体が見たい。」(一三〇〜一三一)

こう言いながら花世は容子を抱き寄せるのである。ここでの容子を詳しく見てみよう。経験豊富な花世にしても女性と抱き合うことは初めてのはず。しかしその一方で、思わぬ歓びを覚えつつある未知の自分に大いに戸惑っているというのがここの状況である。そのため思わず花世は「女と何かしたいなんて思ったことはないのに」という言葉を口にしてしまうのだ。これに対し、多くの場合「私もそう」というような言葉で同意を添えるのが普通であろう。ましてや容子は男性との経験も充分ではない。通常ならば、花世と同様、未知の世界を体験しつつある自分に興奮し、花世の言葉に同意をするはずである。にもかかわらず容子は「男とはしたいと思ったことあるの?」と尋ねる。明らかに容子の反応はズレている。未知の経験に興奮している花世に対し、容子はすでに豊富な性体験があるかのような答えをする。それも、花世は私にすっかり虜になっているはずだという自信をどこかに漂わせながら答えている。こうした容子の様子に花世が思わず動揺するのである。だから花世はいう。「あなたは、いったい何者なの? 普通の十九歳の女の子のふりをしているけど」と。ではこうした容子はいったいどこから来るのか。それはこの会話の直前にある、次の一節と関わりがある。

本当は花世だってわかっているに違いないのである。花世が初めて私に触れた日のことを覚えている。例会室のあるビルの近くの公園でいつものようにふざけ好きの女たちとじゃれ合っている時だった。(中略)答え損ねたのは花世の読みが図星だったからではない。髪を撫でる花世の手が余りに優しく心地よくて陶然としてしまったからだ。撫で方が特別なわけではない。ただ、花世の手と手の動きに不快な要素、不自然な要素が全くなく、完璧に私に馴染むのである。驚かずにいられなかった。(中略)
自信ありげに私から眼を放さなかった花世は、私の表情の変化もしっかりと見ていたはずだ。彼女は手を止めなかった。私が彼女に触れられて官能的な愉しみを覚えているのを嫌がらなかった。あの時、花世と私

の間には暗黙の了解ができたのだと思う。（一二九〜一三〇、傍点引用者）

いささか長い引用となったが、ここには花世に撫でられ、皮膚感覚ともいうべき官能性に打ち震える容子の姿が描かれている。しかし同時にこの一節が容子の断言に満ちていることにも注意したい。冒頭の「本当は花世だってわかっているに違いない」からはじまり、「私の表情の変化もしっかりと見ていたはずだ」という推論を途中で挟み、「花世と私の間には暗黙の了解ができたのだ」とする断言で終わっている。断言の内容自体は単純である。花世に触られて自分が官能的な快感を覚えている、それを花世はわかっていて、しかも嫌がっていない、いやむしろ好んでいる、だから花世と自分の間には同性愛的な関係への了解ができたのだというものである。しかしこれはあくまでも容子の一方的な判断に過ぎない。実際、容子は一度たりともこのことを花世に確かめてはいない。通常ならば、まず戸惑いがあり、推測がある。その次には相手へのうかがいがあり、何らかの確かめがある。こうした経緯を経てようやく確信が芽生え、断言が生まれるはずだ。だが容子は端から自信を持って断言する。相手に確かめる気などさらさらない。その意味ではこのときの容子には「花世」は存在していないといってもいいかもしれない。あるのは花世の手とその動きのみだろう。しかし絶対的な自信がある容子はそんなことは少しも気にならない。そんな容子に花世は「あなたの正体が見たい」というばかりである。

そもそも花世はきわめて理知的に官能を処理しているように思われる。「女と何かしたいなんて思ったことはないのに」という花世の言葉ほど、この間の事情を露わにしているものはない。世間一般のジェンダー意識の中で生きてきた花世がそれから逸脱しつつあるとき、そこにはそれまで拘束してきたものの重さがあるはずだ。それが花世の言葉によく顕れている。しかし容子にはそれがない。だから同性愛的な官能に打ち震えていても、通常のジェンダー意識から離れることへの困難さがない。きわめてあっけらかんとしているのだ。ここでさらにもうひとつ花世との場面を引用したい。それは、二人の作品集が完成し、それを花世が病気で寝ている容子の枕元に運んできた後、例によって二人が抱き合う場面である。花世は容子に話しかける。


「お金が入ったら一緒に住もうか。」

「うん。」

「でも、きっと無理よね。」

「無理かしら?」

「無理よ。」

「無理なの?」

「どちらかが死ぬわ。」

「私が死ぬことはないだろうけど。」

花世は口を閉した。(一七四〜一七五)

花世はきわめて現実的な言葉を発している。二人で一緒に住みたいがしかし今の二人のもつれた状況を考えれば無理だろう、もしそれを強行したらどちらかが死ぬような結果になるかもしれないと。これに対し容子はある意味いい加減な答えしかしていない。二人の関係がのっぴきならぬ状態に陥っていることなどどこ吹く風というような答えである。そのあげく「私が死ぬことはないだろうけど」と口にする。ということは相手が死ぬといっているのと同じだ。こうした一方的な断言が容子の鈍感さをよく示していると同時に、相手である花世を甚だしく傷つけてしまうことはいうまでもない。これでは花世でなくとも口を閉ざすしかないだろう。この引用場面のすぐ後、花世は「眼を赤く泣き腫らしていた」（一七六）とある。途方もなく鈍感な容子を相手に、花世はなす術もない。物語の表面上の動きとは逆に、振り回されていたのは実は花世なのだ。そのためとうとう花世は容子を前にして啜り泣く。

花世はガス・レンジの前に置いた木の椅子に座って頭を垂れていた。彼女が啜り泣いているのを知って、私は思わず隣に跪いた。（中略）花世は泣きながら言った。

「会わなければいちばんよかったのよ。」（一九二）

やがて二人の関係は末期症状を呈しはじめ、花世の怒りは容子への陰惨な暴力という形で顕在化する。しかしそれも当然ではないかという気もする。二人のやり取りを見る限り、花世が容子を嫌にならない方がおかしい。そのため花世は繰り返し容子に「あなたは変よ。（中略）絶対変よ」（一四〇）と言い続けるのである。かくして二人は本気で訣別を決意する。その別れの場面で、ある決定的な事件が生じるのだ。

四　決定的な瞬間

一呼吸の後、花世は語調を改めた。

「あなたと会ってナチュラル・ウーマンになれた、と言ったわよね、昔？」

「言ってたわよね。」

「あなたはどうなのかしら？　いつかナチュラル・ウーマンになるのかしら？　それとも、そのままでナチュラル・ウーマンなの？」（二〇七）

このとき容子はきわめて意外な振る舞いをする。花世に「あなたはどうなのかしら？」と訊かれた容子は、辛うじて「考えたことないわ」と返事するが、同時に涙を浮かべてしまうのである。


（花世の問いは、――引用者）耳に入った瞬間に心臓の膜を破り血に混じって体中に回りそうな質問だった。

「考えたことないわ。」

辛うじてことばを返したが、涙が滲んだ。自分が何なのか、いわゆる「女」なのかどうか、私にはわからない。そんなことには全く無関心で今日まで来た。これからだって考えてみようとは思わない。けれども、だからこそ、たった今花世から発せられた問が痛烈に響いた。一人きりで絶壁の淵にいるのを教えられたようなものであった。（二〇七）

すでに触れたように、これまで涙を流してきたのは花世であって容子ではなかった。ところがここでは逆転している。そもそも花世の質問に対する容子の答えはこれまでと変わりがない。容子なら（実際にそう答えたように）「自分が何なのか、いわゆる「女」なのかどうか、私にはわからない。そんなことには全く無関心で今日まで来た」と答えるはずである。だからこの答えには容子自身何ら違和感がないはずだ。ではどうして涙を滲ませてしまったのだろうか。それを解く鍵は、実はその直前に二人の間で行われた次のようなやり取りの中にある。


私は掌の汗を膝にこすりつけた。

「何だか、いつもあなた一人がいろいろなことをわかってたみたい。私は何も知らなくて。」

花世は少し驚いた風に私を見た。

「それは逆でしょう？ 私はあなたが怖かったくらいよ。あなたは空を飛びかねないほど自由で、私は愚鈍に地べたを這いずり回っていて。」

私たちは見つめ合った。まともに見つめ合うのは何箇月かぶりであった。憎しみの影も嫌悪の影も差さない花世の表情が網膜に直接貼りつきそうな気がするほど眼に迫った。（二〇五）

ここでの花世の言葉が決定的だったのだ。いわば隠されていた真実を花世は初めて明らかにしたのだ。それは、「空を飛びかねないほど自由」な容子に対して、自分は「愚鈍に地べたを這いずり回って」いるだけなのだと口にしたことである。それまで容子が漠然と思い描いていたこととはまったく異なる二人の姿が示されたのである。これを「女王のような存在である」花世自身の口から明らかにされたとき、容子がどれだけ驚いたことか。その驚きの大きさは計り知れない。それが「私たちは見つめ合った。まともに見つめ合うのは何箇月かぶりであった」という表現で示されていることだ。その後では、容子はまともに会話をしていない。というより、驚きで会話ができないといった方がより正確であろう。そんなときに花世に「あなたはどうなのかしら？ いつかナチュラル・ウーマンになるのかしら？ それとも、そのままでナチュラル・ウーマンなの」という問いかけをされたのだ。この問いかけ自体は、以前にも花世が口にしたことを踏まえていっている以上、ありきたりなものである。しかしこの問いかけを契機に容子の中にこれまでの自分自身に対する戸惑いが生じたのだ。「だからこそ、たった今花世から発せられた問が痛烈に響いた」のである。そのため容子は「考えたことないわ」と答えると同時に涙を滲ませ「自分が何なのか、いわゆる「女」なのかどうか、私にはわからない」という独白を生み出すことになるのである。

実はこのとき初めて容子は気づいたのだ。自分が花世をはじめとする他の人とはその有り様が大きく異なっているということに。それが「一人きりで絶壁の淵にいるのを教えられたようなものであった」という一節である。「鈍感さ」そのものであった容子にとってこうした状況は稀有な事態である。これまで一度たりともこうした状況に陥ったことはないはずである。容子は初めて他者の存在に気づく。他者のいる世界、このことに容子は思いを馳せはじめることになるのだ。だがそれに馴染むには時間がかかる。実際、容子はその困難さを暗示するかのように、花世と別れる際に躓いてしまう。

一段階段を下りた花世に背を向けて屋上へ駆け上り出した時に、下から声が追いかけた。「最後まで私たちらしいわね。あなたは高みへと上り、私は下降し——」

頬を歪めた途端に足を踏み外した。数段落ちて、私は踊り場で座り込み痛む膝頭を押さえ込んだ。(二〇八)

とはいえ、他者の存在を自覚しはじめた容子は、徐々にだが、他者のいる世界に向かい合うようになる。「ナチュラル・ウーマン」の最終場面がそれを示唆している。このとき初めて容子の前に世界そのものがその姿を現すのだ。その姿は驚くほど快活で健康そのものである。それに感動した容子は「完璧」と口にする。

眼下に広がる公園は草木の勢いが盛んで、街にはまだ訪れない夏の熱気を緑の内に孕んでいる風に見えた。どの一角にも人の姿があった。（中略）健康な汗の匂いが立ち昇って来るような風景だった。

（容子の友人である――引用者）圭以子が言った。

「完璧な眺めだと思わない？」

「そうね。」（中略）

私は再び公園に視線を遣った。人々は快活に動き、樹々は悩ましいほど緑色だった。（二一〇～二一一）

五　失われた鈍感さを讃えて

このように花世と別れた容子は、この後、夕記子・由梨子と出会うことで、ゆっくりとだが、他者のいる世界に親しむことになる。その結果、容子は二五歳にしてようやく普通の娘となる。それを成長と呼ぶべきかどうか、それはそれぞれの判断によるだろう。だがこのとき容子は一九の時に描いた「トカゲの話」を自ら「奇妙な」と称するようになるのである。

私の作品が初めて掲載されたのは花世より数号後だった。五十ページにも及ぶ奇妙な作品だった。（二八～二九）

ここには世間的な価値観で以前の物語を眺めるようになってしまった容子がいる。だからこそ久し振りに会った花世に、相変わらずトカゲの話を描いているのと尋ねられ、容子は素直に「まさか」と答えるのである。先に「桐野は、花世と容子をはっきりと分け、他者との関係で自己を認識する花世に対し、自己を認識する上で他者を必要としないのが容子であるとした」と述べたが、二五歳の容子にはそうした面影はまったくない。それどころか花世と容子が逆転している。ここには花世に見つめられる容子がいる。

思いがけず再会した私たちは共に嫌な顔をした。花世は真田虫の標本でも見るような眼つきで私を見、私は真田虫の標本になったような気がした。（二五）

容子は花世に見つめられることで、トカゲから真田虫へ文字通り矮小化されてしまっている。それも実際には真田虫そのものではなく、ホルマリン漬けなどになって半永久的にその身を晒され続けている標本である。標本とはいうまでもなく人から見られることにその存在理由がある。ということは、容子は他者の視線の中で自己を認識する存在へと追い遣られているということだ。ここまで矮小化されると、一九歳から二二歳直前までの容子の姿がきわめて眩しく輝いて見える。それは、花世に恋い焦がれ、やがて花世と濃厚な抱擁を交わし合い、さらにはサド＝マゾヒスティックな肛門遊戯を経て、最後には花世と訣別するまでの二年半、人間離れをした鈍感さに包まれながらも自分の魅力を前面に押し出してがむしゃらに走り抜ける容子の姿だ。そもそも「好きだった」を以下のように臆面もなく書き連ねること自体、他者など顧みない「鈍感さ」の魅力そのものではないか。

私は花世の常に潤んでいて何かを待ち受けているような官能的な瞳が好きだった。（中略）顔つきが好きだった。（中略）生真面目さが好きだった。（中略）頑なさが好きだった。（中略）冷酷さが好きだった。（中略）誇り高い態度が好きだった。彼女の描く精緻で密度の高い漫画ももちろん好きだった。要するにすべてが好きだったのだ。（一一八）

一九歳の容子が描いた「トカゲの話」に当時の読者の多くが魅了されたように、こうした容子に私たちは限りなく魅了される。実際、松浦理英子もこうした容子の姿を連作長編『ナチュラル・ウーマン』の中心に据えていることは間違いない。そもそも『ナチュラル・ウーマン』に収められた三編の物語をその内容に沿って時間軸上に並べるならば「ナチュラル・ウーマン」→「いちばん長い午後」→「微熱休暇」の順となる。だが松浦はあえてそれを変更し「いちばん長い午後」→「微熱休暇」→「ナチュラル・ウーマン」とした。これは時間順に並べた場合、この連作長編が単純に容子の成長物語と読めてしまうからである。松浦はこれを避けたいがためにその順序を変更したのだ。そうすることで松浦は、容子が失ったものの輝かしさを二度と帰らぬものとして描こうとしたのだ。もちろんその根底に「人間の顔をした異類」がもつ鈍感さがあることはいうまでもない。いわば魅惑する鈍感さというところか。いずれにせよ、松浦は『ナチュラル・ウーマン』において容子というきわめてユニークな人物を描くことに成功したといえよう。それだけではない。そもそも近代日本文学史上、これほど鈍感さに満ち溢れた人物が存在しただろうか。寡聞にして知らない。その意味では容子は唯一無比といえるのではないか。

第三部　新たな展開

一九八〇年代の「少女小説」と女性文化の伝統――氷室冴子を中心に――

杉山直子

一　「少女小説」とは何か

本稿は、若い女性を対象とするさまざまな文学作品の中で、一九八〇年代から九〇年代にかけて人気のあった、小学館の雑誌『Cobalt』、同じく小学館のコバルト文庫、講談社X文庫といった少女を対象とする媒体に発表された少女小説、特にコバルト文庫の人気作家であった氷室冴子による諸作品を、女性を主体とする文化の伝統の中に位置づけようとする試みである(1)。

本稿でいう「少女小説」とは、吉屋信子の『花物語』連載開始をもって本格的に始まり、コバルト文庫・講談社X文庫の「少女小説」へとつながる、少女に向けて書かれた大衆小説である。『〈少女小説〉ワンダーランド』(二〇〇八年) 編者の菅聡子は、「少女小説」という語について、「この語の範囲をもっともゆるやかに考えて、少女を読者として想定して書かれた作品と定義しておきたい」と序文で述べているが、あえてそう断り書きをしなければならないほどに「少女小説」という一見シンプルなカテゴリーの意味するものは、論者によってさまざまである。たとえば『〈少女小説〉ワンダーランド』では、明治時代以来翻訳出版されてきた欧米の「家庭小説」やジュビナイル小説、少女向けの童話、さらには「少女的なるもの」として尾崎翠・森茉莉・野溝七生子・金井美恵子の諸作品がすべて批評の対象とされている。批評家の斎藤美奈子は、同書に青い鳥文庫『若おかみは小学生!』シリーズについての論考を寄せているが、一方『文學界』に寄稿した「「少女小説」の使用法」（『文學界』二〇〇一年六月号）では、「少女小説」ということばから「とっさに連想した」のは、『赤毛のアン』や『あしながおじさん』などの「⑴少女を主人公にした、⑵翻訳小説」であると述べている（二四六〜二四七頁）。川端有子の『少女小説から世界が見える：ペリーヌはなぜ英語が話せたか』（河出書房新社、二〇〇六年）では、「この本で扱う少女小説についてはいちおう」と限定的ながら、「十九世紀の終わりから二十世紀にかけて、欧米で書かれた少女向けの家庭小説をさす」と定義してある（四頁）。

いわゆる純文学の批評家が「少女小説」といえば「少女を主人公にした翻訳小説」を指すことが多いというのも、国産の大衆的な少女小説が、文学として読み、論じるに値しないものとされてきた歴史の中では驚くにあたらない。逆にいえば、文学として少女小説を論じるということは従来あまり行われず、少女小説（あるいはいわゆる少女小説を書く作家）について論じるさいには、純文学を論じるのとは違う手順が必要とされてきたのである。

菅を初めとする多くの論者が指摘するように、「少女小説」というものが発生・存続するためには、その読者として、小説が読め、本や雑誌を購入することのできる読者層として「少女」が存在しなければならない。子供でも若い娘でもない「少女」というカテゴリーの発生とその意味については多くの論考があるが、ここでは紙面の都合もあり論じない(2)。しかし、文学的には論じるに値しないとされ続けてきた「少女小説」が批評の俎上に乗るようになってきたことの背景には、「少女」を対象とするサブカルチャーの一カテゴリーとして少女小説を研究することによって、その読者である「少女」というマスの本質を理解することができるのではないか、といういわば社会学的資料としての興味が高まってきたことがあろう。

また文学作品の論じ方として、カルチュラル・スタディーズ的なアプローチが定着し、いわゆる純文学あるいは古典として評価されない、研究するに足りないとされていたさまざまな作品が新たな視点から研究される道が開かれてきた。その中で少女小説の扱われ方にも変化が見られ、また新しい資料も入手できるようになってきた。たとえば本稿で扱う少女小説がモデルとする、大正から戦前にかけての雑誌『少女の友』などに掲載された少女小説も、近年復刻版が次々出版され、研究も進んでいる。少女小説をある年齢層の「少女」を消費者とする一過性の消耗品としてのみ捉えるのではなく、ひとつひとつを文学作品として読む読者の視点を見失わないことによって、優れた少女小説の持つ特質や面白さについて研究することもより容易になってきたように思う。

本稿ではまず「少女小説」について簡単に整理した後、氷室冴子およびその世代の少女小説についてさらに詳しく説明し、そのあとで氷室冴子を中心にその特徴を論じる中で、「少女小説」の根ざす伝統について述べていこうと思う。氷室冴子は一九八〇年代を代表する少女小説の作者であり、長期間にわたり多くの読者に愛され、少女小説というジャンルに新たな生命力を吹き込んだ功績者であり、また同時に、「少女小説」が商品として揶揄や誤解に満ちた「少女カルチャー」の一部として論じられることへの違和感・不快感をも表明し続けた(3)。少女小説からスタートしながらも「一般向け」の作品へと移行することが、読者にとっても作者にとっても「卒業」「成長」と受け止められる風潮の中で、少女小説というジャンルのよさを生かしつつ創作することに意味を見出し続けた氷室について論じるさいには、少女小説というジャンルが一般向けの小説よりも格下という先入観にとらわれないことがまずは必要とされるであろう。

二　「少女小説」の変遷

遠藤寛子は、少女小説を「少女むけ雑誌に掲載された、少女むけの小説」と定義し、初期のものには「愛すべき、それだけに稚さのある、少女童話とでも呼びたい作品が大半」であるとする（「解説」『少女小説名作集（二）』六〇八頁）。実際、現在復刻版で読むことのできる与謝野晶子の少女小説、たとえば『環の一年間』（『少女の友』、一九一二年）などでも、主人公は少女というよりはむしろ児童と呼ぶのがふさわしい。

遠藤が少女小説の全盛期とする昭和初期には、「少女小説」の元祖とされる吉屋信子をはじめ多くの人気作家が活躍し、菊池寛や川端康成らも少女小説を執筆している。読者の年齢層は女学校上級生まで上がり、異性愛はほとんど登場しないが「レズビアニズム」と解釈しうるような女性同士の濃密な愛情関係が描かれるようになった。

この時期を第一次少女小説のブームとすれば、一九五〇年代～六〇年代と一九八〇年代に第二次、第三次の少女小説のブームが訪れるとされる。ただし、六〇年代に少女向けに出版されていた娯楽小説は「ジュニア小説」と呼ばれていた。代表的な作家は富島健夫・吉田としなどであるが、特に富島健夫『制服の胸のここには』『おさな妻』等が代表作とされる。

ジュニア小説はティーンエイジャーの男女を主人公にし、特に異性間の恋愛とその成就がプロットの中心であることを特徴とした。書き手は富島・吉田をはじめとして戦中派が多く、たとえば終戦時に一九歳、広島出身で友人の多くを原爆で失ったという佐伯千秋が「若い命のままで逝った友人達を想う時、また、わが青春を振り返る時、明るい爽やかな物語を書いてみたかった」（三二八頁）というように、恋愛を描くことに「それらを楽しむことなく死んでいった若い命への鎮魂の意味」（菅・藤本、二一頁）、「戦後の新しい価値観や解放感」を表現する意味（菅、「私たちの居場所」、七七頁）、もあったと考えられる。真面目な青春小説と呼ぶべきものも多かったが、若い女性をターゲットとしたエロチックな読み物のイメージが強く、七〇年代には女性読者から見放されていく。久美沙織は親に「隠れて毎月セッセと読んでた」『小説ジュニア』について次のように述べている。

……おもしろかったですよ、そりゃー。なにせ禁断の世界なんですから。でも、ちょっと読みなれてくるとだんだん「？？？」になってきた。

そこに描かれている、高校生の会話とか、生活感覚とかが、どーもヘン。はっきりいうと「古い」。ぜんぜんピンとこない。（三一頁）

久美は当時のジュニア小説が「古い」理由として、書き手のほぼ全員が戦前生まれで読み手との年齢が離れていたこと、「一般大衆小説では食べていけない先生がたの、生活費稼ぎ」と思われるような質の低いものが見られたこと、性的な好奇心をあおる扇情的な内容を売り物にしていた部分があったことをあげる（三三頁）。氷室冴子もまた、当時のジュニア小説について「停滞しきっていた」、「それまでのジュニア小説で書かれる女の子がどうにもピンとこない、なんか大人の男の人からみた女子高生みたいな感じがする」と批判し、「女の子からみても納得できる女の子」を書くことを目標にして小説を書き始めた、と述べている（「文庫本6冊分の道のり」一三八・一三九頁）。

一九七〇年代、ジュニア小説のかわりに少女向けの娯楽読物としての地位を確立したのが少女漫画である。いわゆる花の二四年組（池田理代子・萩尾望都・竹宮惠子など、昭和二四年生まれの少女漫画家たちをさすが、誰が「二四年組」かをめぐっては諸説がある。青池保子・大島弓子・木原敏江・山岸凉子・樹村みのり・ささやななえ・山田ミネコらを含む場合もある）の活躍は有名であるが、そのほか主に月刊誌『りぼん』を中心に活躍し「アイビーまんが」あるいは「乙女ちっくまんが」などと呼ばれた陸奥A子・田淵由美子・太刀掛秀子ら、おもに現代の学園生活を舞台にした作品の多い漫画家も含め、ストーリー性も絵のクオリティも高い漫画家が七〇年代に輩出した。本論文では個々の少女漫画について具体的には論じない。ただし、ここでは、戦前の少女小説からジュニア小説が派生し、ジュニア小説がいったん少女漫画に押されて停滞化したものの、再び少女漫画の影響を受けて創作媒体として息を吹き返す、という見方をとらないことを確認しておきたい。戦前の少女小説と直接つながっているのはむしろ少女漫画であり、一九八〇年代の少女小説は、ジュニア小説の形式を用いながら少女漫画の伝統を受け継いだというほうが、恐らくは正確である。

少女漫画が、「ジュニア小説」以前の少女小説と地続きであるという指摘は、米澤嘉博『戦後少女マンガ史』等によりすでになされている。少女漫画は当初は貸本、やがて雑誌を媒体に一九五〇年代から本格的に量産され始めるが、挿絵を重視した戦前の少女小説をモデルとしており、「少女小説から少女マンガへの移行は、描かれる設定、主題、ストーリーなどほとんど変わりなく、小説からマンガという表現形式の移行にほかならなかった」という米沢の指摘は正しい（四三頁）。久美によれば、他の同級生よりもやや大人びた読書の好みを持ったいわゆる「文学少女」の「感覚にビシバシくる作品」は七〇年代にはジュニア小説ではなく漫画の形で発表されており、小説でそれを実現したのが氷室と新井素子だったのである（三六・三七頁）。

また本合陽は一九六〇年代後半から七〇年代にかけてデビューした少女漫画家たちの作品、とくに「学園ラブコメ」と呼ばれる、アメリカのハイスクールを舞台にした明るい恋愛コメディに、アメリカの少女小説の影響をみる。それは『若草物語』や『あしながおじさん』のようないわゆる名作ではなく、秋元書房が一九五〇年代に「月二回数冊ずつ」出していた、ティーンの恋愛をプロットの中心にしたアメリカの少女小説の翻訳であった（二八七頁）。本合は、米澤と同様、少女漫画が挿絵を重要視した「絵物語」を間にはさんで戦前の少女小説とつながっていることを指摘するだけではなく、女による女のための「女の文化」の一部であるとして少女漫画を評価する。本合の指摘の中で、アメリカの少女小説、日本の戦前の少女小説、七〇年代の少女漫画がひとつの伝統の一部をなすという指摘がなされたことが意義深い。「翻訳」とはいえ、本合のいう「アメリカの少女小説」は、名作や古典ではない少女向けの大衆小説であり、ここに少女のための大衆文学としての「少女小説」から少女漫画へという流れを補強するもう一本の補助線を見ることができるからである。

少女漫画全盛時代は一九八〇年代前半に陰りがさすのだが、それは漫画が大衆的な娯楽読物としては、技巧的にも内容的にもマニアックになっていくことと恐らくは関係があった。永井良和は、「サブカルチャーの格式――少女小説の社会学――」で、それが読者が漫画を卒業して活字回帰した、というような単純な話ではなく、「マンガ表現のテクニックが非常に高度になって……メディア体験の浅い女の子にとっては活字のほうがすんなりと入っていける」という可能性を指摘する（六〇頁）。また雑誌『小説ジュニア』の編集長であった石原秋彦も、一九九一年の対談で「少女漫画好きな子いるけど、そういう子って、ネクラだし、あんまり好きくない……あたしたちはー、アタマよくないからショウセツ！」という読者の発言を引用している（石原×高山、四七頁）。

漫画を読んでいた読者の間に、最初は口コミで、次第にマーケティング操作も加えて盛り上げられていくのが、七〇年代末に始まり、八〇年代後半にピークをむかえる「少女小説ブーム」である。女子中学生・高校生の読書調査では、氷室冴子をはじめとする少女小説作家の作品が必ず何点もベスト一〇に入り、少女小説が全文庫の出版点数に占める割合が部数で二〇％ぐらいという、まさにブームであったことがわかる（石原×高山、四六・四七頁）。

まとめると、少女小説とよばれる少女を読者に想定した小説は、明治時代に発生し、その後吉屋信子といった突出したスターを生み出しつつ、その伝統はむしろ少女漫画によって受け継がれる。その後、七〇年代末にジュニア小説を媒体にして、氷室冴子ら、「マンガ世代」と呼ばれる世代の作家が登場して愛読者が増え、さらに八〇年代半ばにマーケティング戦略によりブームが加速する。

木村涼子は八〇年代初頭から九〇年代初頭までの少女小説の全盛期を三つの時期に分け、八〇年代半ばまで、八〇年代後半、九〇年代のそれぞれについて、氷室冴子、花井愛子、折原みと、を代表的な作家としてあげている。そして氷室はフェミニズム、花井は消費文化の中の恋愛ゲーム、折原は他者との共感による成長物語を特徴とし、従来型の男女役割分担と親和性のある折原作品の人気が保守回帰する社会を反映していると論じている。(4)しかし、戦前の少女小説といえば吉屋信子の名前が必ずあがるのと同様、八〇年代の少女小説といえば、氷室冴子がやはり代表的な作家であろう。久美は『小説ジュニア』に掲載された『さよならアルルカン』を読み、「これこそが、わたしの読みたかった種類のおはなしだ。／これこそが、小ジュ（「小説ジュニア」のこと）のこれから目指すべき方向だ！／きっぱりそう思」った、と述べ、さらに「小ジュがコバルトに変革していく怒濤の時代を、フロントランナーとして疾走した……というより、むしろ、ブルドーザーのように開拓して、あとから進むものたちのコース設定をしてくださったのが氷室さん」と評価している（五七・五八頁）。『Cobalt』二〇〇六年二月号の作家アンケートによれば、『マリア様がみてる』シリーズで人気の今野緒雪をはじめ、現在も活躍中の作家の多くが、初めて読んだコバルト文庫として氷室冴子の作品をあげている。「氷室の登場なくして、八〇年代の、そして現在にいたる少女小説の系譜は存在しなかった」という菅の評価は少女小説の読者には広く共有されている（菅・藤本、二一頁）。

戦前の少女小説から少女漫画へ、さらに八〇年代の少女小説へ、という流れをふまえたところで、八〇年代の少女小説ブームの先駆けであり、代表的な作家として突出した人気を持続しつづけた氷室冴子について具体的に論じてみたい。

三　氷室冴子の少女小説

氷室冴子は大学在学中の一九七七年に『さよならアルルカン』が『小説ジュニア』青年小説新人賞佳作に入選してデビューし、その後、同誌（一九八三年に『Cobalt』と改名）およびコバルト文庫を媒体に、『白い少女たち』『クララ白書』『アグネス白書』といった、現代の女子学生を主人公とする作品、『なんて素敵にジャパネスク！』や、『とりかえばや物語』を基にした『ざ・ちぇんじ！』など、平安朝を舞台におてんばな姫が活躍し、成長するるコメディ仕立ての作品を次々と発表し、読者の熱烈な支持を得て、八〇年代の少女小説を代表する作家となった。(5)

現代の女子学生を主人公に、女子校や寄宿舎を舞台にした作品にはデビュー作の『さよならアルルカン』や『白い少女たち』などシリアスなものもあるが、人気シリーズ『クララ白書』（および続編『クララ白書ぱーとⅡ』『アグネス白書』『アグネス白書ぱーとⅡ』）は、主人公しのぶ（愛称「しーの」）の学校生活をユーモラスに描いたものである。おっちょこちょいで子供っぽいところもあるが基本的にはまじめで善良な主人公が、周囲の誤解や人間関係からもたらされる難題に直面し、てんやわんやのうちに事態が収束にむかうというパターンが多い。

平安朝を舞台にした『なんて素敵にジャパネスク』のシリーズ（全一〇冊、一九八四〜一九九一年）では、右大臣家の娘である瑠璃姫が、恋人（のちに夫）の青年貴族高彬との恋愛に一喜一憂するだけではなく、権力をめぐる陰謀や犯罪に巻き込まれたり、自ら事件の渦中に飛び込んで東宮排斥の陰謀を暴いたりといった活躍をする。瑠璃姫は貴族の娘にふさわしい上品なふるまいや話し方、琴の演奏などは苦手で、「婿の来手がない」と父親を嘆かせるが、合理的で行動的、思ったことをはっきり口に出し、正義感が強く、自ら納得のいかないことは見過ごしにしない、という性格が魅力的に描かれている。高彬だけではなく、謎の貴族鷹男（実は東宮で、のちに天皇）、天皇の落胤で東宮排斥をたくらむ学僧唯恵や、やはり東宮をめぐる陰謀の中心となる帥の宮など、身分も高く魅力的な男性が瑠璃姫に興味を持ち、好意をよせる。

この二つのシリーズに典型的に見られる氷室作品の特徴として、特に少女小説の伝統という点で重要と思われるのは、女性だけの空間が創出されていること、視覚的な要素が重視されていること、および少女小説の伝統に対して意識的ということである。(6)

女性だけの空間については多くの説明を要しないであろう。氷室の人気のきっかけとなった『クララ白書』シリーズはすべて、女子校の寄宿舎が主な舞台となっており、登場人物もほとんどが女子学生である。多くのジュニア小説で中心的なテーマであった異性間の恋愛も扱われてはいるものの、比重は女子学生同士の人間関係や、学校内で起こる事件のほうにある。たとえば『クララ白書ぱーとⅡ』の中心となるプロットは、しーの友人菊花が厳格な父親に内緒で漫画家としてデビューし、担当の編集者をボーイフレンドと勘違いした父親をごまかすためにしーのや友人たちが尽力するというもの。『アグネス白書』は、知性と美貌で人気の先輩「奇跡の高城さん」が友人たちの協力でしつこく言い寄る男子学生を振る顚末が中心である。

どちらの場合も、女性同士の友情や生き方についての悩みに比べれば、同世代の男子学生との恋愛沙汰はさほど深刻な問題ではなく、主人公が異性関係に悩む従来型のジュニア小説のパロディとしても読めてしまうほどの軽い扱いである。「女の子は恋愛ばっかりに夢中になっているわけじゃないし、男の子とおなじように友情を大切にしたり、メンツのために我慢したり、一肌脱いだりといったこともするんだ。そういう女の子からみても納得できる女の子を書いてみたい」という氷室の執筆当時の理念が反映されている（「文庫本6冊分の道のり」一三九頁）。


『ジャパネスク』シリーズでは、瑠璃姫が生きているのは、男女が隔離された平安朝の貴族社会である。王朝文学のユーモラスな翻案である本シリーズでは瑠璃姫の高彬との恋愛、東宮その他の男性たちとの恋愛めいたやりとりなどにも重点が置かれているものの、自由に話し合い、うちとけあうのは腹心の女房小萩や藤宮、煌姫などの女性たちである。彼女たちは身分の高い女性はめったに素顔を見せないという当時の風習を逆手にとり、顔を見せても正体がばれないことを利用して、お互いに協力し、別人のふりをしたり、身分の低い女房になりすまして他家に潜入し、陰謀の様子を探ったりといった冒険もする。年上で落ち着いた藤宮や、豊かな生活を手に入れるためになりふり構わず貴族の男性を誘惑しようとする（しかし「強盗や恐喝は許せても、人殺しは許せない」と言い切る、それなりに筋のとおったところのある）煌姫らとのユーモラスなやり取りや友情も読みどころである。

いずれにしても、女性だけの空間における、女性同士の人間関係に限定された中でのみ可能な、一種の解放感が魅力である。異性愛重視のジュニア小説には作れない、若い女性が生き生きと自己主張してそのことがすばらしいと認められる世界、氷室自身のことばを借りれば、「私が私でいられる世界」が意図的に作られている。(7)

「女性だけの空間」は作中に描かれるだけでなく、実は「少女小説」そのものが書かれる環境としても重要である。つまり、少女小説というジャンルでは、多くの場合、女性の書き手が女性読者のために書き、そして読者である女性の評価が大きな意味を持つのである。売れ行きはもちろんのことであるが、読者からの投書やアンケートへの回答が、どの作家に原稿を依頼するか、連載を続けるか打ち切るかにすら直結する。よしもとばななは少女漫画について、権威ある男性批評家の評価ではなく女性読者からの反響を重視する媒体であると指摘しているが（一八〇頁）、これは氷室をはじめとする八〇年代以降の少女小説についても同じである。(8)

氷室の作品のもう一つの特徴は、視覚的要素が重要な意味を持つ、ということである。少女小説にとっての挿絵の重要性は明治時代以来であり、たとえば吉屋信子を論じるさいには、中原淳一をはじめとする挿絵画家の名前が並び言及されることが多い。氷室をはじめとする八〇年代の少女小説の書き手たちは、七〇年代の少女漫画全盛時代をリアルタイムで体験しており、ほぼ例外なく少女漫画の熱心な読者であった経験を持つ。少女漫画家としてスタートし、少女小説も書くようになった折原みとの経歴は象徴的である（折原は少女小説家としてデビューしたのちも漫画も創作し続けており、本人の小説には本人の表紙絵と挿絵がつけられている）。少女漫画から直接大きな影響を受けている以上、八〇年代の少女小説にとって、戦前の少女小説よりもさらにビジュアルなものの重要度が増しているのは当然である。氷室はこのようなジャンルの特徴にきわめて意識的である。彼女の作品には必ずイラストレーターか漫画家により挿絵がつけられているが、氷室はエッセイや単行本のあとがきで、挿絵やカバー絵それぞれのイラストレーターや漫画家について頻繁に、そしてかなり具体的に言及している。藤田和子『ライジング！』をはじめとする漫画の原作も書き、漫画化された作品も多い。(9) それらが氷室にとって、小説以外の余技やアルバイトではなく、コラボレーションであることは、たとえば漫画やイラストについてのエッセイや、漫画家との対談などを収めた『ガールフレンズ』や氷室冴子責任編集と銘打った『氷室冴子読本』に明らかである。

作品の中でも、『クララ』『アグネス』のような現代の寄宿舎ものには、登場人物のお気に入りの服装やティーポットといった身の回りの小物が丁寧に書き込まれているし、『アグネス白書』にはしーの友人マッキーが、平安貴族さながらに、ラブレターを書くために理想を追及したあげくに特注したレターセットの細かな描写がある（六六～六九頁）。『クララ白書』では、新しく入寮してきたしーのたち三人は、寮の厨房にしのびこんで寮生と教員全員分のドーナッツを揚げる、という課題を上級生から課されるのだが、小さな窓から忍び込み、足音をたてずに行動するため、レオタードとバレーシューズというでたちが重要な意味を持つ。『ジャパネスク』シリーズにはもちろん平安時代の服装や脇息、几帳、螺鈿の文箱といった「室内インテリア小物」（『ジャパネスク7』四九頁）の描写がいっぱいで、主人公の破天荒なおてんばぶりと、古めかしい単語のギャップも笑いをさそう。

四　氷室冴子の重要性

氷室に見られるこのような「少女小説」としての特徴は、そのまま批評家たちから黙殺、あるいは揶揄や蔑視の対象となる理由ともなった。「マンガ的」という表現が現在でも「真剣に相手にするに値しない」という否定的な意味を持つことは言うまでもないが、その中でも特に「少女のみに限定された世界」である少女漫画や少女小説について、多くの（男性）批評家は、今どきの若い娘のバカさ加減を揶揄（あるいは慨嘆）するのでなければ、生産に携わることを拒否され、あるいは生産に関わることを積極的に拒否し、成熟を忌避する不毛な消費者と

いった「少女幻想」を語る材料として論じてきたのである。(10)

しかし「少女小説」という舞台をえて発揮された氷室作品のこのような特徴というのは、少女漫画と共通点があるばかりではない。それはさらに広い範囲の、日本の女性文化の中に位置づけられる可能性を持つものではなかろうか。

少女を中心とした物語であり、女性だけの空間が創出されていること、挿絵をはじめ、視覚的要素が重要であること、そして女性が女性や少女のために書くこと――それは、少女漫画全盛期やその前の明治・大正から始まる少女小説の特徴、というだけではなく、中古以来始まる日本固有の物語文学にも見られる特徴でもある。さらにいえば、女性が女性のために書くというだけでなく、女性が女性のために書き、女性が女性の書いたものを読むという伝統を、ものを書く女性が意識すること、これもまた、一つの伝統といえるのではないだろうか。

田辺聖子は日本の古典文学を論じたエッセイ集『文車日記　私の古典散歩』の中の「少女と物語」と題した章で『更級日記』の語り手菅原孝標女がかねて読みたかった『源氏物語』を叔母からゆずり受け、「得て帰る心地のうれしさぞ、いみじきや……后の位も何にかはせむ」という有名な部分を引用し、『源氏』の登場人物に自らをなぞらえる作者に重ね合わせるようにして自らの少女時代を回想して、「それにしても、少女の心の、千年前といまと、なんと変わらぬこと！」と述懐しているが、氷室もまた、瀬戸内寂聴『女人源氏物語　第一巻』の解説で同じ個所をひいて、「ほんとうに変わらないのは、こうした無数の、無名の（『更級日記』の作者は名が残ったけれども）女の子たちの物語を欲する気持ち」と述べている（一六一頁）。

吉屋信子、吉屋を強く意識し、自らも少女小説を書いていた田辺聖子、氷室の三人とも『更級日記』、しかも『源氏物語』を読む少女時代の部分に言及していることはもちろん偶然ではない。そしてさらに振り返れば、吉屋信子・田辺聖子・氷室冴子に加え、少女小説の黎明期の担い手である与謝野晶子が『源氏物語』のリライトを手掛けていること、これもまた偶然ではない（氷室の『ジャパネスク』はもちろん『源氏』の現代語訳ではない。しかし『源氏』のプロットを踏まえていることは明白である）。

叔母から譲られた『源氏物語』を夢中になって読み作中の女性たちにみずからをなぞらえた少女時代をへて、自らものを書くようになったときに、人生における重要な瞬間としてそのときのことに思いをはせる女性作家たち――彼女たちに思いを致せば、氷室冴子のめざしていたのは、平安以来続く日本文学の正統な後継者たることだったのではないかとすら思えてくる。そして、自らの作品を通じて、そのような文学史のつながりを明確にし、そのこと自体を、読者である一〇代の女性たちにメッセージとして伝えようとしたのではないかと。

「純文学」「大衆文学」といったジャンル分けにこだわらない、「女性が女性のために書く文学の系譜」というような視点からの文学史が大いに書かれてほしいと思う。すでに言及した『〈少女小説〉ワンダーランド』や、斎藤美奈子の『L文学完全読本』など、そのような試みはすでに始まっている。そしてそのような方向性の推進力として、作家としての氷室の活躍が重要であったことは明白である。

氷室は最後のシリーズとなった『銀の海、金の大地』執筆中に、「好き嫌いをはっきりと言い、幼いながらも自分の考えをいえる女の子」が「現実の世の中ではひどく生きにくいんだなあ、と知ってしまったら『クララ』や『ジャパネスク』のような作品は」書けなくなってしまった」とエッセイ「文庫本6冊分の道のり」で述べているが、氷室の創作活動は、まさにそのような女の子が評価される世界の創造であり、そのような価値観を「現実の世の中」に向けて啓蒙する役割を持っていた。「作品をきちんと発表順に読むという、毎月の雑誌をおこづかいで買うフツーの読者なら、あたりまえにやっていることさえ」やらない「批評家の男のセンセイ」の失礼で的はずれな〝少女論〟が作者も読者も傷つける、と告発しながらも、「やっぱり評論もよみたい」というタイトルのエッセイを残した氷室は、このような伝統の顕在化を願っていたのではないだろうか。そのような文脈の中での、氷室冴子の新しい研究や評価がさらになされていくことを期待したい。

（1）筆者はこのような問題意識に基づき、国際比較文学学会で行った口頭発表をもとにした"*Shojo Shosetsu* and the Japanese Literary Tradition"を発表した。本稿は、その後入手可能となった新しい資料もふまえ、発展させた二松学舎大学東アジア学術総合研究所の共同研究プロジェクト「日本文学の「女性性」」公開ワークショップでの口頭発表「一九八〇年代の少女小説と女性文化の伝統」の原稿に大幅に加筆訂正をしたものである。以上言及した口頭発表および発表論文と内容的に重複があることをお断りするとともに、発表の機会を与えてくださった同研究所、およびプロジェクト責任者の増田裕美子氏に改めて感謝の意を表したい。

（2）「少女」カテゴリーについては多くの社会学的な研究があり、少女雑誌や少女小説をその視点から論じたものも多い。最近のものでは、今田絵里香『「少女」の社会史』や渡辺周子『〈少女〉像の誕生――近代日本における「少女」規範の形成――』がある。

（3）氷室冴子「やっぱり評論も読みたい」（『いっぱしの女』一六四～一七一頁）、「『思想の科学』編集部 秩父啓子さま」を参照。

（4）氷室は自ら「私はフェミニズムを原則的に支持しています」と述べ（氷室「フェミニズムについて」二一二頁）、ほとんどすべての作品にフェミニズム意識が読み取れるが、花井愛子・折原みとに関しては木村の特徴づけが当てはまらない作品も多い。

（5）少女小説、という名称使用の経緯については、百瀬瑞穂「氷室冴子の『クララ白書』と吉屋信子の『花物語』」に詳しい。

（6）八〇年代の少女小説の特徴としては、独特の口語的表現の多い「言文一致体」であることもよく指摘される。この点については、言語学者柳父章が「『少女小説』の衝撃」で、近代以前の日本語が持っていた特徴が復活したもの、という重要な指摘を行っている。

（7）氷室冴子「私が好きな吉屋信子――私が私でいられる世界――」（『ホンの幸せ』二〇〇二～二〇六頁）。

（8）金田淳子は、八〇年代の少女小説の特徴と人気の理由を読者と作者の距離が近いことにあるとし、具体的には、キャラクター重視の作品が多いので読者が投稿や続編を考えやすいといった、読者から作者への移行の容易さについて詳述している。

（9）漫画の原作には『ライジング！』（藤田和子、小学館、一九八一～一九八五年）、『ラブ・カルテット』（谷川博実、集英社、一九八二年）、『螺旋階段をのぼって』（香川祐美、小学館、一九八五～一九八六年）がある。また、『クララ白書』（一九八二年）、『アグネス白書』（一九八四年、ともにみさきのあ）、『なんて素敵にジャパネスク』（一九八八～一九九三年）、『ざ・ちぇんじ！』（一九八七～一九八八年）、『雑居時代』（一九八八年、いずれも山内直美）、など、多くが漫画化されている。

（10）たとえば、少女カルチャーについて早くから積極的に発言してきた大塚英志の『少女民俗学』。あるいは彼の『たそがれ時に見つけたもの　『りぼん』のふろくとその時代』が「かわゆい」をキーワードとするアイビーまんがの物質主義的な側面を強調していることに留意。この大塚のタイトルは、陸奥A子の代表作のひとつ「たそがれどきに見つけたの」をもじったもので、なおかつ、「みつけたの」という少女の一人称語りの語尾を「モノ」に変換、つまり「みつけた」行為者としての主語を消し去って消費される物質にすりかえるという、なかなかに本の内容に即した名タイトルではあった。米澤嘉博は『戦後少女マンガ史』において網羅的な知識に裏打ちされた説得力のある漫画論を展開しながらも、「少女幻想」という概念に足をとられている記述が散見される。

〔参考文献〕

石原秋彦×高山英男「ジュニア・ノベルズの新たな広がり――その言語感覚の行方――」（『思想の科学』一四五号、一九九一年一〇月号、四三～五七頁）

今田絵里香『「少女」の社会史』（東京：勁草書房、二〇〇七年）

上原隆「ライター・インタビュー　読者が見えなくなった　久美沙織／新井素子／花井愛子」（『思想の科学』一四五号、四

〜一六頁)
遠藤寛子「解説」(遠藤寛子編『少年小説体系　少女小説名作集(二)』第二十四巻、三一書房、一九九三年、六〇七〜六二三頁)
大塚英志『少女民俗学——世紀末の神話をつむぐ「巫女の末裔」——』(東京：光文社、一九八九年)
——『たそがれ時に見つけたもの　『りぼん』のふろくとその時代』(東京：太田出版、一九九一年)
金田淳子「教育の客体から参加の主体へ——一九八〇年代の少女向け小説ジャンルにおける少女読者——」(『女性学』九号、二〇〇一年、二五〜四六頁)
川端有子『少女小説から世界が見える：ペリーヌはなぜ英語が話せたか』(東京：河出書房新社、二〇〇六年)
菅聡子「私たちの居場所——氷室冴子論」(『〈少女小説〉ワンダーランド』七五〜八五頁)
菅聡子編『〈少女小説〉ワンダーランド　明治から平成まで』(東京：明治書院、二〇〇八年)
菅聡子・藤本恵「〈少女小説〉の歴史をふりかえる」(『〈少女小説〉ワンダーランド』五〜二三頁)
木村涼子「少女小説の女性性の構成」(花田達朗・吉見俊哉・コリン・スパークス編『カルチュラル・スタディーズとの対話』東京：新曜社、一九九九年、三四三〜三五八頁)
久美沙織『コバルト風雲録』(東京：本の雑誌社、二〇〇四年)
斎藤美奈子『L文学完全読本』(東京：マガジンハウス、二〇〇二年)
——「「少女小説」の使用法」(『文學界』五五・五六号、二〇〇一年六月号、二四六〜二七四頁)
——「現代文学にみる「少女小説」のミーム」(『〈少女小説〉ワンダーランド』六六〜七五頁)
佐伯千秋「ジュニア小説のヒロインたち」(『文芸春秋』一九六七年八月号、三二八〜三三二頁)
Naoko Sugiyama. "*Shojo Shosetsu* and the Japanese Literary Tradition." *Poetica* 52, 1999, pp. 89–101.
田辺聖子「少女と物語」(『文車日記　私の古典散歩』一九七四年、東京：新潮社、一九七八年、二八〜三〇頁)
富島健夫『制服の胸のここには』(東京：集英社、一九六六年)
——『おさな妻』(東京：集英社、一九七〇年)
永井良和「サブカルチャーの『格式』——少女小説の社会学——」(『思想の科学』一四五号、五八〜六六頁)

氷室冴子『白い少女たち』(東京：集英社、一九七八年、以下明記のない氷室作品はすべて集英社より出版されたもの)
――『さようならアルルカン』(一九七九年)
――『クララ白書』(一九八〇年)
――『クララ白書ぱーとⅡ』(一九八〇年)
――『アグネス白書』(一九八一年)
――『アグネス白書ぱーとⅡ』(一九八二年)
――『ざ・ちぇんじ！』(一九八三年)
――『少女小説家は死なない！』(一九八三年)
――『なんて素敵にジャパネスク』(一九八四年)
――『なんて素敵にジャパネスク2』(一九八五年)
――『ジャパネスク・アンコール！』(一九八五年)
――『続ジャパネスク・アンコール！』(一九八六年)
――『なんて素敵にジャパネスク3　人妻編』(一九八八年)
――『なんて素敵にジャパネスク4　不倫編』(一九八九年)
――『ガールフレンズ―冴子スペシャル　(対談集+αのバラエティブック)』(一九九〇年)
――『なんて素敵にジャパネスク5　陰謀編』(一九九〇年)
――『なんて素敵にジャパネスク6　後宮編』(一九九〇年)
――『なんて素敵にジャパネスク7　逆襲編』(一九九一年)
――『なんて素敵にジャパネスク8　炎上編』(一九九一年)
――『銀の海金の大地』一～一一　(一九九二～一九九六年)
――「やっぱり評論も読みたい」(『いっぱしの女』東京：筑摩書房、一九九二年、一六四～一七一頁)
――「『思想の科学』編集部　秩父啓子さま」(氷室冴子編『氷室冴子読本』東京：徳間書店、一九九三年、一二〇～一二三頁)

――「瀬戸内寂聴『女人源氏物語・第一巻』解説」(『ホンの幸せ』一五五～一六二頁)
――「フェミニズムについて」(『ホンの幸せ』二〇七～二一三頁)
――「文庫本6冊分の道のり」(『ホンの幸せ』一三八～一四一頁)
――「私の好きな吉屋信子――私が私でいられる世界――」(『ホンの幸せ』二〇二～二〇六頁)
――『ホンの幸せ』(一九九五年)
氷室冴子編『氷室冴子読本』(東京：徳間書店、一九九三年)
本合陽「女の文化としての少女マンガ――アメリカ少女小説の及ぼした影響――」(伊奈正人編『性というつくりごと――遺伝子から思想まで――』東京：勁草書房、一九九二年、二八一～二九八頁)
百瀬瑞穂「氷室冴子の『クララ白書』と吉屋信子の『花物語』」(『成蹊人文研究』一一号、二〇〇三年、一五～三六頁)
柳父章「『少女小説』の衝撃」(『思想の科学』一四五号、一七～二七頁)
横川寿美子「吉屋信子『花物語』の変容過程をさぐる――少女たちの共同体をめぐって――」(『美作女子大学・美作女子大学短期大学部紀要』四六号、二〇〇一年、一～一三頁)
与謝野晶子『与謝野晶子児童文学全集〈4〉――少女小説篇少女小説集　環の一年間――』(東京：春陽堂、二〇〇七年)
よしもとばなな『Fruits Basket――対談集』(東京：福武書店、一九九三年)
吉屋信子『源氏物語』(一九五四年、東京：国書刊行会、二〇〇一年)
米沢嘉博『戦後少女マンガ史』(東京：筑摩書房、二〇〇七年)

少年同士の絆――あさのあつこ「バッテリー」をめぐる欲望と暴力――

藤木直実

はじめに

あさのあつこ――、世代を超えて最も人気のある現代作家の一人とされる彼女について、まずはその履歴、および作品歴を簡単に確認しておこう。

一九五四年、岡山県美作生まれ。青山学院大学文学部教育学科入学にともない上京。在学中に児童文学サークル「くるみ」に入部し、日本の創作児童文学に初めて触れるとともに、児童文学者後藤竜二に出会い、創作指導を受ける。大学卒業後は、岡山市の小学校に臨時講師として勤務。二五歳で結婚、三児を出産、現在まで美作に在住しつつ、一九八九年より、全国児童文学同人誌連絡会『季節風』(代表後藤竜二)に参加。一九九一年一月、『ほたる館物語』(新日本出版社)でデビュー。

『ほたる館物語』は、山間の温泉地の老舗旅館を舞台に、小学五年生の一子を主人公に据え、周囲の子どもたちや大人たちの日常を描く。九一年一〇月にはシリーズ二作目が、翌九二年一〇月には三作目が刊行された。九四年に『あかね色の風』(新日本出版社)、九六年には『舞は10さいです』(同)を刊行、いずれも小学生の少女を描いた作品である。

九六年一〇月、『バッテリー』（教育画劇）刊行。本作により、九七年に野間児童文芸賞を受賞。九八年四月には『バッテリーⅡ』を刊行し、翌年の日本児童文学者協会賞を受賞した。すなわち、これが彼女の出世作である。『バッテリー』は、一〇年を費やして二〇〇五年に全六巻が完結し、これにより、小学館児童出版賞を受賞。

この間、『どばぴょん』（新日本出版社）、『いえでででんしゃ』『いえでででんしゃはこしょうちゅう』（新日本出版社）などの児童向け童話を発表しつつ、小学校高学年対象の『テレパシー少女「蘭」事件ノート』シリーズ（講談社青い鳥文庫、既刊九巻）、『ぼくらの心霊スポット』シリーズ（学習研究社、既刊三巻）さらに、いわゆるヤングアダルト世代を対象とした(1)、『ガールズ・ブルー』（ポプラ社、既刊二巻）、『The manzai』（岩崎書店、のちジャイブよりシリーズ化、全六巻）、『No.6』（講談社 YA! entertainment、既刊八巻）などの人気作を精力的に執筆し、二〇〇五年『透明な旅路と』（講談社）で初の成人向け小説、近年では『弥勒の月』（光文社）、『夜叉桜』（光文社）といった時代小説にまで著作の範囲を広げている。

ここにあげた各書の概要を詳述するいとまはないが、作品史をごく雑駁に俯瞰しておく。ジャンル、あるいは対象読者としては、児童書からヤングアダルト本を経て一般文芸へ、さらにそのうちでも時代小説への変遷を、また、それらの中心的登場人物に注目するならば、幼年期の少女から思春期の少女および少年、ついで異能の少女、さらに、異能・異才の少年、異才の成人男性へと推移しているということができる。

さて、いささか迂路を辿ったが、ここで本稿の目的をあらかじめ示しておく。すなわち、彼女の出世作にして代表作である「バッテリー」をめぐり、ジェンダーの観点を導入して、テーマやモチーフ、表現の評価検討を行いつつも、むしろその受容や流通のありようを批判的に追究し、問題点を明らかにしたいと考える。

なお、小説[2]「バッテリー」は全六巻の大部であるばかりでなく、教育画劇より刊行のハードカバー単行本版（一九九六～二〇〇五年）と、角川文庫版（二〇〇三～二〇〇七年）の、二種類の流布本が存在する。児童書専門出版社である教育画劇のエディションと、一応は一般成人を対象とする角川文庫エディションとでは、まず、本文の用語や熟語に若干の異同がある。つまり親本は、児童書という性質上、難解な語彙を使用しにくいという制約があるがゆえである。また、角川版においては、教育画劇版と比較して、登場人物の内面や内言を、より詳述した箇所が時折見られる。ただし、これらの異同は、プロットにまで影響するものではない。

加えて、教育画劇版装画および挿画、角川文庫版装画は、ともに佐藤真紀子が手がけているが、文庫版装画は新たに描き下ろされたものである。さらに文庫版には、いってみれば文庫版特典として、本編とは別に、本編の脇役的登場人物などを主人公にした短編が書き下ろし収録されている。

本稿においては、流布状況（刊行部数[3]）から判断して、基本的に角川文庫版を底本とし、小説作品「バッテリー」全六巻を総称する場合は一重カギを、各巻を特に示す場合は二重カギを用いる。ただし、引用文献中の表記についてはその限りではない。また、文中の傍線・二重傍線・傍点はすべて稿者による。

一　「バッテリー」の評価と受容

「バッテリー」の梗概は、その表題が端的に示している。中学入学直前の春休み、岡山県新田市に引っ越してきた、天才的ピッチャー原田巧は、キャッチャー長倉豪と出会う。自らの才能に絶対的な自信を持つがゆえに、時に不遜なまでに他者を拒む巧と、彼とバッテリーを組むことを熱望する豪との、葛藤をはらんだ関係性構築過程を経糸に、巧の家族、新田東中野球部のチームメイトや監督、地域一の強豪横手二中野球部のメンバーらとの挿話を織り込みつつ、巧が中学二年生を迎える直前の春休み、新田東中と横手二中の非公式試合の場面で、物語は幕を閉じる。要は、巧の一二歳春から一三歳春までの一年間を描いている。

小学館児童出版文化賞審査員の一人、三木卓は、本作を評して「青春の友情小説」[(4)]と述べた。現在までのスタンダードな評言、ないしは典型的主題観であるといえる。しかしながら、「バッテリー」は、その「名声」に反して、本格的な論評が少ない。書評や雑誌特集記事の多くは、印象批評か「ファンレター」の水準に留まっている。

数少ない例外に、皿海達哉「少年求道者・原田巧——『バッテリー』の意義と限界——」[(5)]がある。全六巻完結以前、教育画劇版『バッテリーⅢ』刊行の段階での論ではあるが、全六巻に通底する「意義と限界」に敷衍可能な示唆に富んでいる。まず、皿海の説くその「意義」から参照しよう。

一点目。皿海は、この作品の設定、すなわち、野球を描くにあたり「『バッテリー』というその原点の一つをなす営みに焦点をしぼった」ことに着目。「単純に見えて、複雑な多様性を秘め」たこの設定により、「緊迫感に満ちた一投一打の対決を用意し、心情面でも一つの対立が一つの調和へ安易に収束するのでなく、更なる対立へと止揚をめざしてゆくダイナミックな言動を用意した」と評価する。具体的には、巧と豪のバッテリーが、まず豪のかつてのチームメイト沢田を三球三振に打ち取ったのを皮切りに、甲子園出場経験者の会社員稲村、新田東中野球部三年展西、同じく主将の海音寺、戸村監督、ついには全国大会四位の横手二中四番打者門脇との対峙が、「半年弱の間に次々とセッティングされ」、「読者を手に汗握る現場の葛藤に引き込む」と分析している。つまり、野球物語[(6)]というカテゴリーにおける、本作の卓越性を説いている。

付言すれば、本書があまたの野球物語と比して異色すなわち独創的であるのは、全六巻を通して公式試合の場面が一度も描かれない点にも指摘できる。地域リーグ戦を勝ち抜く過程や、全国大会のマウンドに立つ（高校野球ならば甲子園出場に相当する）クライマックス、といった場面は本作には用意されていない。描かれた試合はわずかに二度、それも、部内の紅白戦と、横手二中との非公式試合の序盤のみである。

さて皿海は、二点目に「その問題提起」に言及する。すなわち、「作者は、「才能ある者」の発想と行動について一つの典型を示し、彼が余儀なくされる「壁」の例をさまざま示す」ことにより、周囲の人間は彼とどう関わるべきなのか、「激しく問い、問い続けている」とし、これを今日的かつ普遍的課題と見なす。さらに、従来のヒーロータイプとは異なり、爽やかでなく傲慢で憎たらしい巧の言動を、丸山真男を援用しつつ、「ラディカル」と意味づける。校則や下校時刻、入部届、活動許可、先輩・監督・校長、あるいは母親など「ア・プリオリに「である」価値「である」規範を押しつけてくる者に対して、巧は徹底して「する」行動をとる」がゆえである。異色のヒーロー巧の、行動原理およびその魅力を適切に解説しているといえるだろう。

ついで、作者自注を参照しよう。交流も深い三浦しをんとの対談を[7]、やや長くなるが引く。

あさの　『バッテリー』を書いたときには、野球云々よりも、自分が変わるのではなく圧倒的な力をもって他者を変えていく、他者を変えることによって現状を変えていく力を持った少年というのを描きたくて。基本的に少年にはその力があるのではないかというのがあったものですから、それを書きたかったんですね。

三浦　これは主人公が成長する小説とかではないですよね。

あさの　それは書きたくなかったですね。変化はするんですけれど、成長していってどうにかなるというものを書きたいわけでは全然ないんです。

三浦　それってわりと掟破りな感じがするんです。中学生を主人公にしたら、たいがいその主人公は、「成長」と言い表わされる何らかのステップを上がるものですよね。でも巧は最初からもう全然違うレベルにあるというのが面白いなと思ったんです。

傍線部は、前掲皿海による「問題提起」に通じる。付言するなら、巧は、三浦の述べるように中学生の主人公として「掟破り」であるばかりではない。野球を扱う物語の主人公としても「掟破り」である。巧は、「巨人の星」を掴むまで血の汗を流すといったたぐいの「試練」や「根性」とは無縁である。一卵性双生児の弟の事故死を機に、ガールフレンド兼マネージャーを甲子園に連れて行くべく急「成長」する、上杉達也(8)とも異なる。

この対談で、三浦はもう一点、重要な指摘をしている。前掲引用二重傍線部に関わる事柄である。

三浦　はい。私、『バッテリー』って言葉を獲得する物語なんだなっていうことをすごく感じたんです。自分の心は言葉で理解するしかないし、考えるってつまりは言葉を使うということだと思うんですけれど、巧は天才だからあまり考えることはせず(笑)、思い切り投げられれば気持ちいいっていうのからはじまって、豪との関係にいろいろなすれ違いやうまくいかない部分があったときに初めて、じゃあ豪は自分にとってどういう存在なんだろうということを言葉で考える。それが巧の一番大きな変化なのかなって思ったんです。

あさの　ありがとう、よくぞ感じてくれました(笑)。かけがえのない相手に出会ったときに、その人と結びついていこうとするには言葉以外、ないですよね。(後略)

つまり、「バッテリー」は、巧のピッチャーとしての「成長」を描くことを目的とはしていない、しかしながら、「言葉を獲得する」プロセスすなわち「変化」を描こうとした小説である、というのである。したがって、極言してしまえば「バッテリー」は（野球物語でありつつも）野球物語ではない。「言葉」によるアイデンティティおよびコミュニケーションの形成過程を描く小説ということになる。「変化」は、野球物語的「成長」と分別するために意図的に用いられている語彙ではあるが、「成長」の同義語と見なしてよいだろう。「バッテリー」は、巧が一二歳春から一三歳春にかけて「言葉を獲得」していく過程を描く。(9) つまりは、（児童）文学の古典的主題、「成長」を描いた小説であるといえよう。

以上を確認した上で、以下では「バッテリー」の受容のありようを見てゆこう。関連言説を時系列で追う限り、画期となるのは、北上次郎のブックレビュー「小説を読む喜びがぎっしりつまっている」(10) である。角川文庫版『バッテリー』が刊行されて二か月後の段階で初めて本作を知ったという北上は、「児童文学というよりも、これは一般文学」「そのまま大人向けの小説」「読み始めたらやめられない」「酒場で業界の人に会うたびにこの小説をすすめて歩いた」と興奮した筆致で記す。やがて文庫版『バッテリーⅡ』を読了すると、「もう我慢できずに、教育画劇版を買いに書店に走った。（中略）文庫になるのを待っていられないと第三部から第五部までを買ってきて一気読み」し、「図抜けている」「すべてが素晴らしい」「こういう小説はそうあるものではない」と絶賛。「実はこの『バッテリー』、まだ完結していない。その完結編、つまり第六部は来年の一月に教育画劇から刊行される。未読の方は、それまでの間に、第一部から第五部までを読んでおくことをおすすめしておきたい。すごいぞ、本当に。」と結ばれた末尾は、ほとんど広報活動のごとくである。(11)

この文章の表題はその後そのまま本作のキャッチコピーとして流通、北上の評価は、典型的かつブームの火付け役（ないしは仕掛け人）[12]として見なすことができ、こののちの書評群はこれに追随するものがほとんどである。それらを逐一確認する煩は避け、「児童文学というよりも、これは一般文学」「そのまま大人向けの小説」という北上の発言をめぐって、いますこし考察を加えたい。

「バッテリー」のそもそもの想定対象読者は、親本の版元からしても登場人物の年齢からしても、小学校高学年から中学生と見なされる。つまり、児童書からヤングアダルト（以下YAと略記）小説にまたがる年齢層である。角川文庫化は対象読者の層を一気に拡大した。たとえば、本稿の元となった公開ワークショップ[13]には、一四歳の少女から六〇歳前後と思しき男性までが来場したし、作者のもとには、かなり高齢らしき読者から「読めない」ほど「達筆」な長い手紙が届き、その主旨は「この年になってはじめて本の面白さっていうのを改めて思い知りました[14]」というものであったという。

作者によれば、「バッテリー」の感想を書き送ってくる読者は、女性が八割、それも二〇代～三〇代が中心という。石井直人は、児童文学史を踏まえつつ、一九七〇年代半ば以降の児童文学が、それまでタブーとされてきた「性・自殺・家出・離婚」など「人間の陰の部分の物語化」に踏み込んでいった結果、登場人物および読者層が高年齢化し、児童文学とYA小説との境界が失われてきたこと、さらにはYA小説と「大人の小説」との区別も消失しつつあることを指摘、「十代だけではなく、二十代以上の読者が読んでいる。彼らはヤングアダルト小説に、ある人生論みたいなものを読み込んでいるんだと思うんです。」と述べる。

すなわち、現代文学の文体や手法が複雑化し、「近代文学のような、主人公の苦悩をそのままストレートに書いている作品はほとんどない」、その一方で、YA小説は「かつての近代文学がやっていたような、オーソドックスでナイーブな苦悩の吐露をまだやっている」。若い読者は「小説に自分の人生を考えていく実験場のような役割を期待している」がゆえに、いってみれば、かつての「近代文学」の代わりとして、YA小説が青年読者を吸収しているというのである。[15] 適切な解説である。付け加えるならば、「バッテリー」を「近代文学」として読む読者は、青年層にとどまらず、中高齢者層にまで及んでいる。先にあげた事例の示すように、[16] また、北上次郎がそのひとりであるように。

さて、翻ってふたたび皿海論を参照しよう。皿海は、「『バッテリー』が、若い読者の胸を打つとすれば」、丸山真男「「である」ことと「する」こと」（一九五八年）の主張が通用する状況が、彼らの内外に「今なお存在しているということであろう」、とその「意義」を総括する。石井直人がいう、青年読者はYA小説を「近代文学」として受容しているという指摘と、通底すると見なされる。

他方、「限界」について皿海は、以下の三点を掲げる。

まず、その「古さ」、すなわち、「実生活から遊離した自己陶酔的な」「演歌的抒情の世界」。具体的には、「原田巧の「最高の投球以外すべて無意味」の論理や、「失投でさえ意識しなければ投げられない」ほどの技術は、実際の野球からも実生活からも遠い。」とし、「だいいち、少年の精神が理不尽な規則に反抗したがるように、少年の肉体も、山口高志級のスピードと小山正明級のコントロールの両方を逸早く持たされることには、激しく抵抗したがるはずなのである。」と述べる。とりわけ引用の中盤から後半は、登場人物のリアリティに関わる指摘と見なすことができ、次なる指摘に繋がっていく。

すなわち、二点目として、「徹底的に「する」ことの方を重視しているはずの作者が、原田巧に、桁外れの才能を持つ投手「である」という状態を、ア・プリオリに与えている」ことの「自家撞着」を指摘する。これは巧のみにとどまる問題ではない。素直でけなげで病弱な弟の青波、監督として甲子園出場一〇回の実績を持つ祖父井岡洋三、巧の母由紀子、その親友で豪の母節子、小町先生、などの人物造型の「平板」さ、とりわけ「女性の登場人物をより類型的に描いている」こと、「校長の類型化も相当なもの」であることをあげ、「全体的には古さのほうを感じ」「解放より閉塞に導かれる危惧を覚えた。」と述べる。

三点目。「解放より閉塞に導かれる危惧」とは、具体的には以下のような物語切片に対する異議である。Ⅲの終盤、速球を取り損ねた豪に、ついで手加減した球を投げた巧を、豪は殴り倒し、「おまえにだけは絶対負けんからな」という。こうした豪の言動は、「極めて受動的な卑屈なものである」。「こういう矮小化された長倉豪、ひいては原田巧ないし「バッテリー」」に「満足する読者は、ヒューマニズムをも矮小化してしまうだろう。」と皿海は危惧する。

以上の皿海の指摘はいずれも至当であり、全面的に支持したい。付け加えて、巧の弟、小学四年生の青波の造型について、私見を述べておく。性格も体質も巧とはことごとく対照をなし、しかし、巧を誰よりもよく理解し、巧とは違ったやりかたで自分の野球を楽しむ、この青波は、転勤家族の最年少構成員かつ都会育ちでありながら、なぜか、家族で唯一、新田地域の方言を使う。まったくリアリティのないこの設定、すなわち「方言ユーザー」[17]という特性が、青波の稀人性ないしは聖性の表象を狙ったものであることは明白であるが、浅薄な手法であるとしか評価できない。皿海の定義するごとく、まさしく「バッテリー」は「演歌」である。言い換えるならば、通俗大衆小説[19]である。

二 「バッテリー」の暴力性

さて、「通俗大衆小説」は、それゆえに広範な影響力を持つ。その意味で、稿者が最も危惧するのは、前節でも引いた、次のような作者自注である。「圧倒的な力をもって他者を変えていく、他者を変えることによって現状を変えていく力を持った少年」、「基本的に少年にはその力がある」。同様の発言は、受賞コメントやインタビュー、対談、講演等でその度ごとにほぼ必ず反復される。しかも、次のようなバリエーションをともなって。「女の子っていうのは、ある程度生理的に自分がくぐってきたというか、超えてきたのでわかるというか。でも男の子っていうのはまったくわからない。わからないから書きたいし、不思議だから憧れる[20]」。「私、基本的に男の子よりも女の子の方が強いって思うんです[21]」。

ほとんど信仰に近い少年礼讃である。信仰は個人の自由である。それにしても、自身がかつて少女であったことのみを根拠に少女の生理がわかると断言し、少女は本質的に少年より「強い」――この語彙は、男性より女性のほうが「(生命体として)逞しい」「(痛覚などが)鈍い」といった巷間の似非科学言説の文脈を引き寄せるだろう――とし、他者を変えることによって現状を変えることは少年のみに備えられた圧倒的な力であるとあさのは述べる。著しく偏向したジェンダー観であり、恐ろしいまでの本質主義である。正当な、あるいは、科学的な根拠をまったく欠いた、主観のみの認識である。これが、小学生から高齢者までの広範な読者層を誇る女性作家による発言であること、そして、この作家のコア読者が、前節で引いたように、二〇代~三〇代の女性であることに、大いなる危惧の念を抱き、強い異議を表明したい。あさのは「少年」を神秘化し偶像化し、それを表象として、言説として、倦むことなくばらまいている。これはすなわち、女性自身による女性の疎外とその再生産にほかならない[22]。

危惧はこれだけにとどまらない。インターネット上で「バッテリー」「書評」と検索語をかけると、夥しい数の、すなわち十数万件の、一般読者によるブログ等での感想を容易に閲覧することができる。瞥見したところ、一般読者の受容は大きく二様に分類される。主流は、「野球に材を取った青春友情小説」という、いってみれば正統派受容。他方、これに迫る質量で、「やおい」「BL」として読む読者群が存在する。

「やおい」「BL」についてはすでに多くの研究が積み重ねられているが、手続きとして、その基本的な定義を確認しておこう。藤本純子によれば、「「やおい」とは、女性同人誌メディアにおいて男性同士をセクシュアルな恋愛関係に読み替える表現手法であり、また、そういった表現をモチーフとする物語作品（主に小説・マンガ）の総称」[23]である。引用部は、特にもっぱら八〇年代に興隆したアマチュアによる物語作品群を対象とした、古典的やおい観を示している。たとえばサッカー漫画『キャプテン翼』（高橋陽一、初出『週刊少年ジャンプ』一九八一～一九八八年）の少年登場人物たちの関係を、読者＝アマチュア作者が、少年同士の恋愛関係として創造的に誤読し、その「読み」＝物語を、オリジナル作品のキャラクターを模写[24]して、作品化＝二次創作し、同人誌に発表、それらを交換したり、販売したりした現象の説明である。つまり、「やおい」とは、既存の物語作品におけるホモソーシャルな絆を、ホモセクシュアルな絆として読み替え[25]、形象化した物語作品群の謂いである。

栗原知代[26]、およびそれを踏襲した溝口彰子[27]は、「ヤオイ史」を次の三期に分類する。溝口がここで「ヤオイ」というカタカナ表記を用いるのは、前述した八〇年代的「やおい」を包摂しつつ、それと分別するため、また、後述する「BL」をも包摂するためである。栗原・溝口によれば、「ヤオイ」第一期＝創生期は、一九六一年～一九七八年、森茉莉『恋人たちの森』（一九六一年）、それに続く、少女漫画家の萩尾望都や竹宮恵子らいわゆる「二十四年組」による七〇年代の美少年漫画がこれに当たる。第二期は一九七八年～一九九一年、女性読者を対象とした男性同性愛漫画および小説専門誌『JUNE』の創刊（一九七八年）、および、前述「やおい」の興隆期である。第三期は一九九一年以降、「ボーイズラブ（BL）」のジャンル名のもとに各出版社から専門レーベル[28]が立ち上げられて、二次創作ではない、オリジナルの作品（小説および漫画）が次々と刊行され、商業化した現在までを示す。インディーズから商業化への移行は、一面でジャンルの確立であり、「ヤオイ」が一部のマニアのものから、一般化したことの徴候であると見なされる。

本稿においては、基本的に、溝口の「ヤオイ」観に従う。すなわち、「広義のそれ」、「「女性が、女性のために、男性同士に仮託して描き、女性が女性によって描かれた男性同士の物語を受容する」現象全体[29]」として用いる[30]。あさのの執筆動機、およびコア読者が二〇代～三〇代の女性であることを踏まえるがゆえである。ただし、表記は、一般的な「やおい」を用いる。

さて、「やおいは火のないところに煙を立たせる解釈遊技」であるという渡辺由美子[31]は、さらに次のように述べる。「やおい愛好者」たちは、「原作物語と作者には、男性同士の関係性を密に描いて欲しいと願っている。だが、彼らの恋愛関係が描かれることは望んでいない」。「自分なりの解釈を見つける遊技でもあるので、想像の余地、のりしろを残しているもののほうが大勢に好まれる」。たとえば、「原作が「スポーツ中心に描かれているのに、男子寮で生活をしているという描写が少しだけある」場合、やおい愛好者の想像力は無限大に広が」るのである、という。

「バッテリー」が、渡辺の述べる「やおい愛好者たち」の願望にまさに当てはまることについては、多言を要しないだろう。むしろ、作者は、意図的に「やおい愛好者」のための「のりしろ」を用意している観がある。巧と豪の関係性を緊密に描くばかりでなく、巧の投げる速球には「小動物」に喩えられる濃厚な身体性が精緻に書き込まれている。それを豪のミットが受ける。象徴的と呼ぶのがためらわれるほどの露骨さである。加えて、そもそも一般に、バッテリーは夫婦の比喩で称され、特にキャッチャーは「女房役」と呼ばれるのが常である。さらに、巧と豪のバッテリーにおいては、「女房」の豪がその名前においても体格や性格においても雄々たる男性性を備え、他方の巧は、「姫さん」と渾名される美貌の少年である。中学入学前の段階で一六七センチという長身も、豪と対比すれば華奢に見えるとされている。つまり、巧と豪には、それぞれに両性具有性が付与されている。ちなみに、やおいやBLにおける男性同士の性行為は、いわゆる男役が「攻め」、女役が「受け」と称され、それぞれが自在に両方の役どころを往還するカップルは「リバース」と呼ばれる。巧と豪の表象には、愛好者の想像をそそる「のりしろ」がふんだんにちりばめられている。

先に稿者が表明した危惧とは、この程度の水準にとどまるものではない。『バッテリーⅡ』の終盤、巧は、彼の才能と不遜な態度を疎む三年の展西と森川――彼らもまた新田東中野球部のバッテリーである――加えて奥平、逗子の四人によって「陰湿なリンチ」（皿海の評言）に遭う。体育館裏手の用具室での「リンチ」は、角川文庫版で八頁にも及ぶシークエンスである。あらかじめ述べれば、これもまた、「のりしろ」と見なされる。しかも大掛かりなそれである。

その圧巻を摘記しよう。文庫版・親本、ともにまったく同じ内容である。巧は、暗闇の中で卓球台に捩《ね》じ伏せられ、大型懐中電灯で瞳孔を射抜かれ、頭・両手・肩を押さえつけられ、鼻をつままれて思わず開いた口に布を押し込まれ、体操服を下着ごとめくり上げられ、そのまま頭を抜かれて体操服と下着で両手首を拘束され、その手首と両足首を押さえられて、曝された裸の上半身の背中を、鞭ならぬ濡らした革ベルトで「馬のように」連打される。鞭打たれた背中は蛇が何匹も這うがごとく腫れて出血し、鼻血が出て、屈辱と羞恥と憤怒と激痛で巧の全身から汗が噴き出る。続いて床に跪《ひざまず》かされ、バケツの汚水に顔を突っ込まれ、さらに腹部を蹴り上げられて、自力では立ち上がれないほどに痛めつけられるのである。

インターネット上では、このシークエンスをポルノグラフィとして読む読者群を確認することができる。その読者たちですら、描いた作者の倫理性に言及している。読者の使用語彙に即しつつ雑駁にまとめると、「児童書でこれはヤバイんじゃないの」という感想である。フェミニストの観点から付言すれば、美貌の少年に加えられたかくのごとき暴行は、女性へのレイプ、それも輪姦を連想させもするだろう。「青春の友情物語」に滑り込まされた、すさまじい、しかも性的な連想を容易に引き寄せる、暴力。作家は充分に意図的にこのシークエンスを描いたと思しい。迫力のある筆致とシークエンスの長さ、すなわち、質と量がそれを暗示している。

稿者は本稿のために、あさのあつこの全著作の八割以上を読破した。なかで、彼女の初の時代小説『弥勒の月』には、これまで述べてきたことと関連して、見過ごすことのできない箇所がある。それは、男女の性交を意味するものとして男性登場人物の口から発せられた、「女に跨《また》がる」という表現である。念の入ったことに、二人の男性登場人物の内言および発言として、二度用いられている。しかし、人体構造上、男が女に「跨る」状態での交接は不可能だ。たとえば男性が女性の上に位置取りするいわゆる「正常位」においては、女性は股を開く必要がある。表現としては、せいぜい、男が女に「乗る」「のしかかる」といったあたりが妥当だろう。しかしながら、異性間の性行為において、片方の異性がパートナーに「跨る」ことで交接が成立する体位は存在する。女性上位、いわゆる「騎乗位」がそれに該当する。深読みの誹りを怖れずに言挙げしよう。作者は語るに落ちた形で自らの性嗜好の片鱗を垣間見せている。まさしく、馬脚を現してしまっている。

前節で引いた三浦しをんとの対談において、あさのは「若い男の子が」「基本的にすごく好き」と発言し、「裸の魂のぶつかりあいは（中略）時に恋愛小説以上に官能的」との評に対しては「十五歳までの少年には、異性のまぶしさと、幼いもろさが共存する」と応じ(32)、同郷の俳優オダギリジョーをめぐって「高校生のときに襲って……触ってかくんだったと後悔してます。[33]」と発言して憚らない。このたぐいの発言も、多くのインタビュー・対談・講演等で繰り返され、枚挙にいとまがない。こうしたあさのに対し、三浦しをんは、「あさのさん自身のストライクゾーンが十二歳から十八歳とのことで、「うおっ、狭いな！」って、その点についてはびっくりした」と述べる。腐女子界の第一人者三浦しをんが敢えて表明した違和感。[34]これは、暗に、あさのに対する諫言、すなわち「バッテリー」が児童ポルノとして読まれ得ること、および一連の「少年嗜好」発言への警告ではなかっただろうか。

三　「バッテリー」の受益主体

以上、「バッテリー」をめぐり、その読み＝受容のありようを三分類に概括して見てきた。確認すれば、①野球物語、②「近代文学」、③やおい愛好者のための原作、となる。②については、しかし「演歌」であるという否定的評価を支持し、③について、前節ではその表象の暴力を指摘した。本節では、③に派生して、別の観点からさらなる問題点を考えてゆきたい。口早にいってしまえば、それは、資本の暴力と見なされる。

さて、その前に、②「近代文学」としての受容にさいしての批判を、再度確認しておこう。皿海達哉は巧の論理を「演歌的抒情」とし、登場人物の「平板」さと「類型」性、および「矮小化」された「ヒューマニズム」を指摘。佐藤宗子は、展西ら「敵」の「通俗性」が「どうも気になる」と述べ、[35]藤田のぼるは「主人公はじめ主な登場人物が、どこかで見たようなキャラクターであること」に「不満」を表明している。[36]稿者自身は、青波の「方言ユーザー」という造型を、リアリティを欠いた浅薄な手法と評した。

しかしながら、こうした批判は、おそらく作者にとっては自明の前提であるようだ。自注を引く。「私はエンターテインメントを書きたいと思っていますから、最終的には誰にでも分かるところにもってくる。そこは勝利でもあり、オリジナリティーという意味では敗北とも言えます」[37]。「エンターテインメント」の対義語は「純文学」である。「純文学」は「近代文学」の包摂概念、ないしは類義語である。つまり、作者は、初めから「近代文学」を目指してはいないのである。では、作者が試みたものは何か。おそらくそれは、大塚英志いうところの「キャラクター小説」、すなわち、「自然主義的リアリズムによる小説ではなく、アニメやコミックのような全く別種の原理の上に成立し」、「まんが的な非リアリズムによってキャラクターを描いていく」小説[38]ではなかったか。

「バッテリー」を④キャラクター小説と見なすとき、③やおい愛好者のための原作と見なすこととの関連もより理解しやすくなるだろう。なぜなら、やおいはそもそも既存の物語——小説や漫画、主流は漫画——から派生したサブジャンルであり、キャラクター小説もまた漫画を範とする小説技法、すなわち漫画のサブジャンルであるからである。したがって、中一にして一七〇センチを超え、大野豊でさえ軟式ボールでは投げ得なかった一四〇キロの速球を投げる巧も、その巧よりさらに豊かな体格を備える豪も、「方言ユーザー」青波も、新田東中野球部員それぞれに割り振られた「どこかで見たようなキャラクター」も、横手二中の瑞垣が大人顔負けの参謀であるのも、すべてキャラクター小説の原理に則った必然である。女性登場人物が「類型的」で個性を欠いていることもまた、やおい愛好者たちがもっぱら原作の男性登場人物にのみ熱い関心を寄せたことと無縁ではないと言い得よう[39]。

ここで、本作を③やおい愛好者のための原作として見なすときの問題点を、もう一点指摘しておきたい。問題の所在は、やおいが漫画のサブジャンルであること、その商業化されたジャンルであるＢＬがしばしば「有害図書」として扱われること[40]と関わる。作者が愛好者のための「のりしろ」をおそらくは意図的に作中に取り入れているであろうことはすでに確認した。これはすなわち、漫画のサブジャンルの技法を、講談社・日本児童文学者協会・小学館お墨付きの児童文学、かつ「近代文学」（純文学）が逆輸入しているという事態である。商業的な実績がどうであれ、学校や図書館的ヒエラルキーにおいては、児童文学を含む純文学は、依然として漫画やＢＬより上位にある。つまり、ＢＬは読者がお小遣いで買わなければならない。しかし、「バッテリー」なら親や図書館が買ってくれる。すなわち、「バッテリー」は、やおいの切り拓いた資源を、手法の面でも、商業的にも、横領しているのだと見なされよう。

ちなみに、作者は小学生時代漫画家になりたかったこと、手塚治虫の「恩恵」をうけ、青池保子の模倣をしたことを公言し[41]、現在まで愛読する漫画の一部として、萩尾望都『ポーの一族』、山岸凉子『日出処の天子』をあげている[42]。「バッテリー」における、③やおい愛好者のための原作、④キャラクター小説としての側面に関わる履歴といえる。やおいは、セクシュアリティの観点を外せば、原作者以外の作者による、続編・外伝・サイドストーリーと見なし得る。それ自体は「八犬伝」や「金色夜叉」の例をあげるまでもなく、文学史的に決して珍しいことではない。しかしながら、「バッテリー」において、作者は、サイドストーリーが生まれやすい設定を意識し、自ら二次創作を実行している。文庫判Ⅲ収録の青波の視点から描かれた「樹下の少年」、同じくⅣの三歳の巧を描いた「空を仰いで」、題名のとおり横手二中のバッテリーの物語であるⅤの「THE OTHER BATTERY」、さらに、瑞垣を視点人物とする続編『ラスト・イニング』（角川書店）は単行本として刊行された。これらは、やおい愛好者に向けてはサイドストーリーの想像＝創造をうながすメッセージとなる。と同時に、キャラクター小説としては、あるいは商品としては、「小説」が「キャラクター」の従属物になるという事態を招きかねないことを意味するだろう。

事態を具体的に追ってゆこう。『バッテリー』が野間児童文芸賞を受賞したことを機に、あさのは、児童書専門出版社での書き手から、大手出版社の人気作家へと進出していくことになる。児童向け新書版叢書である「講談社青い鳥文庫」への執筆を依頼され、世に送られたのが『テレパシー少女「蘭」事件ノート』シリーズ。ついで、講談社が新規に立ち上げたYAレーベル「YA! ENTERTAINMENT」の第一作として「児童書と一般書の枠を超えたエンターテインメントを」との注文のもとに、『№6』が生まれた(43)。さらに、良質な児童書出版社として名高い岩崎書店から、叢書「文学の泉」5として『The MANZAI』が、またポプラ社から、叢書「Teens' best selections」5として『ガールズ・ブルー』が刊行される。角川書店は『バッテリー』全六巻を文庫化すなわち一般書化し、漫画化し、映画化に関与した。初の成人向け小説『透明な旅路と』も同社からの刊行である。成人向け小説のうち時代小説の『弥勒の月』『夜叉桜』等は光文社刊。あたかも出版社ごとにジャンルの棲み分けの様相を呈している。

角川の文庫版「バッテリー」が、親本とは異なるエディションであること、すなわち、プロットはまったく変わらないが若干の本文異同をともない、装画も異なり、いわば文庫版特典として書き下ろし短編が収録されていることはすでに述べた。親本からの差異化は、読者の購買欲に訴えるための手段と見なし得る。言い募るならば、「附録」(＝本文ヴァリアント、装画ヴァリアント、書き下ろし短編)への所有欲が、読者をして文庫購入に走らせるのである。

この手法をさらに徹底したのが、新興出版社のジャイブである。玩具メーカーのタカラ(現タカラトミー)の系列出版社として二〇〇三年に設立、ロールプレイングゲームのノベライズ書などの刊行を主要事業としていたジャイブ(44)は、二〇〇四年、小中学生向け新書判レーベル「カラフル文庫」を創設。岩崎書店より既刊の『The

MANZAI』（一九九九年）を増訂のうえ収録、さらにあさのとの合意により、二巻目以降の書き下ろしシリーズ化が決定された。[45] 装画は、親本と同じく鈴木びんこの担当である。翌二〇〇五年、あさの作品に「児童文学の枠を超えた普遍性を感じた」ジャイブ編集者（当時）石川順恵が、「『The MANZAI』を中高生から大人まで、幅広い世代に手に取ってもらうため」、「大人向け青春小説のレーベル」として「ピュアフル文庫」（判型は文庫判）創設と、『The MANZAI』文庫版の刊行を企画する。決定していた配本は『The MANZAI』のみ、かつ、会社設立わずか三年目にしての事業展開を危ぶむ声を押し切り、一二月、『The MANZAI』一冊で「ピュアフル文庫」が立ち上げられた。二〇〇五年、この年は、一月に教育画劇版『バッテリーⅥ』が刊行されシリーズが完結、一一月には小学館児童出版文化賞受賞という年である。

危惧に反してピュアフル文庫版『The MANZAI』はただちに重版、二〇〇八年現在のデータで、当時までの既刊四巻累計一六〇万部を売り上げた。[46] ピュアフル文庫版『The MANZAI』の刊行にさいし、装画担当者として新たに起用されたのは宮尾和孝。決定にさいし、編集部員全員が持ち寄った候補の中で、宮尾の手がけたCDジャケットのイラスト画の「温かさと現代的な空気感」が、「『The MANZAI』が持つ雰囲気にピッタリ」として全員一致で採用されたというエピソード[47]は興味深い。すなわち、ピュアフル文庫版『The MANZAI』は、まさしく「ジャケ買い」されているという事実を物語るがゆえである。

ところで、あさのの既刊本を再刊するにあたって、新興出版社のジャイブが「ジャケ買い」という消費行動を狙ったのは、文庫版『The MANZAI』が初めてではない。小中学生向け新書判レーベル「カラフル文庫」から、『The MANZAI』を、親本と同じ鈴木びんこの装画で刊行したのは二〇〇四年三月。その同じ月に、新日本出版の既刊本『ほたる館物語』シリーズより、『ほたる館物語1』『ほたる館物語2』が、五月には『ほたる館物語

3』が、カラフル文庫のラインナップとして樹野こずえの新たな装画により刊行されている。樹野こずえは、『コミックボンボン』（講談社、一九八一～二〇〇七年）出身の漫画家。『コミックボンボン』は、ライバル誌『コロコロコミック』（小学館、一九七七年～）同様、玩具やゲーム、特に「機動戦士ガンダム」のプラモデルとのタイアップ漫画を中心に据えた、月刊児童漫画誌であった。つまり、漫画家のイラストをカバーに配したカラフル文庫版『ほたる館物語』シリーズは、漫画のキャラクターを用いた文具や玩具などと、「商品としては同じ水準にある」[48]。「あからさまにキャラクター商品として売られる運命にある」[49]。

国立国会図書館蔵書データベースで確認する限り、一九九一年、デビュー年のあさのあつこの著作は二冊。以降九八年までは、年に一冊ないしはゼロ、多い年で三冊といった刊行ペースである。九八年に『バッテリーⅡ』で日本児童文学者協会賞受賞の後、刊行冊数は漸増、とはいえ、年に二冊～五冊（『バッテリー』点訳を含む）程度であった。画期となるのは二〇〇三年一二月の『バッテリー』角川文庫版の刊行で、以後、〇四年一六冊、〇五年一九冊、〇六年二五冊、〇七年四二冊……と、累進的に増えていく。二〇〇七年は、三月に映画版が公開された年である。さて、その四二冊のうち多くを占めるのは、文庫化等再刊本・共著アンソロジー・漫画版・編著・監修本。目立つのはジャイブからの再刊本であり、講談社による自社既刊本の文庫化・漫画化も続く。

インターネット上では、すでに手持ちの既刊本が新装再刊されたさい、「装画のイラストに惹かれて」購入する、あるいは購入を検討中であるといった読者群を確認することができる。明らかに「小説」が「装画」に従属している事態ではあるが、これは一面で、「宝物」（グッズ）をコレクションするファン心理にも見なされる。とりわけ高校生以下の読者たちなら、お小遣いをはたいて、あるいは親にねだって、購入するケースも多いだろう。繰り返すが、「本」なら親が買ってくれるのである。その受益主体は誰か。敢えて言挙げするまでもない。

おわりに

以上、あさのあつこの代表作「バッテリー」を中心にその受容のありようを四点の視角から検討してきた。特に③やおいの原作としての観点は、『The MANZAI』および『No.6』にも敷衍可能であるが、もはや紙幅が尽きた。稿者自身は、「バッテリー」について、戦略としては高度な卓越性を認めつつ、しかし、否定的評価を表明する。また、『No.6』既刊分が描く巨大悪としての「国家」像、すなわち具体性や歴史性を欠いたその姿に危惧を抱く。抽象的な「悪」には、抵抗する方法論を見出しにくく、諦念を招きかねないがゆえである。

むしろ評価したいのは、『ほたる館物語』シリーズや『あかね色の風』『舞は10さいです。』『ラブ・レター』など、少女のみずみずしさを描いた初期作品群、『ガールズ・ブルー』の、いわゆるフツーの女子高生の姿、正統派ジュニア少女小説の系譜に連なると見られる『テレパシー少女「蘭」』シリーズの、蘭と翠の爽快なシスターフッドである。やや感傷的に述べるなら、元少女のひとりとして、作者の変遷と現在のありようを惜しむ。しかし、最後にひとつだけ、希望を述べて稿を了えたい。

ジャイブから再刊された『ほたる館物語』シリーズが、「キャラクター商品」として売られていることは先に述べた。しかし、『ほたる館物語』はキャラクター小説ではない。「大人の喜怒哀楽がそのまま子どものものであり、子どもの日々が大人の生活に密接にからまりあう世界、個としての尊厳を保ちながらフツーに生きる人々、そんな諸々をきちんと書きたかった」[50]という作者の志が、対象読者の年齢にふさわしい文体で、しかもリアリティを失わずに具現された児童文学である。同様の事態、つまりパッケージと中身の齟齬は、他の再刊本のいくつかにも指摘し得る。表紙の「キャラクター」に惹かれて手に取った読者にとっては、いわば「誤配」されたことになるそれらが、読者の新たな読書体験をひらくことを、切に、ねがう。

（1）辞典を参照するならその定義は、「十代の後半、あるいは成人期前半の人。未婚、既婚、男女の別を問わない。略してYA。高い消費能力を持つため一九七〇年代後半からマーケティング業界で使われ始めた。」（コンサイスカタカナ語辞典第四版、二〇一〇年一〇月）。
　小説ジャンルとしては、石井直人の説明を引けば、「もともとアメリカの図書館の分類から来ているとも言われ、定義は曖昧なのですが、大雑把にいうと十代の少年・少女を登場人物、かつ読者対象とした小説のことです」（あさのあつこ・石井直人「対談　十代をどう描くのか」『文学界［特集・大人のための児童文学］』五九巻一一号、二〇〇五年一一月）。

　すなわち、従来、出版社によって「ジュニア小説」「ジュヴナイル」などと銘打たれていたジャンルの、図書館学的呼称である。近年、一般には「ライトノベル」（略称「ラノベ」）と呼ばれることの多い小説群とも重なり、その定義・区分はいっそう曖昧になっている。

（2）小説の他に、漫画、ラジオドラマおよびそのCD、映画およびそのDVD二種、テレビドラマおよびそのDVDの各エディションが存在する。小説版については、点訳もなされている。

（3）それぞれの版元によれば、二〇一〇年三月現在、教育画劇版の全六巻累計発行部数は概算四〇万部、角川文庫版は、全六巻に『ラスト・イニング』（脇役の視点から描かれた後日談）を加えた七冊の合計が、公称七五〇万部である。ただし、おそらく文庫版はもっぱら購読者に私有され、対して単行本版は、地域図書館児童室、学校図書館などで、数十名の読者に閲覧されただろうことには配慮しておきたい。

（4）三木卓「受賞作の魅力」（『第五十四回　小学館・児童出版文化賞　要項』小学館・日本児童教育振興財団、二〇〇五年一一月）。

（5）皿海達哉「少年求道者・原田巧――『バッテリー』の意義と限界――」（『日本児童文学』四七巻二号、二〇〇一年三～四月）。

（6）管見の限り、野球を扱った小説（フィクション）は多くない。高名なのものとしては、佐藤紅緑「あゝ玉杯に花うけて」(『少年倶楽部』一九二七年五月〜一九二八年四月)、あるいは、阿久悠『瀬戸内少年野球団』(文藝春秋、一九七九年)などをあげ得るにとどまる。したがって、本稿においては、漫画等をも含めたカテゴリーとして「野球物語」と仮称することにする。

(7)「スペシャル対談! 三浦しをん×あさのあつこ 関係性マニアの作家たち。」(『あさのあつこ完全読本』河出書房新社、二〇〇五年一二月)。

(8) あだち充『タッチ』(初出『週刊少年サンデー』一九八一〜一九八六年)。単行本各種の総売上数は六五〇〇万部とされる。テレビアニメ、劇場アニメ、実写ドラマ、実写映画、ゲーム、ミュージカル化の実績がある。長澤まさみ主演の実写映画公開は二〇〇五年、興行収入一二億円。つまりは、現代における野球物語の定型と見なすことができる。

(9) 三浦が指摘するこの主題は、あさのが大げさに応じるほどには、読み取りにくいものではない。たとえば、『バッテリー』冒頭において、父親に「背がのびたな」と声をかけられた巧は、現在一六七センチで、昨年の夏には母親を追い越し、六年生の一年間で九センチ伸びたと答えることを「めんどうくさい」と感じ、日々走り込むことの必要性を「父に話してもわからないだろうし、説明する必要もない」と思っている。

しかし、Ⅱでは、自分の野球観について、「本当のことを、本当に自分が感じ、考え、思っていることを言わなければ通じない。豪に理解してもらいたい。」と考えるようになり、「豊かな言葉がほしい。自分の内にあるものをきちんと伝える術が」と切望するにいたる。Ⅲでは、野球部三年展西の「辛辣な批判」と「真摯」な問いかけに、内心で「どう言えば伝わるだろう。マウンドに立ったときの高ぶりを、血の騒ぎを、投げたボールが豪のミットに飛び込んだ瞬間に、身体の真ん中をつき抜ける感情を」と逡巡する。自らの内面と使用可能語彙との齟齬に悩むのである。

Ⅴでは、「言い過ぎたのはおれだと思う。悪かったな」と発言して、その変化によってチームメイトを驚かせ、さらに、Ⅵには以下のようなくだりがある。「心の内にあることを他人に伝えることの、この困難さ。言葉は口にしただけで、容易に変質して、想いをそのままに伝えてくれない。/曖昧にできるなら、適当でいいなら、伝えなくてすむなら、口をつぐんでいればいい。ありきたりの言葉で事足りる。しかし[引用注・豪に対しては]、そうはいかないのだ。/言いたいことがある。聞いて欲しいと願う。だとしたら、どうすればいい。ちゃんと伝わる言葉を探すしかないじゃないか」。作者自注「かけがえのない相手に出会ったときに、その人と結びついていこうとするには言葉以外、ない」を、もっとも明確に示した箇所といえよう。

(10) 北上次郎「小説を読む喜びがぎっしりつまっている」(『小説トリッパー』二〇〇四年秋季号、二〇〇四年九月)。

(11) 角川文庫化によって、児童書コーナーにゾーニングされていた教育画劇版は、駅構内の売店にまで置かれるようになった。ただし、個人での購入は、その後の文庫の続刊に流れていったと推測される(教育画劇現担当編集者の回答による)。

(12) ちなみに、『本の雑誌』増刊『おすすめ文庫王国　二〇〇四年度版』(二〇〇四年一二月)において、「バッテリー」角川文庫版既刊分が「『本の雑誌』が選ぶ文庫ベストテン」第一位を獲得。周知のように北上次郎は、二〇〇一年まで同誌の発行人、以降は顧問をつとめる人物である。

(13) 二松学舎大学東アジア学術研究所共同研究プロジェクト「日本文学の「女性性」」第四回公開ワークショップ(二〇〇八年二月九日)。

(14) 二〇〇七年度日本女子大学国語国文学会秋季大会での講演における作者コメント(日本女子大学国語国文学会『研究ノート』三六号、二〇〇八年二月掲載)。

(15) 前段落およびここまでの内容は、前掲注(1)、あさのあつこ・石井直人「対談　十代をどう描くのか」から摘記引用した。

(16) その他、ちなみに、二〇〇四年五月に開催された日本児童文学者協会研究会において、「鳥越信は『バッテリー』について、関西で文庫活動をしているおばさんたちの間で「登場人物の誰が好きかで熱い議論になる」と発言し」「それに対し「どの登場人物が好きかでは議論とは呼べない」といった会場の声が上がった」という(佐佐木江利子「小さく猛々しいもの――あさのあつこ『バッテリー』の身体性――」『ネバーランド』一、二〇〇四年一一月)。

(17) 前掲注(7)、三浦しをん・あさのあつこ対談における司会進行者(無記名)の発言。

(18) 三浦しをんは、前掲対談において「「そうじゃ」とか言われると、預言者めいているんですよ」と述べている。

(19) 「バッテリー」の「通俗性」をめぐっては、佐藤宗子に次のような発言がある。「『バッテリーⅡ』は、視点と語りの関係が不安定な点、また結末近くの「敵」の置き方がどうにも気になるが、この中の通俗性の貫徹こそ何かを今日新たに開きうるだろう」。これは、『バッテリーⅡ』に与えられた日本児童文学者協会賞の選考評における発言で、佐藤は、自身は該当作なしとして投票したことも言明している（『日本児童文学』四五巻四号、一九九九年七〜八月）。

（20）前掲注（14）に同じ。

（21）あさのあつこ「『少女の友』は、夢と現実をうまく行き来するルートを作っていたと思う」（『『少女の友』創刊100周年記念号——明治・大正・昭和ベストセレクション——』実業之日本社、二〇〇九年三月）。

（22）付け加えるなら、実情とかけ離れた少年の表象は、実在の少年および男性をも疎外するものであることはいうまでもない。

（23）藤本純子「女が男×男を愛するとき　やおい的欲望論・試論」（『ユリイカ［総特集腐女子マンガ大系］』三九巻七号、二〇〇七年六月）。

（24）オリジナル作品のキャラクターとの同一性の表徴を保持しつつも、しばしばパロディ化をともなう。たとえば、原作では八頭身の登場人物を二頭身で描くといった手法が典型的である。

（25）この点に限っていえば、イヴ・K・セジウィックが *Between men: English literature and male homosocial desire*（1985、邦題『男同士の絆　イギリス文学とホモソーシャルな欲望』上原早苗・亀澤美由紀訳、名古屋大学出版会、二〇〇一年二月）によって理論化した読解手法を、同時代の日本人一般読者が素手で摑み取ったということになる。意義深い事実である。

（26）栗原知代「概論1　耽美小説とはなにか」（柿沼瑛子・栗原知代編著『耽美小説・ゲイ文学ブックガイド』白夜書房、一九九三年四月）。

（27）溝口彰子「それは、誰の、どんな、「リアル」？　ヤオイの言説空間を整理するこころみ」（『イメージ&ジェンダー』四号、二〇〇三年一二月）。

（28）「レーベル」とは、すなわち「ラベル」、つまり本来はレコードの中央部に貼られた、曲名・演奏者などを記した円形の紙であり、転じて、レコードの制作・販売にあたる会社やブランド名を意味する。辞書的な定義はここまでに留まっている。しかし、ファッションブランド、また、従来の日本語でいうところの「叢書」の意としても用いられているのが現状である。ただし、私見では、その語感はいわゆる純文学の「叢書」にではなく、漫画、ＹＡ、ラノベ、ＢＬなどのそれに対して出版社や読者が用いる呼称である。

(29) 溝口彰子「妄想力のポテンシャル　レズビアン・フェミニスト・ジャンルとしてのヤオイ」(『ユリイカ』三九巻七号、二〇〇七年六月)。
(30) ただし、現実はもう少々複雑である。つまり、BLを愛読する男性読者は、ホモセクシュアル、ヘテロセクシュアルのセクシュアリティの別を問わず、一定程度実在する。
(31) 渡辺由美子「青少年漫画から見る「やおい」」(『ユリイカ』三九巻七号、二〇〇七年六月)。
(32) 「本よみうり堂　著者来店「バッテリーⅠ～Ⅵ」あさのあつこさん」(『読売新聞』二〇〇五年二月二〇日)。
(33) 「読者からの質問にお答えします。」(前掲注(7)『あさのあつこ完全読本』所収)。
(34) やおい、BLを愛好する女性のこと。本来は自称詞である。つまり、「負け犬」同様、蔑称をあらかじめ引き受けることで、自らのアイデンティティを担保する戦略的呼称である。三浦にはBLをめぐるエッセイ集『シュミじゃないんだ』(新書館、二〇〇六年一一月)ほか、関連対談および座談、エッセイ等が多数存在する。
(35) 前掲注(19)参照。
(36) 藤田のぼる「日本児童文学者協会賞・選考評」(『日本児童文学』四五巻四号、一九九九年七～八月)。
(37) 前掲注(1)あさのあつこ・石井直人「対談　十代をどう描くのか」より引用。
(38) 大塚英志『キャラクター小説の作り方』(講談社現代新書、講談社、二〇〇三年二月)。
(39) 季刊文芸情報誌『活字倶楽部』(雑草社、略称「かつくら」)あさのあつこ特集号(三六号、二〇〇五年冬)には、投稿欄「お薦め!あさの作品」「PUSH!!　惚れた!　キャラクター」「あさの作品の魅力」に、読者により描かれた人気作登場人物のイラストが多数掲載されている。「キャラクター小説」ないしは「やおいの原作」としての受容状況を傍証するものといえよう。文章の投稿を含め、明記されている年齢のうち最年少は一四歳、最年長は二七歳。年齢無記入の者の多くは、おそらく三〇代以上と推測される。
(40) 二〇〇八年、一市民の要望により、大阪堺市立図書館が架蔵するBL小説をめぐって、廃棄あるいは一八歳未満貸出禁止などの措置をとるべきだとする議論が起こったという報道(同年一一月)は記憶に新しい。
(41) 「ロングインタビュー　きっと、一人でも書いていた。」(前掲注(7)『あさのあつこ完全読本』所収)。
(42) 「あさのあつこが選ぶ、とっておきの本たち」(同前)。ちなみに、青池・萩尾・山岸は前述「二十四年組」のメンバーであり、「ポーの一族」(一九七二〜一九七六年)は、少年の姿のまま永遠の時を生きる吸血鬼エドガーの物語、「日出処の天子」(一九八〇〜一九八四年)は、厩戸皇子と蘇我毛人の同性愛的葛藤をモチーフとする。

(43)「青い鳥文庫」への依頼は、野間児童文芸賞の社内選考委員のひとり、編集者の阿部薫による。阿部はその後異動、「YA! ENTERTAINMENT」の創設スタッフとなる。引用は阿部の発言である(「証言、アバウト、あさのあつこ」前掲注(7)『あさのあつこ完全読本』所収)。

(44)二〇〇六年四月、タカラトミーの経営合理化の一環として、株式はポプラ社に売却され、ポプラ社の傘下となった。これにともない、カラフル文庫およびピュアフル文庫の新刊は、「ポプラカラフル文庫」「ポプラ文庫ピュアフル」として刊行、既刊分は重版のさいに順次名義変更されている。

(45)「人気シリーズはこうしてできた! あさのあつこと編集者の奮闘記」(『編集会議［特集：あさのあつこと編集者『バッテリー』になる秘訣］』八八号、二〇〇八年七月)。

(46)以上、ジャイブピュアフル文庫からの『The MANZAI』刊行事情、データ、および引用は、前掲注(45)に同じ。

(47)「作品世界にぴったりのイラストレーターを発掘するまで」(前掲注(45)『編集会議』)。宮尾和孝は一九七八年東京生まれのイラストレーター。すなわち、刊行当時の宮尾の年齢は、ピュアフル文庫の想定読者層と合致する。また、宮尾の起用にさいして参照されたCDジャケットは、宮尾の友人の所属するロックバンド「GOING UNDER GROUND」のものと推定できる。

(48)前掲注(38)に同じ。

(49)同前。

(50)「あさのあつこ全作品自作解説」(前掲注(7)『あさのあつこ完全読本』所収)。

〔付記〕本稿脱稿後、角川つばさ文庫より『バッテリー』新エディションの刊行が始まった。二〇一〇年六月から一二月の間にⅢまでが流通している。本文は、教育画劇版と角川文庫版の双方を親本とし、「漢字にふりがなをふり、一部を書きかえて読みやすくしたものです。」(原文総ルビ)というものであり、装画および挿画は二種の既刊本と同様に佐藤真紀子による。装画は描き下ろし、挿画は教育画劇版の再録である。

角川つばさ文庫は、二〇〇九年に立ち上げられた、小学校上級からヤングアダルトを対象とする新書版のレーベルである。そのラインナップは、赤川次郎『セーラー服と機関銃』に代表される三〇年前の自社刊行ジュブナイル小説の再刊、ライトノベル、『バッテリー』等のベストセラー、アトムやゲゲゲの鬼太郎あるいはケロロ軍曹といったアニメからNHK大河ドラマ龍馬伝までのノベライズ、宇宙飛行士山崎直子の自伝などノンフィクション、『走れメロス』や『名探偵シャーロックホームズ』などのいわゆる名作にまでおよんでいる。

「発刊のことば」を摘記引用すれば、「セーラー服と機関銃」など、「角川文庫と映像とのメディアミックスによって、「読書の楽しみ」を提供してきました」と謳う角川グループが、「角川文庫創刊60周年を期に」、「文庫を読む前のさらに若いみなさんに、スポーツやマンガやゲームと同じように「本を読むこと」を体験してもらいたい」として創設したものであるという。

本稿を成すにあたり、多くの方々にご教示とご協力を賜った。香藤裕紀氏（小学館出版局児童・地図編集部）、越川麗子氏（角川書店編集局第四編集部）、佐々部純子氏（財団法人日本児童教育振興財団事務局長）、徳永真紀氏（教育画劇編集部）、根本篤氏（ポプラ社一般書編集局文庫編集部）、宮川健郎氏（武蔵野大学）、山室秀之氏（講談社児童図書第一出版部）。深く御礼申し上げる。

ライトノベルの方へ

目野由希

はじめに

本稿では、本書のもととなった「日本文学の「女性性」」ワークショップで出た議論のうち、ライトノベルについて、当時の議論をうけた評論を試みる。女性性表現に関して議論となったライトノベルのようなサブカルチャーについての議論は、ワークショップの最大の聞きどころであった。詳細は各発表者のご論考に譲るが、後述の理由により、おそらく本書では、当時の口頭発表の内容のすべては確認できないと思われる。本稿では、それらを可能な範囲で補足しつつ論じたい。

ここでは、ライトノベルの先行論や関係文献を十分紹介する余裕がないが、本論に入る前に、ライトノベル研究会とその成果にだけは、簡単に触れておきたい。

「日本文学の「女性性」」と重複してライトノベル研究会の活動があり、またその成果発表として、一柳廣孝・久米依子編著『ライトノベル研究序説』（青弓社、二〇〇九年）が刊行されている。同研究会については、『日本近代文学』第七八集（平成二〇年五月号）や『昭和文学研究』第五八集（平成二一年三月号）で、前掲書の紹介とともに、ライトノベル研究の切り口の多様性が提示された。ここでは、ライトノベルにおけるジャンルの多様さや混交、メディアミックスの状況を含んだ議論が提案されている。

久米は、『日本近代文学』での大島丈志の発言を要約するかたちで、「研究会の基本的な方向性は、「文化現象」としてのライトノベルの「市場が拡大し影響力が増す」中で、「文学研究の立場から」「研究の可能性」を見出そうとするもの」(「ライトノベルと近代文学は異なるか——文学研究の新しい課題——」『昭和文学研究』第五八集、九三頁)と述べる。

では、「日本文学の「女性性」」ではどうだったか。こちらでは、大島や久米らとは異なる方向の議論となった。ただし当時は、それほど明瞭な結論は出なかった。

まず、当時の議論の一部を本稿の目的に添って整理し、さらに、目野の見解を併せ、次のようにまとめてみる。

出版社にとっては、かつてないほど組織的なマーケティングを可能とするインフラが整備された時代となった。同時に、出版社の業務内容と連携先は多角化し、小説の販売促進も、マンガやテレビ、アニメ、ゲーム、インターネットその他とのメディアミックスを前提とした販売形態が定着した。読者層も、学校や家庭の生育環境から離れた各種メディア経由で、文学場・芸術場を想像的に構築する時代になった。付言すれば、出版社の外の人間でも、本格的な同人誌作成・製本・流通を可能とするインフラが整備された時代でもある。

そのため、大島や久米の言を借りて表現するなら、目利きの保証を受けた作家性や作品性抜きで、講談本や貸本漫画レベルでの日本の伝統文化の継承・背景も持たず、マンガやゲームやアニメとのメディアミックスの定着・流通を前提とする複合的な大衆読み物について、出版社の経営戦略が先導して形成する、文学場・芸術場の「市場」が成立して、「拡大し影響力が増」したのである。

もちろん、実際の作家や出版社や愛読者にとっては、作家性がないなどということはない。しかしライトノベル作品の成立には、出版社や批評家や編集者の眼・手よりも、市場調査やマスメディア、その動力源である購読者（購買者）層の性的抑圧傾向・嗜好などの方が、決定権を握っている。したがって、これまでの近代文学と異なり、教養ある知識人による高度な批評行為がなされても、その批評が優れた「芸術場」の構築に資するとは、まず考えられない。

さらに、この「市場」は肌理《きめ》細やかなマーケティングに基づき、性的ファンタジーの分類と商品化を極めて効率的に、かつ廉価に行う。性的弱者（若い男性とは限らない。研究会では、女性とこの市場の関係についての議論が行われた）は、このシステムに簡単に各種の性的抑圧を投影でき、参入が容易である。「市場」なので、地理的条件を問わず、限りなく拡大可能である。

学校教育や家庭環境などによる権力関係とは、違う種類の力をもつ「市場」である。メディアミックスと市場原理は、「文学研究の立場」にある人間や各種文化人たちよりも、はるかに広大な地域と時間に力を行使できる。組織的に・旧いメディアを通じて・教育活動を通して伝えられてきた近代文学の概念で、日本文学研究者がこの「市場」にアプローチし、近代文学の領域に組み込むのは、困難なのではないか。

右記の理由で、文学研究者がライトノベル批評やマンガ批評にためらいを覚えるのは、必ずしも、保守的とばかりは言いきれない。名前を特定できるほど少数の出版関連企業による、特定の市場へのマーケティング戦略のありかたや、資本主義とセックスの関係性について考察するのは、どちらかというと、社会学や人類学の領域に属する。

ワークショップでライトノベルについて議論されたさい、もっとも重要だったのは「文学研究から、どのようにライトノベルを解釈できるか」ではなかった。むしろ、出版社による販売戦略とマーケティングが、いかに性的抑圧や性的嗜好・（結果的に）女性向けポルノグラフィとなる作品を生産し・消費させ・拡大再生産の流れを作っているか、またこの市場の需給関係から、いかに日本の女性の性的抑圧構造が透けてみえるか、だったのである（この点については、ワークショップにおいて中村和恵が、檀上りく『聖少年』や志村貴子『青い花』などをとりあげて論じた）。

ワークショップを離れた、研究や批評のありかたについても、類似するケースをあげられる。サブカルチャーに関して、目利き鑑賞者としての四方田犬彦や、実作者兼理論家としての大塚英志や、文学・文化研究者兼教育者としての久米依子や一柳廣孝らの活動についていえば、それぞれ、その存在意義は明瞭である。

一方、ライトノベルや二次創作、ゲームやアニメ、その他もろもろについての批評を積み重ね、批評的強度をもつ「場」を構築しようとしている哲学者としての東浩紀のたゆまぬ努力は、サブカルチャー文化全体を強力に牽引する市場原理とは沿っていないため、文芸評論活動やその活動の若手支援に比して、結実しにくいのではないかと想像される。

一　ライトノベル批評のリスク

ライトノベル解釈について、先行論と異なる解釈が可能になる点として、本稿では次の三点をあげたい。

①もしライトノベルを、「芸術場」・表現活動ではなく、表現から離れ、マーケティング戦略から生まれた一種の「市場」と解釈した場合、「ライトノベルの実例や関係データを集積しながら、帰納的にそれらの特徴を定義し、近代文学との相違点・共通点を考察する」というこれまでの議論の方向性を大きく転換し、もともとは、ライトノベルでも二次創作でもなかった作品が、出版社のマーケティングや、営利的な同人誌活動などの資本主義的システムの管理下に、より強力に再配置された結果、ライトノベルや二次創作など、サブカルチャーの方向に大きく変容していく事例があるという現象についても、合理的に論じることができる。

②『ライトノベル研究序説』で山中智省が指摘した「ライトノベルは小説というより、キャラクター商品として受容される」「マンガ・アニメ・ゲーム・二次創作・一般文芸等は、それぞれライトノベルと密接に連続している」等の特徴は、ライトノベルが自律的に生み出している価値というよりは、オタク市場を熟知した市場原理から生まれた文化ゆえに帯びている特徴と理解するのが、より妥当なのではないか。その意味で、ライトノベルとその周辺ジャンルを弁別するのは本質的な問題ではない。また、ライトノベルを論じてオタク論にいたる議論も、それほど重要ではない。マーケティングが読者層をより詳細に描き出して商品に反映させ、この商品を購入する読者層を、より拡大していく、という市場原理が、ジャンルと読者を、それぞれ拡大再生産しているのだから。

③ライトノベルについて、「文学研究の立場から」「研究の可能性」を見出そうとする努力は、果たしてどこまで有効か。この件については、文学研究者や教師、文芸評論家・批評家は、より慎重になってもよいだろう。なぜなら、研究と教育の現場でライトノベル研究を扱うことには、左記のリスクもともなうため。

ライトノベルについて、文学研究者が読者論や作品論、作家性、その芸術的価値などを分析し、それらを総合して結論をまとめてみても、実際には、マーケティングによって人為的に形成されたひとまとまりのグループ（読者層・文庫・作家性・ファンタジー表現）について、同語反復的な評論活動を行うだけになってしまう。さらに「「文学研究の立場から」「研究の可能性」を見出そうとする」「文学研究者」は、研究・教育の制度に位置を有する以上、好むと好まざるとに関わらず、カノン形成にむかってしまう。その上、こういう立場にある研究者が、ライトノベルとその関連ジャンルについて論じ続ければ、資本主義的市場原理によって拡大再生産された性的抑圧やルサンチマンや差別構造、特にいくつかの出版関係会社によって再構成されたそれを、教育者の権力をもって補強しながら学生や読者に配布し続けるという、一部企業の下請けさながらの性的抑圧再生産に陥るのではないか。

先ほど簡単に言及した、ライトノベル隆盛に日本の女性の性的抑圧を見る、というフェミニズム論の場合を考えてみよう。最初から読者層をきれいにマーケティングされたライトノベルから、日本の女性の性的抑圧構造を確認する――たとえば、ライトノベル一冊に八八〇円支払える二〇代後半以降の女性層をターゲットにした、彼女たちが手に取りやすい装丁と文庫で、性欲も恋愛感情も持たない若い美青年が主人公で、女性が抑圧されるシチュエーションを慎重に回避したシリーズものの物語を、文学研究の立場から分析する――というのでは、その考察内容は、どうあがいてもトートロジーに陥るだけである。しかもライトノベルの読者たちは、各種のライトノベルの文庫が、アンケートやマーケティングで読者層を厳密に絞り込み、細分化と階層化を行った上で新設されている、と研究者以上に、実感としてよく理解している。

本稿の冒頭で「本書では、当時の口頭発表の内容のすべては確認できないと思われる」と述べた理由は、こうした考え方を含む複数の理由から、発表者たちが、当時の口頭発表の内容をそのまま論文化するのをためらっていたからである。

新しいテクノロジーが発明され、次第に進化・普及しても、価値基準がその新しさにふさわしく変化するのは、常に最終段階である。それまでは、古い価値観を引きずり、新しい技術にあてはめてしまう。テレビやゲーム、アニメ、マンガの文化を背景として進展したライトノベルをいかに評価するかという問題は、むしろ「文学研究の立場」を切り捨て、新たな市場に適した言葉を探していく方向に見出すべきではないか。

もしライトノベルに、昔ながらの「研究の可能性」を見出そうとするなら、近世文芸の一部や講談本や貸本マンガのように、書誌作成から始めればいい、という考え方もあるかもしれない。個々の作品の芸術的な価値がさほど高くないと予めわかっている資料でも、地道に書誌調査を継続すれば、日本文学史に連なる鉱脈を掘り当てられるのでは、という意見もあるかもしれない。しかし、ライトノベル研究では前述の特徴から、それも期待薄である。ライトノベルへの書誌作成を通した調査研究は、これまで行われてきた日本文学研究とは、別の成果を生むであろう。

ただし、ライトノベル研究にはまったく取り組むすべがない、とはいわない。本稿でも、実例をあげて論じたい。

二　管理社会について

「もともとは、ライトノベルでも二次創作でもなかった作品が、出版社のマーケティングや、営利的な同人誌活動などの資本主義的システムの管理下に、より強力に再配置された結果、ライトノベルや二次創作など、サブカルチャーの方向に大きく変容していく」現象について。

これはワークショップで、藤木直実があさのあつこ論を展開したさいに確認された、特記すべき着眼点である。あさのあつこは本来は、そして現在も、正統的児童文学者である。だが、出版社のライトノベル系の文庫に収録され、改定版が出され、同じテキストが装丁だけをライトノベル風に変えて刊行され、二次創作物が流通し……といった経緯を経て、次第にライトノベル作家としての顔も獲得する。藤木はその経緯を、あさのあつこ作品の書誌を丹念に確認しながら論じた（本書藤木論文参照）。

あさのあつこ作品の大ヒットの契機は、マンガ表紙の装丁である。この時点、そしてマンガ化や叢書化が、あさのが出版社によるライトノベル化とマーケティング戦略に組み込まれてゆく、クリティカルポイントとなった。あさのは、二〇〇〇年代前半までは、メディアミックスとは無縁の、むしろ教育的な立場から書いていく作家であった。それが、二〇〇〇年代半ば以降は市場原理にもまれ、文庫化やマンガ化を進展させてゆくことになる。

久美沙織『コバルト風雲録』（本の雑誌社、二〇〇四年）によると、ライトノベルが古典的な挿絵画家による表紙からマンガ絵による表紙に装丁を変更したのは、偶然の結果ではあった。しかし一度成立し、購読者の反応がよくて収益に結びつけば、ライトノベルの表紙としてマンガは定番になる。近世文芸のように、装丁もジャンルを規定する様式になりうる好例だ。

二〇〇七年六月末に起きた、ひとつの「事件」を思い起こそう。集英社文庫では、太宰治『人間失格』の表紙を、マンガ『デスノート』著者の小畑健によるイラストとした結果、売り上げが一か月半で七万五〇〇〇部を超え、新聞がニュースとしてとりあげるにいたった。この後、周知の通り、『伊豆の踊り子』などの典型的な日本近代文学作品も、マンガを表紙とした文庫で販売される。これは、報道では唐突な日本近代文学の椿事のように扱われていたが、実際にはむしろ、あさのあつこらの販売実績の成功例を踏襲した、集英社の計画的販売戦略と解釈すべきである。

同時に、久美前掲書の指摘する、久美がコバルト作家となった経緯を鑑みれば、現在「角川ビーンズ文庫」や「ガガガ文庫」がひろく作家を素人読者から募集する事情（＝本格的な作家養成というより、読みやすい商品を廉価で書いてくれる、若い書き手を常に求めている）も、より理解しやすくなる。

ライトノベルとは、テキストのジャンル分類によって決定される「読みやすい若者向けのお話の一種」ではない。出版社の販売戦略のなかから浮上してきた「市場」の一種なのだ。本来はライトノベルではなかった小説作品が、出版社によるマーケティング戦略で文庫に編入され、書店や出版社の実施するアンケートで続編発行の有無が決定され、ライトノベルの文庫に組み込まれ、同人誌マーケットに組み込まれ、二次創作やマンガ化を経て、ライトノベルへと変容していく。小畑健表紙の『人間失格』に先駆け、あさのあつこが「市場」に再配置されてライトノベル作家となり、小畑健表紙の『人間失格』以降、集英社文庫のライトノベル化が進展する。この「改版」「装丁変更」によるサブカルチャーへの接近と市場拡大は、後述の篠田真由美にも適合する特徴だ。

出版社が、編集者の解釈や勘のような、合理的な説明の難しい前近代的な要因から、アンケートや売上データ等のマーケティングを重視した近代的経営にシフトすればするほど、この傾向は強まるだろう。

二〇〇九年一二月二五日付の『週刊読書人』では、「二〇〇九年回顧」のうちの「サブカルチャー」の項を担当した切通理作が、「マンガ人気の凋落とライトノベルの人気」と題する回顧を行っていた。この項では、出版社によるメディアミックス戦略の勝利としてのライトノベル人気と、二〇〇九年のサブカルチャーにとって重要な概念が「パラレルワールド」であったとの指摘がなされている。しかし前述のように、ライトノベルは本来、出版社のメディアミックス戦略に沿って刊行されるものである。従来通りの文芸評論のスタイルにのっとって、「ライトノベルの隆盛はメディアミックス戦略の成功」などと論じれば、単なるトートロジーとなってしまう。切通の記事でも、ライトノベルとメディアミックスについて論じた箇所は、事実上の同語反復であった。

文学研究者や文芸評論家がライトノベルを考察しても、結果的に、出版社のマーケティング戦略の二番煎じのような文になってしまう。これは、必ずしも切通という評論家個人の問題ではないと考えられるのだ。

次に、ボードリヤールやリオタールを援用しない、オタク系文化のポストモダン的特徴について。オタク系文化が、ポストモダン的社会構造を反映しているとみなすのが妥当かどうか判断するのは、稿者の任ではない。ただし、これに関して中川成美が行った発表と質疑は卓抜だった。

中川の発表自体はサブカルチャー論ではなかったのだが、それまでのワークショップをうけて、質疑はサブカルチャー論にも及んだ。ここで稿者は、改めて氏のセンスに脱帽させられることとなった。

同氏は、コミックマーケットの巨大な会場が、日本のオタク系文化商品の購買者たちの性的ファンタジーを、極限にまで詳細に分類しつくしている、その「分類」ぶりに着目して解説し、ドゥルーズを援用した発表を締めくくる質疑の回答の一部としたのである。

この説明は、出版社や同人サークルや同人誌販売業者や購買者層各々が、驚くべき熱意で性志向の「差異」を細分化し、生じた「差異」を新たな商品として極小のマーケットとし、さらにこの極小マーケットごとに新規読者をふりつけ、さらに読者アンケートやマーケティングで、より小さな「差異」を求めていくエネルギーが、眼前にみえるように鮮やかであった。

前述の「パラレルワールド」や二次創作同人を創出する動機づけなど、これまでオタク系文化圏の特徴として論じられてきた特徴は、基本的に、この「市場」が性志向の多様性の分化を、新規マーケット開拓のロジックと同期させているがゆえの特徴なのではないだろうか。

性的「差異」の無限の多様性が、資本主義とマーケティングの局面で息を合わせて枝分かれした結果が、オタク系文化の特異性の特徴なら、この文化の消費者の風体や性志向など、本質的な問題ではない。人間のもつ性的嗜好の無限の多様性や、個々の嗜好の異常性の程度の差など、改めて論じるようなテーマではないからだ。

本稿はライトノベルを論じていながら、ボーイズラブも百合も論じないのだが、その理由は、これらはいずれも「差異」の範疇の問題だと考えるためである。

微に入り細を穿った性的・また性的ではないファンタジーの無限の多様性が、コミックマーケット会場・同人誌愛好者のためのサイト、二次創作群、同人誌ダウンロード販売仕様などに、レース模様さながらの細かさで分類され、膨大に活字化・画像化される。そして市場原理に従い、これまでになく効率よく、大量に購買者に捌かれる。こうした生産様式が進展すれば、市場の側が、オタク系文化圏の消費者たちのファンタジーを、何度でも新たに規定し直してゆくだろう。市場規模の拡大が一定の閾値《きよくち》を超えれば、やがては、これまでの出版スタイル全体が変容するにいたる。小畑健による『人間失格』表紙も、ボーイズラブや百合のグラデーションが論じられる場も、次第に常識となるだろう。

宮崎勤事件以降、「性的サブカルチャー商品を大量に個室にコレクションする若者」は、変質者予備軍のイメージとして定着した。ただし、彼が「変」なのは、彼のもつ性的ファンタジーが「変」だからではない。自然な性的ファンタジーの正解など、そもそも存在しないのだから。彼が「変」なのは、市場メカニズムによって間接的に決定された制度としてのサブカルチャー市場に回収され、再配分された性的ファンタジーや、それを購入するための極度に市場原理主義的なメカニズムに、忠実に従いすぎた行動をとるからだ。

カール・ポランニーの経済人類学の優れた着眼点のひとつは、実際には労働や家族制度（または性的活動）は、それほど市場原理にばかり縛られているわけではなく、資本主義社会にあっても驚くほど「混合的」な動機によったままだ、という指摘にあった。

ひとはしばしば、自らの生きる雑多でまとまりのない現実のなかから、偶然、「混合的」な動機で、恋愛や結婚などを行う。ただし、もしこの雑多な現実にそのまま身を委ねず、自分の性志向を（コミック）マーケットの分類原理に従って整頓し、明晰に割り出し、自分の好みに適するファンタジーを膨大な選択肢（ボーイズラブでも百合でも、痴漢でも、主従関係でも、「属性」は何でもありだ。サドからフロイトを経て、東京のコミックマーケットにいたる倒錯の目録）から見出してすり合わせ、自分の資力を鑑みつつ、体系的に商品を購入する……というオタク文化的行為を選択するなら、それは変態的というより、資本主義と市場原理に過剰適応した姿といえるのではないか。

手塚マンガなどの「スター・システム」は、確かに少し歌舞伎に似て、「セカイ」を構成している。しかし、歌舞伎愛好者はオタク系文化消費者と異なり、たとえば、「赤姫」に類型化された可憐な若い女性像を愛するのではない。それより、「赤姫」という類型を演ずる市川春猿という「特権的身体」、劇場の華やいだ雰囲気、伝統の力、観劇の高揚感などを、「混合的」に愛しているのである。ニンを持たない「赤姫」なる存在を好むのは、分類・整頓・分析などを経て、紙の上から歌舞伎に接近していく国文学者や、古典愛好者、生真面目な人などだ。

ニンを持たない「赤姫」なら、オタク系文化圏の日本的なお姫様像のアイコンとなるだろう。

大塚英志らの指摘する、歌舞伎の「世界」とオタク的「セカイ」の相違点とは、受容側にあるのではないか。歌舞伎的「世界」の愛好者は、オタク的「セカイ」の愛好者ほど、合理的ではない。

三　「建築探偵桜井京介の事件簿」のジャンル変容

具体例として、篠田真由美「建築探偵桜井京介の事件簿」シリーズ（以下「建築探偵」）について、簡単に論じたい。

篠田は典型的・代表的なライトノベル作家ではない。「本格ミステリの書き手」「あの『幻想文学』誌上で、小説とエッセイを同時に執筆した才女」「近代文学とイタリアを愛する人気作家」等の評価の方が、彼女の経歴上、適切な筈だ。

篠田には、『根の国の物語』（中央公論のC-novels fantasia版では、一九九六〜一九九七年。角川書店の角川ビーンズ文庫収録版では二〇〇三年）という、典型的なライトノベルのシリーズ作品はある。が、「建築探偵」は、本来、ライトノベルとして書かれた作品ではない。作者も、「建築探偵」がボーイズラブ小説に読み替えられがちなことを、積極的に望んではいないとホームページで吐露する。

しかし、それでも本稿でここまで論じてきたライトノベルの特徴を考えるには、篠田と「建築探偵」は、興味深い事例なのである。

篠田の場合、あすかコミックDX（角川書店）から刊行されたマンガ化作品（『捻れた塔の冒険』『井戸の中の悪魔』

『桜闇』）・番外編・登場人物や架空の小島などの小説設定から派生した別のシリーズ小説、建築ガイドなどの関係作品が刊行された作品は、「建築探偵」を母体としているのだ。また、残念ながら未確認だが、篠田のホームページによると、二次創作の同人作品も「建築探偵」に基づく内容のようである。

篠田は他に、二〇〇一年から祥伝社ノン・ノベルから「龍の黙示録」をシリーズで刊行している。こちらは、祥伝社文庫にも改訂収録されているが、「建築探偵」のようにマンガ化などはされていない。

本稿の主旨からすれば、篠田のライトノベルとしてより重要なのは、作者が自覚的にライトノベルとして書いた『根の国の物語』ではなく、出版社と読者が作者の意図に反して、マンガ的・ボーイズラブ的に「誤読」されたり、番外編を産んだりしてしまう「建築探偵」の方、となる。ちなみに「建築探偵」も、講談社ノベルスで刊行された後、順次、改訂されて講談社文庫に収められている。これも出版社による「再配置」だが、この「再配置」はライトノベル独自の特徴ではない。ただ、篠田のシリーズ作品が次々に「差異」を生み出し拡大してゆく経緯には、ライトノベル以前の時代の出版社が採用していた方法も含まれる、という点だけ確認すればいいだろう。

さて、「建築探偵」と篠田真由美である。このシリーズは本編が第一・二・三部に分かれ、二〇一一年に、一五編目『燔祭の丘』で完結予定である（番外編は別）。本シリーズでは、京介・蒼・深春、そして下町育ちのイタリア建築専門家、W大教授神代宗の四人が、建築に関わる事件を解決に導く。第一部は『未明の家』（一九九四年）、『玄い女神』（一九九五年）、『翡翠の城』（一九九五年）、『灰色の砦』（一九九六年）、『原罪の庭』（一九九七年）。第二部は『美貌の帳』（一九九八年）、『仮面の島』（二〇〇〇年）、『月蝕の窓』（二〇〇一年）、『綺羅の柩』（二〇〇二年）、『失楽の街』（二〇〇四年）。第三部は、『胡蝶の鏡』（二〇〇五年）、『聖女の塔』（二〇〇六年）、『一角獣の繭』（二〇〇七年)、『黒影の館』(二〇〇九年)。『燔祭の丘』が刊行されれば、それで第三部は完結するのだろう。番外編として、短編集の『桜闇』や『センティメンタル・ブルー』他の「蒼の物語」三作品は講談社ノベルスから刊行され、一部はすでに講談社文庫に入った。

なお、神代を主人公とするシリーズ「神代教授の日常と謎」(『風信子の家』二〇〇七年、『桜の園』二〇〇九年)は講談社ではなく、初出雑誌『ミステリーズ!』発行元の東京創元社から刊行されている。

篠田は、一九五三年、本郷生まれ、早稲田大学第二文学部東洋文化専修卒。「建築探偵」の神代や桜井京介らの生活背景やキャンパス描写と、来歴が重なる。一九九一年、『琥珀の城の殺人』が第二回鮎川哲也賞最終候補作となり、翌年、同作品を東京創元社より発行し、デビュー。一九九四年、勤務先の旅行会社を退職、作家専業になる。この年、「建築探偵」第一作『未明の家』が刊行されるのである。

「建築探偵」では、各作品にその物語を象徴する、印象深い建築が登場する。ゴシックロマンとしては現代的な文章と、京介ら四人が大きな魅力となり、広範な読者を得た人気シリーズである。

ところで、二〇〇七年に東京創元社から刊行された「神代教授の日常と謎」シリーズは、講談社の作品群と異なり、カバーは「しかくの」による、いかにもライトノベル風のマンガとイラストで飾られている。「しかくの」は、東京創元社やあすかコミックDXからマンガを出している漫画家だが、京極夏彦や瀬名秀明作品も漫画化して刊行している。

愛すべきこの装丁と挿画を得た二〇〇七年時点で、「建築探偵」の「セカイ」は、ライトノベル化されたとみていいのではないか。ちょうどこの年、「建築探偵」本編の二〇〇七年刊行分の『一角獣の繭』でも、主人公「桜井京介」=作中でW大大学院を修了したポストドクター風の青年は、巻末に姿を消して行方知れずとなる。

そして彼は、二〇〇九年刊行の『黒影の館』で、「久遠《くどお》叡《アレクセイ》」という少女マンガめいた本名に戻り、生まれ故郷の幻想的な「館」で、不思議な生を生き直す道を選択するのだ。

本来、このシリーズを書き始めた時期の篠田は、「建築探偵」を「本格ミステリ」としようと計画していた。

> このシリーズが、というか最初の『未明の家』が書かれる契機となったのが、一九九二年デビューの年の十二月におめにかかった講談社文芸図書第三出版部の当時編集者《ママ》、宇《う》山《やま》日《ひ》出《で》臣《おみ》氏からの依頼だったということは、これまでにも幾度か文章に書いた覚えがある。「現代日本を舞台にしてミステリを書いてね」と。実はそのとき宇山氏が、単に「ミステリを」といったか、「本格ミステリを」といったのか、記憶が定かではない。だがもしも「本格を」といわれたのでなくとも、綾辻行人《あやつじゆきと》『十角館の殺人』の刊行によって新本格のブームを招来した氏からの依頼であれば、当方も当然ながら本格ミステリを書かねばならぬ、と意気込んだことだけは間違いない。／しかしそのときの私に、本格ミステリの明確な定義があったかと問われれば、正直な話、ない。本格ミステリと呼ばれる過去作品の充分な読書歴があったわけでもない。ただ「とにかくそれらしいものを」と考えて、エキセントリックな名探偵の造形に頭を悩ませた結果が桜井京介というキャラクターで、デビュー作が「宝塚」と誹《そし》られたように今度は「少女マンガ」と笑われた。（中略）前者の定義に照らすなら、建築探偵シリーズのほとんどはたぶん本格ミステリとして落第するだろうし、シリーズ・キャラクターは現実に存在しそうもない美形の名探偵で、モチーフは館。辛うじて本格であるとしても、これぞ正《まさ》しく形骸化した「器の本格」と名指されても不思議はない。／だがそんなことを考えていて、いまさらのように思った。篠田真由美にとって本格ミステリとは、もともと「器」あるいは「仮装」だったのかも知れ

ないと。きっちりした行儀の良い本格ミステリを書こうと志しても、いつかそこから逸脱し、「宝塚」でも「少女マンガ」でもいいが、「篠田真由美の小説」としかいいようのないものを書いてしまう。だけど仕方がないじゃないか、他の書き方を知らないんだから。そう気づいたためか、今回は本格ミステリらしさの仮装がずいぶんと剥がれ落ちている（「あとがき」『黒影の館』講談社ノベルス、二〇〇九年、四二二～四二三頁。／は改行）。

さらに、前述の「根の国の物語」については、篠田は次のような感慨を漏らしている。

私は正直いって、女の子を主人公にするのが苦手です。それからファンタジーは大好きなのに、異世界ファンタジーを自分で書いたことは他にありません。さらに古代日本も決して得意とはいえないモチーフです。でも、これは実のところデビュー前から延々《えんえん》と書いては消ししてきた、つきあいの長い作品世界でもあるのです。（「あとがき」『天と地の娘　根の国の物語1』角川ビーンズ文庫、二〇〇三年、二九七頁）

篠田　私はそんなにおもしろいことはなくて（笑）、ミステリーに対する興味も薄くて、二十代三十代にはファンタジーだけ書いて、ときどきは応募もしたけれど全然芽が出ませんでした。それがなぜミステリーに行ったかというと、東京創元社から日本人作家のハードカバーが刊行され始めて、山口雅也さんの『生ける屍の死』を読んで、「ミステリーってこんなことも出来るんだ」と、びっくりしたから。／**柴田**　ああ、とても美しい終わり方をしている作品よね。（篠田真由美×加納朋子×柴田よしき「女たちのミステリー鼎談」『本格ミステリー・ワールド二〇〇七』南雲堂、二〇〇七年、一三〇頁）

篠田はあさのあつこと異なり、一九九二年のデビュー前からファンタジー作家志望であった。しかし『玄い女神』文庫版「解説」で千街晶之が指摘するように、ヨーロッパや歴史を愛する篠田が「版元からそれなりの売り上げを期待されるプロの物書き」（四三二頁）となるため、編集側の要望に応えて好みを抑え、作品の舞台を現代日本とし、代わりに、美貌の名探偵や建築愛好を中心とするシリーズを築きあげたのである。

その後、ミステリー作家としての活躍を経て、二〇〇〇年代の出版業界の構造的変容によって、自著刊行の環境が、奇跡的に、篠田本来の資質――読者に甘美な印象を与える、現実から離れた幻想的な作品執筆――に適したものとなった。それにともない、篠田という作家自身の動機づけも、自然に変容することになったのではないか。遂には、「建築探偵桜井京介の事件簿」というシリーズも、タイトル・ロールの「桜井京介」の存在を消し、ミステリーからライトノベルへと変容してしまったのである。

下部構造が上部構造を規定するといっても、実際に「文学場」が構成されるロジックは、他の文化とは異なる筈であった。が、これまでのような批評や「文学場」をもたない日本のライトノベルの場合、二〇〇〇年代後半、特に二〇〇七年以降は、作品や読者や販売戦略にとどまらず、最終的に作者の動機づけにまで、下部構造変化の影響が到達してしまったと考えられるのである。

四　近代文学とライトノベルの関係

ライトノベルとジェンダー、特に「ボーイズラブ」「百合」の表現と女性読者の関係については、稿者は、前述のように女性向けライトノベルに必須の特徴とは考えず、「ボーイズラブ」「百合」を含む多様な性表現のグラデーションが、性差による抑圧装置／抑圧のガス抜き装置として、マーケティングと絡み合いながら存在する、と考えた。

実は「建築探偵」では、既刊分ではほとんど、女性性／男性性をめぐるドラマが、各作品の骨格となって展開している。(1)女性かと思われた登場人物が、実は男性、ないしその逆、(2)少年同士の絆を、少女マンガのような甘美な情景においてみせる、(3)擬似的な同性愛関係(男同士・女同士)が、ミステリーの展開の鍵となる、(4)美少年や美少女が登場し、人形のような美貌を讃えられる、などの特徴は、本シリーズ作品で繰り返し確認される。したがって、特にボーイズラブが特徴として突出しているというより、性差はグラデーションのひとつに過ぎず、作品を飾るテイストになる。作品のネタばらしになるので詳しくはいえないが、トリックまでジェンダー論による作品もあるのだ。

また「建築探偵」本編および番外編には、「中年以降の華やかな美しい女性に、賛美者の男性がついている」という設定がしばしば登場する。これは性差をテイストとして鑑賞する仕掛けとは異なり、どちらかというと、一冊を八八〇円前後とする「建築探偵」の価格帯から、三〇代以上の女性読者に喜ばれる仕掛けといえようか。同時に、作家篠田の個性でもある。また、この「華やかな崇拝される女性」に、コントラストの効いた二面性があるというのも篠田好みの設定なのだが、こちらは、篠田の作家性によるものだろう。

ゲームの引用は皆無、マンガもそれほどない。正統的な日本文学や翻訳文学・映画・近代建築や、それらをめぐる物語がよく引用されるのである。これは、「建築探偵」がライトノベル用の文庫や叢書に入っているライトノベルではないのと、篠田は元来はライトノベル作者ではなく、本格ミステリ畑出身であるがゆえかと思われる。ミステリーとしては、シリーズ全体が中井英夫『虚無への供物』のオマージュのようであるし、小栗虫太郎『黒死館殺人事件』も、頻繁に言及される。『玄い女神』中の登場人物「狩野都」は、吉田朔実のマンガの登場人物の名だ。

他にも、沢木耕太郎・奥泉光ほか多くの作家が引用され、文学好きの読者には嬉しい。紙幅の関係上、シリーズ作品すべては論じられないが、『美貌の帳』と『黒影の館』にだけは触れておきたい。

『美貌の帳』の登場人物、神名備芙蓉は、子供の頃に原爆の地獄を体験し、シャンソン歌手としてデビューした女性だ。三島由紀夫の『卒塔婆小町』の舞台を最後に引退し、一時はフランスに暮らす。男性的な美貌を持つ、伝説の女優。三島と親交のあった美輪明宏が芙蓉のモデルなのは明白だが、篠田はモデルについては、「あとがき」でもほのめかすだけである。「建築探偵」として、この作品中で中心になる建築物は、鹿鳴館。天沼龍麿という資産家当主が芙蓉のパトロンで、彼の娘暁子／暁も、男性的な美貌を称えられ、「芙蓉の娘ではないか」との噂が、作中で最後まで繰り返される。

「天沼＝三島由紀夫」「芙蓉＝美輪明宏」とばかりはいえない、しかし似ている本書を読了すると、有名すぎる華麗なモデル二人が、虚構から新たに蘇る。読者は、男女の愛と男性同士の同性愛が交響する、不思議な読後感を得ることになるのだ。読者としては、この小説を読み終えると、改めて、過去において現実に存在した三島と美輪の関係の方が、小説の登場人物たちよりも、はるかに幻想的で虚構的な関係だったのだと痛感させられる。

そして『黒影の館』には、こんなくだりがある。

「ねえ、どう？　こんな夜こそあなたも好きなミステリに登場する、あの詩がなによりふさわしいとは思わない？　最初は確かこうだったわね。むかし荒涼たる夜半なりけり――」／甘くかすれた声で歌うように口ずさんだ、それは日夏耿之介《ひなつこうのすけ》訳によるＥ・Ａ・ポーの詩『大鴉《レイヴン》』だ。「思いぞいずれけざやかにあわれ師走の厳冬なり、だっけ？　ちょうどいまは十二月。まるで誂《あつら》えたようにぴったりね」／彼はようやく窓から手を離し、身体ごと振り返った。部屋は仄《ほの》暗く、燃える暖炉の放つ光がもっとも明るい。その前に立った黒衣の女は暖炉の火を背に負い、床に長く影を伸ばしている。／「そう。それから、確かこんな一節もあったのじゃない？——燃えざしの火影ちろりと怪の影を床に描きぬ、って」

「大鴉」を朗誦するこの女性の名は、モイラ。「甘い蜜の部屋」の主人公の名である。篠田真由美のモイラも、有力すぎる父親の庇護と密接すぎる関係のもと、甘く幻想的な「館」を離れない。『黒影の館』では、最後まで姿を見せない「父」に森鷗外の要素こそないが、森茉莉作品によく似た甘さとある種のほどよい悪趣味さ、少女趣味などを堪能できる。

二六〇〇万部の売り上げを誇る突出したライトノベルシリーズ、『グイン・サーガ』著者の栗本薫が、どれほど森茉莉作品を愛していたかは、改めてここで述べるまでもない。

女性向けライトノベルについては、「ボーイズラブ」「百合」などの固定観念を改めると同時に、ここに漂う「父の娘」たちの「甘さ」の特徴について考察してみてもよいかもしれない。

〔付記〕　文中では敬称を略した。篠田真由美については、浅井清・佐藤勝編『日本現代小説大事典』（明治書院、二〇〇四年）の、目野執筆担当部分を使用した。本稿作成にさいしてご協力をいただいた、共同研究プロジェクト「日本文学の「女性性」」の皆様、ならびに国士舘大学文芸部と漫画研究部の学生諸君に、深く感謝したい。

あとがき

「私は今回初めて、まともな女性文学というものについて学んだ気がする」――ドイツのベルリン自由大学の学生たちと、樋口一葉の作品を読む機会があったとき、あるイタリア人留学生がこのように発言した。もちろん、イタリアの文学史上にも女性作家は存在するし、世界のさまざまな地域と時代に〝書く女〟は存在してきた（いる）わけだが、『源氏物語』が世界の文学史上において、女性の手による同時代の稀有な物語としての価値を有しているように、日本文学が他の諸地域の文学と比較して、ジェンダーとしての女性、または女性性と密接に結び付いてきたことは、すでに本書の「まえがき」にも記されているとおりである。

本書ではこうした日本文学と女性性の問題を正面から議論した研究会の成果として、多様な角度からアプローチした論文がまとまった。「文学」というカテゴリー自体が近代の産物であって、このカテゴリーの形成の歴史のなかにも「女性性」の排除と取り込みというアンビバレントな権力作用が働いているわけだが、その意味でも、文学と「女性性」を議論するためには、狭義の「文学」ではなく、女性の、女性による、女性についての表現を、ビジュアル・イメージも含めて幅広くとらえなおす必要がある。本書の諸論文が、従来の「文学作品」とともに、「少女小説」やライトノベル、漫画といった、かつての「純文学」の価値基準から〝逸脱〟したものとみなされ、研究価値を認められにくかった表象をも包含しているのはその証左である。

まずは男性インテリの手中にあった「文学」作品のジェンダーの視点からの再検討という作業が必須であり、本書では第一部の諸論文がそれを行っている。三島由紀夫『朱雀家の滅亡』が描く、戦後民主主義社会における価値観の転倒と、ジェンダーと階級との関係性を鮮やかにあぶりだした市川論文は、三島の戯曲のなかでも必ずしも評価が高いとはいえず、上演も初演以来四〇年間途絶えていた作品に新たな光をあてる意味でも、また、日本の男性言説がとらえる「女性性」の問題点をえぐりだす意味でも、重要な意義をもっている。太宰治『女性徒』の仮装された「女性性」が、〈少女〉＝「空白」というステレオタイプを提示していることを明らかにする平石論文も、川端文学にも共通する男性視点の女性表象を批判的にとりあげる。近年、ジェンダーの視点からの読みなおしが著しい漱石作品を俎上にあげた増田論文もまた、『源氏物語』から道成寺伝承、そして近代文学へとつらなる男性視点の女性幻想の偏向を指摘した。いずれも、ギリシア悲劇から三島への影響関係、「ロココ」概念の検討、古典文学から近代文学への影響関係と、比較文学の手法を駆使しており、「女性性」の問題が、比較文学の分野でも注目すべき課題であることを示している。

第二部では、表現者としての女性が構築した表象の分析が主眼となっており、日本初の職業女性作家である樋口一葉をはじめ、壺井栄から松浦理英子まで、明治から現代にいたる女性作者の作品をとりあげている。樋口一葉の〝書く女〟としてのジェンダーのありようは、ヴァージニア・ウルフやマルグリット・デュラスといった英、仏の近代女性作家らとの共鳴をみせており、直接影響関係のない女性の文学を相互に比較することで、日本文学における「女性性」の普遍性の一端をかいまみることができる。階級やジェンダーの壁にはばまれた人生を送った明治の一葉と、代表作『二十四の瞳』とその映画化によって多くのオーディエンスを獲得し、社会的成功を得た壺井栄の立ち位置の相違は、両者がおかれた時代の女性ジェンダーの反映としても、対比的に興味深い。国民的な共同幻想ともいえるこの作品を、映画とともに考察した菅論文は、女性主人公の〈涙〉の表象が、国家主義による私的領域の統制への「告発」としての意義を有しつつも、同時に、そこに内包される〈母性〉の表象が、近代の国民国家のイデオロギーに利用され、さらには戦後社会における〈免罪〉機能をも果たしたというアンビバレンスを指摘する。小説と映画との結末のずれは、女性作家の告発に男性監督の〝読み〟が介入することの典型的な歪曲を明らかにするが、映画の受容の様相が、社会における「女性性」の「加害性」を示唆していることに、菅は警告を発している。「女性性」はとかく被抑圧者・被害者の立場から語られがちだが、「女性性」の何たるかについての冷静な自覚や反省は、女性自身にも求められていることを、文学研究は提起する。

松浦理英子は、日本の現代女性作家のなかでも、女性どうしの絆やジェンダーの攪乱の表現にかなり自覚的な創作者であり、日本文学における「女性性」を考える上で不可欠な対象のひとつといえる。この対象にとりくんだ大貫論文は、『ナチュラル・ウーマン』の容子像をとりあげ、その「鈍感さ」が松浦の女性表象の特色であることに注目した。男性表現のなかの女性表象ではなく、女性による表現がいかなる女性表象を送りだしているかについて、第一部との対比をみることができるだろう。

第三部は、従来のいわゆる「文学」の枠組みをこえ、漫画や装丁など、メディアミックスやビジュアルな要素にも注目しながら、現代の女性表現者たちの表象と、その社会的受容の様相について分析している。杉山論文は、「少女小説」というカテゴリーの内実について検討しつつ、それが男性作者の手から女性自身の表現手段へと変化し、「少女」漫画から養分を吸収しながら発展したことを示す。氷室冴子らの女性作者は、男性作者による男性視点の「少女」像とは異質な、女性視点の女性表象の創造を意図した。純文学と「少女小説」、文学と漫画、文字と絵といった二分法や、それらの間のヒエラルキーを無効にし、さらに、男性研究者による「少女小説」論の限界にも言及する杉山の議論は、ジェンダーを論じることが、ジェンダーのみならず、それ以外のさまざまなカテゴリーにおける価値のヒエラルキーを超克しうる可能性を示している。

「少女小説」というカテゴリーは、「少女」を主人公またはターゲットとする創作という意味で「ジュニア小説」、さらには「ライトノベル」「ヤングアダルト」(YA)向けとよばれるジャンルとも重なることがあり、藤木論文、目野論文はいわば杉山論文を受け継ぐ形で、これらのジャンル自体についての検討を含め、その表現が漫画やゲームといった、いわゆる「文学」以外のジャンルとの相互乗り入れを展開している実態に迫る。児童書の作者として出発したあさのあつこのベストセラー『バッテリー』を論じる藤木は、それが、『巨人の星』に象徴されるような、主人公の成長を描く従来の「野球物語」を相対化する新機軸を提示しつつも、同時に、ステレオタイプな人物像に終始した保守性を有し、かつ、そこに含まれる「少女」に対置される「少年」の理想化、つまりジェンダーについての「恐ろしいまでの本質主義」に対して、危惧の念を表明している。「少年」のカリスマ化については、「やおい」、BLといわれる男どうしの親密性を主題とする表現ジャンルとの共通性をみせ、藤木はそれらの表現とも比較しながら、創作者としての女性とオーディエンスとしての女性が、ともに保守的ジェンダー観の再生産に加担していることを喝破するのである。それは、「純文学」ではなく「エンターテインメント」を書きたいという作者側の創作意図の産物でもあり、こうした商業主義的な成功への志向、すなわちオーディエンスへの迎合が、「文学」を含めた女性表現に与える影響について、目野論文は包括的にふりかえる。市場調査や出版社の販売戦略が女性(による、のための、むけの)表現に与える影響を社会的な視点から論じる目野は、「文化現象」としての女性表現の研究には、従来の「文学研究」とは異なる新たな手続きが要請されると、方法論の領域にふみこんでいる。テキスト分析による「作品研究」ではなく、女性表現の社会的受容の様相をとらえようとする目野論文は、メディア時代における文学研究の新たな方向性を示唆する。

もっとも、前半の諸論文が示すように、従来のテキスト分析の方法からも、なお豊穣な「女性性」についての新たな問題提起ができることを本書は示しており、後半では、現代のメディア状況のなかでは、アカデミズムの在り方自体が変革を迫られていることを同時に明らかにしているのである。それは疑いなく、「女性性」というテーマ設定、つまり価値の相対化や支配的イデオロギーへの懐疑を内包する本書全体の問題意識の産物であり、必ずしも研究会の時点で関連性を十分に確認したもののみではないにもかかわらず、諸論文は必然的に、相補的な位置づけをみせている。

メディア時代における「文学」研究は、本書所収の論文が、インターネット上での読者の反応や購読状況の分析を含んでいるように、メッセージの受け手研究と不可分に結びついている。本書は全体として、メッセージの送り手としての女性と受け手としての女性が、従来のジェンダー配置の相対化や変革を実現しようとする一方で、両者が結託して抑圧的ジェンダー状況の再生産、補強に加担することを明らかにしている。これらの議論は「女性性」によりかかるものでも、それを規定値として議論するものでもない。ただ、『源氏物語』に影響を受けて創作の世界に入った氷室冴子を「平安以来の日本文学の正当な後継者」（杉山論文）とみなす立場があるように、ジェンダーとしての「女性性」が日本のみならず国際的な視点からも、表現の生産に大きく寄与してきたことは事実であり、それをふりかえりつつ「文学」について語ることが、「研究」がなしうる社会への問題提起となり得ていれば、編者のひとりとしてこれにまさる喜びはない。研究会は、貴重な比較文学・近代文学研究者の意見交換の機会であった。このような機会を与えていただいた二松学舎大学の皆様に心より感謝申し上げたい。

木々が色づきはじめたドイツ・ベルリンにて

佐伯順子

大貫　徹（おおぬき　とおる）
1953年生．東京大学大学院博士課程修了(比較文学)．名古屋工業大学大学院教授．
「ピエール・ロチ、あるいは未だ発見されざる作家」(『比較文學研究』第72号，1998年) “*La Petite Danseuse de quatorze ans* de Degas, ou une autre Nana” (*Etudes de Langue et Littérature Françaises* 74, 1999)「〈帰還しない旅〉の行方――「夏の日の夢」を読みながら――」(『比較文學研究』第85号，2005年)．

杉山直子（すぎやま　なおこ）
1960年生．インディアナ大学Ph. D.（アメリカ文学)．日本女子大学教授．
『アメリカ・マイノリティ女性文学と母性――キングストン，モリスン，シルコウ――』(彩流社，2007年) “From the Woman Warrior to Veterans of Peace: Maxine Hong Kingston's Pacifist Textual Strategies.” (*The Japanese Journal of American Studies*: 20, 2009)「人種をこえる娘たち――トニ・モリソンの「パッシング」小説「レシタティフ」と『パラダイス』――」(『言語文化』23，2006年)．

藤木直実（ふじき　なおみ）
1968年生．日本女子大学大学院博士課程修了(日本近代文学)．日本女子大学ほか非常勤講師．
『明治女性文学論』(新・フェミニズム批評の会編，翰林書房，2007年)『大正女性文学論』(新・フェミニズム批評の会編，翰林書房，2010年)「「女がた」の周辺――鷗外と大正期演劇界」(『文学』8巻2号，2007年3月)．

目野由希（めの　ゆき）
1972年生．筑波大学大学院博士課程修了(日本文学)．学術博士(筑波大学)．国士舘大学講師．
『明治三十一年から始まる『鷗外史伝』』(渓水社，2003年)「貴族的〈交通〉の終焉――有島生馬『蝙蝠の如く　日本篇』論――」(『日本文学』2008年11月号)「お玉の物語――森鷗外「雁」――」(『國語と國文學』2009年12月号)．

執筆者紹介（収録順）

増田裕美子（ますだ　ゆみこ）
1953年生．東京大学大学院博士課程修了（比較文学）．二松学舎大学教授．
『日本文学と老い』（新典社，1991年）「老いの美――世阿弥を中心に――」（『日本の美学』第22号，1994年）「紫の女――『虞美人草』をめぐって――」（『比較文學研究』第91号，2008年）．

佐伯順子（さえき　じゅんこ）
1961年生．東京大学大学院博士課程修了（比較文学）．学術博士（東京大学）．同志社大学大学院教授．
『「色」と「愛」の比較文化史』（岩波書店，1998年．Levy, I.（ed.）*Translation in Modern Japan*, Routledge, 2010に第一章所収）『「愛」と「性」の文化史』（角川書店，2008年）『「女装と男装」の文化史』（講談社，2009年）．

市川裕見子（いちかわ　ゆみこ）
1953年生．東京大学大学院博士課程修了（比較文学）．宇都宮大学教授．
「『舞踏会』――芥川とロチを繋ぐもの――」（『滅びと異郷の比較文化』思文閣出版，1993年）「作家の子の一記録――有吉玉青『身がわり』の場合――」（『テクストの発見』中央公論社，1994年）アンリ・トロワイヤ『トゥルゲーネフ伝』（翻訳，水声社，2010年）．

平石典子（ひらいし　のりこ）
1967年生．東京大学大学院博士課程修了（比較文学比較文化）．学術博士（東京大学）．筑波大学大学院准教授．
「読み替えられたイプセン――明治末の『ヨーン・ガブリエル・ボルクマン』――」（『テクストたちの旅程――移動と変容の中の文学――』花書院，2008年）「浪漫装置的詩歌――近代日本的接吻表象――」（姚紅訳，王暁平編『東亜詩学与文化互読――川本皓嗣古稀紀念論文集――』中華書局，2009年）“Degenerate Flâneuse: Contradictory Images of Urban New Women in Modernizing Tokyo”（Coutinho, E. F.（ed.）*Identities in Process : Studies in Comparative Literature*, Rio de Janeiro: Aeroplano, 2009）．

増田裕美子　→　別掲

佐伯順子　→　別掲

菅　聡子（かん　さとこ）
1962年生．お茶の水女子大学大学院博士課程修了（比較文化学）．人文科学博士（お茶の水女子大学）．お茶の水女子大学大学院教授．
『メディアの時代――明治文学をめぐる状況――』（双文社出版，2001年）「職業としての〈書くこと〉――樋口一葉の場合――」（『江戸文学』42号，2010年５月）「〈男〉の目で見る――文体としての〈異性装〉をめぐる断想――」（『文学』第11巻第４号，2010年７・８月号）．

二松学舎大学学術叢書

日本文学《にほんぶんがく》の「女性性《じょせいせい》」

2011（平成23）年 2 月25日発行

定価：本体2,300円（税別）

編　者　増田裕美子・佐伯順子

発行者　田中周二

発行所　株式会社　思文閣出版

〒606-8203 京都市左京区田中関田町2-7

電話 075-751-1781（代表）

印　刷
製　本　亜細亜印刷株式会社

ISBN978-4-7842-1549-2　C3091